出版前言

本書為《專門替華人寫的圖解英語單字》（2012 年 4 月初版）全新封面版。

相隔十多年，為什麼要更換書名、書封再出版？ 起因是：
當前版書籍絕版無庫存時，我們經常接獲讀者聯絡，表示從圖書館借了《專門替華人寫的圖解英語單字》，很想自己買一本收藏⋯⋯。但是，我們無書可賣。

因為不時的讀者詢問，喚起我們重看此書，並回想起當初「發想選題、製作內容的初衷」——「把英語放進通俗、平凡的日常生活，藉由熟悉的情境，應有助於強化單字印象，理解用法，掌握表達；並容易讓人印象深刻，覺得有趣；　讓英語不只是靜態的文字，更能自然真實地在個人生活中體現與使用　」！

即使目前，英語學習的主流，似乎朝向各種檢定考試。但我們秉持的想法是：
出國旅遊時的英語溝通、西洋電影或影集的英語對白，
所運用的，幾乎都是「使用度廣泛的生活單字」；
因此，想要提升英語「聽解力」「溝通力」，讓英語「聽得懂、能表達」，
掌握「生活中普遍使用」，最基本的「詞彙及表達」非常重要！

於是，決定賦予新包裝、新書名；以新風貌，再覓知音。

這本書的自我介紹文是這樣子的：

「上小號、上大號、通馬桶」「捏人臉、擰耳朵、打勾勾」「植牙、洗牙、補牙」
以上這些，英文怎麼說？　　　　　　　　　　　　　　（＊答案的頁碼在封底）
別懷疑，我的內容就是這麼「生活」！

檸檬樹出版社 編輯部

本書特色 1 ── 插圖「貼切呈現生活場景」促進學習

本書插圖「類型多樣、寫實、並具教學功能」，以「通俗、平凡」的日常生活為場景，搭配「最簡單實用」的單字與表達，可從中學習各種「物品、動作、狀態、情境」英文怎麼說。一張張「庶民生活真實情境」強化單字印象，啟動英語和生活的連結，把英語拉進生活！

1. 情境圖

轉接電話 | 電話忙線中

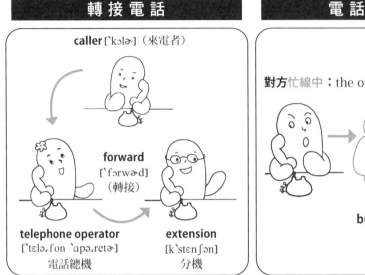

caller [ˋkɔlɚ]（來電者）

forward [ˋfɔrwɚd]（轉接）

telephone operator [ˋtɛlə͵fon ˋɑpə͵retɚ] 電話總機

extension [kˋstɛnʃən] 分機

對方忙線中：the other party is busy

busy [ˋbɪzɪ]（忙線中的）

2. 字義圖

挖冰淇淋 | 輪胎爆胎

ice cream [aɪs krim]（冰淇淋）

scoop [skup] 挖取

scoop a ball of ice cream （挖一球冰淇淋）

flæt　the tire goes flat ── 輪胎爆胎（原形：go flat）

● flat [flæt] 洩了氣的
● go flat 爆胎

3. 步驟圖

● 盛飯三步驟：

【步驟一】	【步驟二】	【步驟三】
打開：open	**挖取：scoop out**	**盛裝：fill**

1 打開：open [ˋopən]

open the electric rice cooker（打開電鍋）

● electric rice cooker [ɪˋlɛktrɪk raɪs ˋkukɚ] 電鍋

2 挖取：scoop out [skup aut]

scoop out rice（挖出飯）

● rice ladle [raɪs ˋled!] 飯杓

3 盛裝：fill [fɪl]

fill a bowl with rice（盛裝一碗飯）

● fill A with B／用 B 填滿 A

4. 實景圖

開車上交流道

interchange [ˌɪntɚˋtʃendʒ]（交流道）

● get on...／開車上⋯

highway（高速公路）

get on the highway at the interchange exit
（從交流道開上高速公路）

測速照相

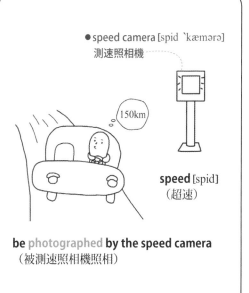

● speed camera [spid ˋkæmərə] 測速照相機

150km

speed [spid]（超速）

be photographed by the speed camera
（被測速照相機照相）

本書特色 2 —— 滿載「生活感十足」實用例句，可以照著說、直接用！

全書內容取材你我的日常生活，廣納生活各層面的 28 個單元，滿載實用內容，並兼顧「例句的實用性」，例句「絕對不是為了說明單字用法的枯燥造句」！

【手機】

拍照	滑蓋式手機	智慧型手機
		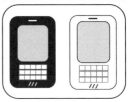
take a photograph	slider cell phone	smartphone

P014

- take a photograph with a cell phone（用手機照相）
- flip open a cell phone（滑開、掀開手機）

【汽車】

繫上	塞車	故障號誌

fasten	traffic jam	breakdown sign

P023

- fasten the seat belt（繫上安全帶）
- place a breakdown sign（放置故障號誌）

【機車】

戴上	發動	停車格

put on	start	parking space

P090

- put on a helmet（戴上安全帽）
- start a motorbike（發動機車）

善用 QR code【全內容 中→英 順讀音檔】不看書本就能「學英文、練聽力」，
讓「耳朵自然熟悉單字和例句發音」，日後聽到這些字句，便能很快反應出來。

【刨冰】

刨冰	淋上	配料

shaved ice　　　　cover　　　　ingredients

P207

- cover with jam（淋上果醬）
- put ingredients（放上配料）

【零嘴】

吹出	顛倒	倒出

blow　　　　upside down　　　　pour out

P221

- blow bubbles with chewing gum（用口香糖吹泡泡）
- put the pudding upside down（倒扣布丁）

【隱形眼鏡】

夾起	放置	搓洗

pick up　　　　put　　　　scrub

P267

- pick up with tweezers（用夾子夾起）
- scrub with a finger（用手指搓洗）

本書特色 3 —— 解說「易混淆詞彙、特殊字詞」

1. 解說【易混淆詞彙】

同樣的中文意思，在不同情況下，有不同的英文說法。例如「開」與「關」便是如此。本書利用插圖畫出各種情況，區別不同的使用情境。畫面直接進入大腦，印象深刻，使用時就不會混淆。

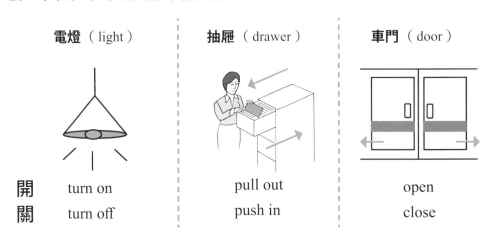

電燈（light）	抽屜（drawer）	車門（door）
開 turn on	pull out	open
關 turn off	push in	close

2. 解說【特殊字詞】

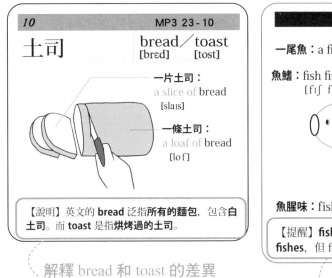

10   MP3 23-10

土司
bread／toast
[brɛd]   [tost]

一片土司：
a slice of bread
[slaɪs]

一條土司：
a loaf of bread
[lof]

【說明】英文的 **bread** 泛指**所有的麵包**，包含白土司。而 **toast** 是指**烘烤過的土司**。

解釋 bread 和 toast 的差異

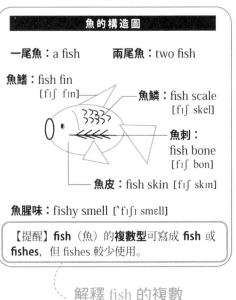

魚的構造圖

一尾魚：a fish   兩尾魚：two fish

魚鰭：fish fin
[fɪʃ fɪn]

魚鱗：fish scale
[fɪʃ skel]

魚刺：
fish bone
[fɪʃ bon]

魚皮：fish skin [fɪʃ skɪn]

魚腥味：fishy smell [ˈfɪʃɪ smɛll]

【提醒】**fish**（魚）的**複數型**可寫成 **fish** 或 **fishes**，但 fishes 較少使用。

解釋 fish 的複數

本書特色 4 —— 補充「衍生詞彙、介系詞用法」

1. 補充【衍生詞彙】

--- **beauty salon（美容院）的服務項目** ---

洗**頭髮**：wash [wɑʃ] one's hair

剪**頭髮**：cut [kʌt] one's hair

染**頭髮**：dye [daɪ] one's hair

燙捲**頭髮**：perm [pɝm] one's hair

護**髮**：care for [kɛr fɔr] hair

● beauty salon [ˋbjutɪ səˋlɑn] 美容院

--- **h o l d（握住）的另一種意思** ---

hold [hold] 除了有**握住**的意思以外，還有**支撐、使…保持一定的狀態**的意思，例如：

hold **an umbrella** [ʌmˋbrɛlə]（撐傘）

hold **the ladder** [ˋlædə]（扶住梯子）

hold **one's stomach in**
（保持腹部縮入＝縮小腹）

● hold... in／保持…在縮入的狀態
● stomach [ˋstʌmək] 腹部、肚子

2. 補充【介係詞用法】

● 特別強調英語六大介係詞：

in

| laɪ | lie in bed and sleep——躺在床上睡覺

● lie in bed／躺在床上，in 是介係詞，表示在…裡面

with

with **the EasyCard**：利用悠遊卡做…

【說明】**with＋某物**的意思是**以某物為工具、利用某物做…。**

on

on（**介係詞**）**＋the road**：在馬路上

walk **on the road**（在馬路上行走）

● walk [wɔk] 行走

to

| ˋfɔrwəd | forward to extension——轉接到分機

● to…／到…、往…，to 表示方向

at

open a bank account **at the bank**
（到銀行開立帳戶）

● at＋某地／在…，at 是表示地點、場所的介係詞

from

eject **the CD** from **the CD-ROM drive**
（從光碟機退出光碟片）

● ...from ＋某地／從某地…

目錄

全圖解！英語生活單字
最佳用法

1　　　　　　　　　　　　MP3 01-01

手機

cell phone
[sɛl fon]

"手機" 構造

一支手機： a cell phone

兩支手機： two cell phones

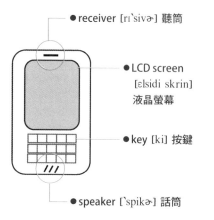

- receiver [rɪˋsivɚ] 聽筒
- LCD screen [ɛlsidi skrin] 液晶螢幕
- key [ki] 按鍵
- speaker [ˋspikɚ] 話筒

- ringtone [ˋrɪŋˏton] 手機鈴聲

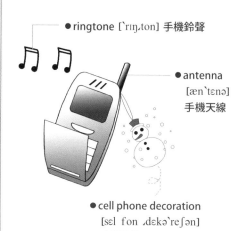

- antenna [ænˋtɛnə] 手機天線

- cell phone decoration [sɛl fon ˏdɛkəˋreʃən] 手機吊飾

各種手機

直式手機：
slab／bar cell phone
[slæb] [bɑr]

折疊式手機：
flip／clamshell cell phone
[flɪp]「ˋklæmˏʃɛl]

滑蓋式手機：
slider [ˋslaɪdɚ] cell phone

智慧型手機：
smartphone [smartfon]

手機 "配件"

旅充： travel charger [ˋtrævl̩ ˋtʃɑrdʒɚ]

座充： desktop charger [ˋdɛsktɑp ˋtʃɑrdʒɚ]

耳機： earphone [ˋɪrˏfon]

藍牙耳機： bluetooth [blu tuθ] earphone

手機套： cell phone case [kes]

- **desktop** [ˋdɛsktɑp] 適用於桌上的

---

flɪp　　flip open a cell phone——掀開手機

flip open（掀開）的相關用法

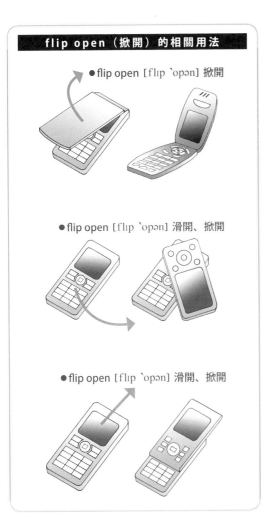

- flip open [flɪp `opən] 掀開

- flip open [flɪp `opən] 滑開、掀開

- flip open [flɪp `opən] 滑開、掀開

press the key——按壓按鍵

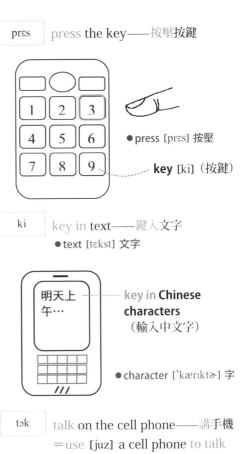

- press [prɛs] 按壓

key [ki]（按鍵）

ki   key in text——鍵入文字
- text [tɛkst] 文字

key in Chinese characters
（輸入中文字）

- character [`kærɪktə] 字

tɔk   talk on the cell phone——講手機
＝use [juz] a cell phone to talk

- use 某物＋to...／使用某物…

on the cell phone（用手機）

- talk [tɔk] 說

- on＋某物／利用某物，on表示媒介、方法

`daʊnˏlod   download the cell phone wallpaper
——下載手機桌布

- wallpaper [`wɔlˏpepə]
背景桌布

1 手機   手機電話   1

"手機"的其他功能

1 照相

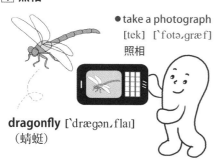

- take a photograph
  [tek] [`fotə͵græf]
  照相

dragonfly [`drægən͵flaɪ]
（蜻蜓）

take a photograph **with a cell phone**
（用手機照相）

- with＋某物／利用某物

2 聽音樂

- listen to music [`lɪsn̩ tu `mjuzɪk] 聽音樂

earphone
[`ɪr͵fon]
（耳機）

listen to music **with a cell phone**
（用手機聽音樂）

---

fɛl   the cell phone fell——手機掉落了
（原形：fall [fɔl]）

- fall [fɔl] 掉落

The cell phone fell on the ground.
（手機掉落地上）

- on＋某處／在某處上
- ground [graʊnd] 地面

- fall [fɔl] 掉落

toilet [`tɔɪlɪt] （馬桶）

The cell phone fell in the toilet.
（手機掉落在馬桶裡）

- in＋某處／在某處裡

---

sɝʧ   search for a phone number——找尋電話號碼

- number [`nʌmbɚ] 號碼

"電話號碼" 的相關用法

找尋電話號碼：search for a phone number
輸入電話號碼：enter [`ɛntɚ] a phone number
刪除電話號碼：delete [dɪ`lit] a phone number

---

rɪ`tɝn   return the cell phone for repairs
——送修手機

- for... [fɔr] 為了…，for表示目的
- repair [rɪ`pɛr] 修理

"送修" 的其他用法

return＋某物＋for＋repairs／送修某物

● return [rɪ`tɜn] 送回

return **the electronic heater** for repairs
（送修電暖爐）
return **the computer** for repairs （送修電腦）
return **the camera** for repairs （送修相機）

● electronic [ɪlɛk`tranɪk] 電子式的
● heater [`hitə] 暖氣機
● computer [kəm`pjutə] 電腦
● camera [`kæmərə] 相機

---

stɪk

stick on the screen protector——貼
上螢幕保護貼

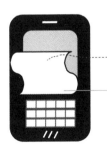

screen protector
[skrin prə`tɛktə]
（螢幕保護貼）

● stick on [stɪk an]
黏貼上

---

tʃendʒ

change the ringtone——改變手機鈴
聲

● ringtone [`rɪŋ͵ton] 鈴聲

"手機鈴聲" 的各種說法

來電鈴聲：incoming call ringtone

簡訊鈴聲：text message ringtone

● incoming call [`ɪn͵kʌmɪŋ kɔl] 來電
● text message [tɛkst `mɛsɪdʒ] 簡訊

---

put

put into the cell phone case——放入
手機袋

● put... into... [put `ɪntu] 放入…到…

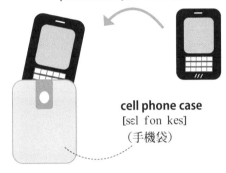

cell phone case
[sɛl fon kes]
（手機袋）

put **the cell phone** into **the cell phone case**
（把手機放入手機袋）
● put A into B／把 A 放入 B

● take...out of... [tek aut av] 從…拿出…

take **the cell phone** out of **the cell phone case**
（把手機從手機袋拿出來）
● take A out of B／把 A 從 B 拿出來

| tɜn | turn on switch——啟動開關（開機） |

- switch [swɪtʃ]
電源開關

turn off switch
（關閉開關＝關機）

turn on（啟動）的其他用法

- turn on [tɜn ɑn] 啟動開關

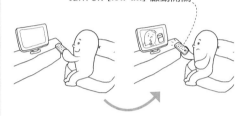

turn on **the TV**（啟動電視）

turn on **the air-conditioner** [ɛr kən`dɪʃənɚ]
（開冷氣）

turn on **the photocopier** [`fotə͵kɑpɪɚ]
（啟動影印機）

turn off（關閉）的其他用法

- turn off [tɜn ɔf] 關閉電源

turn off **the TV**（關電視）

turn off **the air-conditioner**（關冷氣）

turn off **photocopier**（關閉影印機）

| taɪ | tie the cell phone decoration——繫上手機吊飾 |

- decoration [͵dɛkə`reʃən] 裝飾品

- tie [taɪ] 繫上、綁上

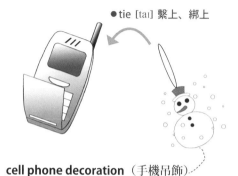

cell phone decoration（手機吊飾）

- untie [ʌn`taɪ] 拆下、解開

untie the cell phone decoration
（拆下手機吊飾）

| mek | make a phone call——撥打電話 |

手機收不到訊號

send [sɛnd]
（發送）

receive [rɪ`siv]
（接收）

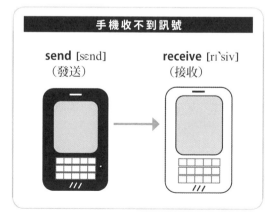

The cell phone can't receive signal.
（手機無法接收訊號）
The cell phone can't send signal.
（手機無法發送訊號）

- can't [kænt] ＋動詞原形／不能…、無法…
- signal [ˋsɪgnḷ] 訊號

lɑk　lock the cell phone——手機上鎖

ʌnˋlɑk　unlock the cell phone——手機解鎖

lock
[lɑk]
（上鎖）

unlock
[ʌnˋlɑk]
（解鎖）

sɛnd　send a phone message——發送手機簡訊

rɪˋsiv　receive a phone message——接收手機簡訊

- receive [rɪˋsiv] 接收

2日
9：30～17：30
7148円
6町にて家屋調査業務

message
[ˋmɛsɪdʒ]
（簡訊）

- send [sɛnd] 發送

tʃɑrdʒ　charge the cell phone——手機充電

"手機電量" 的相關字

電力耗盡的**手機**：powerless cell phone
[ˋpaʊə·lɪs]

充飽電的**手機**：charged cell phone
[tʃɑrdʒd]

電話　telephone／phone
　　　[ˋtɛləˌfon]　　[fon]

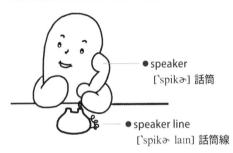

- speaker
[ˋspikə·] 話筒

- speaker line
[ˋspikə· laɪn] 話筒線

"電話" 的相關字

電話答錄機：answering machine
[ˋænsə·rɪŋ məˋʃin]

惡作劇**電話**：prank [præŋk] call

猥藝的**電話**：obscene [əbˋsin] call

沒有人出聲的來電：
incoming call with no one speaking
[ˋɪnˌkʌmɪŋ]

- 某物 with…／某物有…，用來形容某物的特質
- speaking [ˋspikɪŋ] 說話

ˋfɔrwə·d　forward the call——轉接電話

●forward [`fɔrwəd] 轉接、轉交

`fɔrwəd　forward to extension——轉接到分機
●to…／到…、往…，to表示方向
●extension [ɪk`stɛnʃən] 分機

來電・轉接

caller [`kɔləˑ] (來電者)

forward
[`fɔrwəd]
(轉接)

telephone operator
[`tɛləˌfon `apəˌretəˑ]
電話總機

extension
[ɪk`stɛnʃən]
分機

tɔk　talk on the telephone——講電話

public phone
[`pʌblɪk fon]
(公共電話)

talk **on a public phone** (用公共電話講電話)
●on＋某物／使用某物、以某物為媒介

拿起話筒・掛上話筒

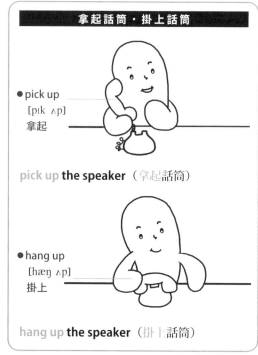

●pick up
[pɪk ʌp]
拿起

pick up **the speaker** (拿起話筒)

●hang up
[hæŋ ʌp]
掛上

hang up **the speaker** (掛上話筒)

kʌt ɔf　cut off the phone——切斷電話(掛斷電話)
＝hang up [hæŋ ʌp] the phone

"故意"切斷電話

prank call?
[præŋk]

●cut off [kʌt ɔf]
=hang up
[hæŋ ʌp]
切斷、掛斷

(惡作劇電話？)

intentionally **cut off the phone**
＝intentionally **hang up the phone**
（故意切斷電話）
● intentionally [ɪnˋtɛnʃənḷɪ] 故意地

intentionally **break off conversation**
（刻意中斷談話）
● break off [brek ɔf] 中斷、中止
● conversation [ˌkɑnvɚˋseʃən] 對話

ʌnˋebḷ be unable to get through to someone
on the phone——撥不通某人電話
　　● be unable [ʌnˋebḷ] to＋原形動詞／無
　　　法…
　　● get through [gɛt θru] 接通、撥通
　　● on＋某物／利用某物

撥通電話・撥不通電話

● get through [gɛt θru] 接通、撥通

hello [həˋlo]

（喂～）

get through **to someone on the phone**
（撥通某人電話）

● be unable [ʌnˋebḷ] to get through／撥不通

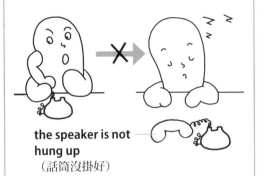

the speaker is not hung up
（話筒沒掛好）

be unable to get through **to someone on the phone** （撥不通某人電話）

【說明】be動詞＋動詞過去分詞，表示被動用法。

hang up	v.s.	**be hung up**
【原形】		【被動式】
（掛上）		（被掛上）

ˋdaɪəl dial the phone——撥打電話

打錯電話

● have the wrong number／打錯電話
[rɔŋ ˋnʌmbɚ]

who is it?

（是誰？）

撥打電話後…

1 沒人接

對方沒有接聽： the other party doesn't answer

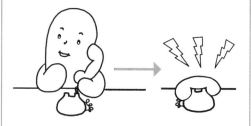

- the other [ˋʌðɚ] ... ／（兩者中）另一個的…
- party [ˋpɑrtɪ] 人

2 忙線中

對方忙線中： the other party is busy

busy [ˋbɪzɪ]（忙線中的）

撥打・接聽 電話

dial [ˋdaɪəl] **the phone**
（撥打電話）

hello

（喂～）

answer [ˋænsɚ] **the phone**
（接聽電話）

hello

（喂～）

ˋænsɚ　　answer the phone——接聽電話

1　MP3 02-01

汽車
car
[kɑr]

一輛汽車：a car

兩輛汽車：two cars

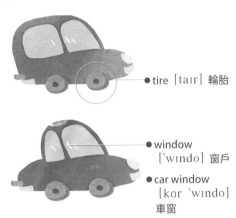

● tire [taɪr] 輪胎

● window
[`wɪndo] 窗戶

● car window
[kɑr `wɪndo]
車窗

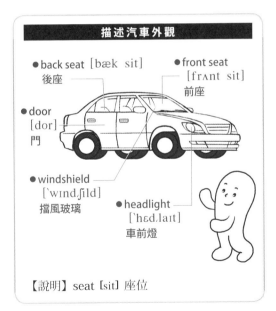

描述汽車外觀

● back seat [bæk sit]
後座

● front seat
[frʌnt sit]
前座

● door
[dor]
門

● windshield
[`wɪnd.ʃild]
擋風玻璃

● headlight
[`hɛd.laɪt]
車前燈

【說明】seat [sit] 座位

ples　place a breakdown sign——放置故障號誌

● breakdown sign
[`brek.daun saɪn]
=car breakdown sign
故障號誌

車況異常

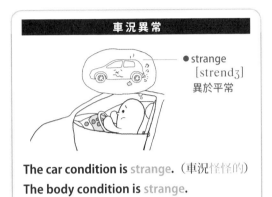

● strange
[strendʒ]
異於平常

The car condition is strange.（車況怪怪的）
The body condition is strange.
（身體狀況怪怪的）

● 名詞＋condition [kən`dɪʃən] …的狀況

`hæpənd　a car accident happened——發生了車禍（原形 happen [`hæpən]）

車禍・連環車禍

car accident ／ car crash（車禍）
[`æksədənt]　[kræʃ]

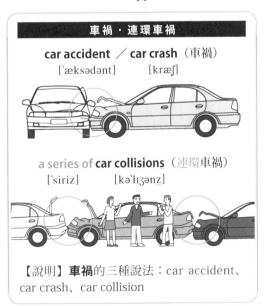

a series of car collisions（連環車禍）
[`siriz]　[kə`lɪʒənz]

【說明】**車禍**的三種說法：car accident、
car crash、car collision

衝撞

streetlamp
['strit,læmp]
（路燈）

● crash
[kræʃ]
衝撞

drive a car and crash into the streetlamp
（駕車並衝撞路燈）

● …and… ／然後…、…並且…
● crash into＋某物／衝撞上某物

被車撞

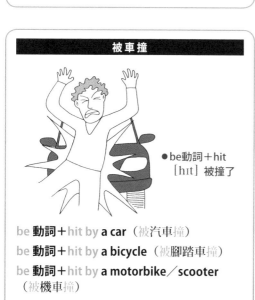

● be動詞＋hit
[hɪt] 被撞了

be 動詞＋hit by a car（被汽車撞）
be 動詞＋hit by a bicycle（被腳踏車撞）
be 動詞＋hit by a motorbike／scooter
（被機車撞）

● be 動詞＋hit（動詞過去分詞）＋by …／被…撞
● bicycle ['baɪsɪk!] 腳踏車
● motorbike ['motɚ,baɪk] 小型的摩托車
● scooter ['skutɚ] 有腳踏板、小型的摩托車

---

hɪt　hit the brakes——踩煞車
＝start [stɑrt] the brakes
＝activate ['æktə,vet] the brakes

—— start、activate：啟動某種裝置 ——

啟動汽車的某種裝置，英文裡常用下面這兩個字：

● start [stɑrt] 啟動、展開
● activate ['æktə,vet] 啟動、使產生動作

start the engine（啟動引擎）
start the brakes（啟動煞車）

activate the brakes（啟動煞車）
activate central-controlled door locks
（啟動中控門鎖）

● engine ['ɛndʒən] 引擎
● brake [brek] 煞車
● central-controlled ['sɛntrəl kən'trold]
由中央控制的

---

tɝn　turn on the turn signal——打方向燈
＝use [juz] the turn signal

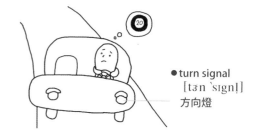

● turn signal
[tɝn 'sɪgn!]
方向燈

開啟・關閉 各種車燈

- turn on [tɜn ɑn] 開啟燈源
- turn off [tɜn ɔf] 關閉燈源

turn on／turn off **the headlight**
（打開／關閉車大燈）

turn on／turn off **the high beams**
（打開／關閉車遠燈）

turn on／turn off **the dipped headlight**
（打開／關閉車近燈）

turn on／turn off **the fog lights**
（打開／關閉車霧燈）

turn on／turn off **the flash lights**
（打開／關閉車閃燈）

- headlight [`hɛd͵laɪt] 車大燈
- beam [bim] 光束、光線
- dipped [dɪpt] 程度下降的
- fog [fɑg] 霧
- flash [flæʃ] 閃光、閃爍

---

stop　stop the car——停下車輛

stop the car：停下車輛

- traffic light [`træfɪk laɪt] 紅綠燈

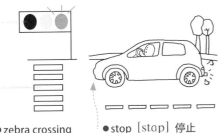

- zebra crossing
  [`zibrə `krɔsɪŋ]
  斑馬線
- stop [stɑp] 停止

stop the car **at a red light**
（在紅燈處停下車輛）

- at＋某地點／在某個地點

---

park　park the car——停放、停泊車輛

park the car：停放、停泊車輛

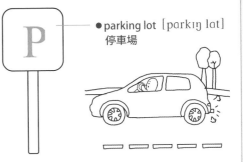

- parking lot [`pɑrkɪŋ lɑt]
  停車場

park the car **at the parking lot**
（停放車輛在停車場）

- at＋某地點／在某個地點

【說明】
紅燈時停下車輛和**在停車場**停放車輛，要注意兩者用法不同：

stop **the car**：行駛途中，暫停車輛

park **the car**：停放、停泊車輛

---

park（停放、停泊）的相關字

- park [pɑrk] 停放車輛（動詞）
- parking [pɑrkɪŋ] 停放車輛（名詞）

禁止**停放車輛**：no parking

違規**停放車輛**：illegal parking

- illegal [ɪ`ligḷ] 違法的

並排停車

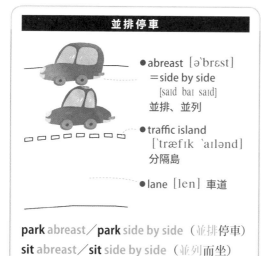

- abreast [ə`brɛst]
  ＝side by side
  [saɪd baɪ saɪd]
  並排、並列
- traffic island
  [`træfɪk `aɪlənd]
  分隔島
- lane [len] 車道

park abreast／**park** side by side （並排停車）
sit abreast／**sit** side by side （並列而坐）

臨時停車

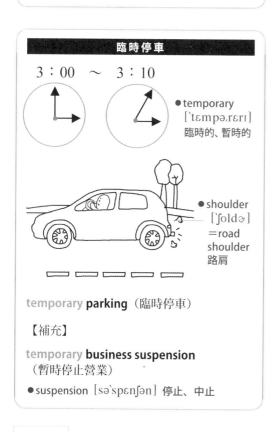

3：00　～　3：10

- temporary
  [`tɛmpə,rɛrɪ]
  臨時的、暫時的

- shoulder
  [`folde]
  ＝road
  shoulder
  路肩

temporary **parking** （臨時停車）

【補充】

temporary **business suspension**
（暫時停止營業）

- suspension [sə`spɛnʃən] 停止、中止

draɪv　　drive a car——駕駛汽車

- drive [draɪv]
  駕駛交通工具

---

drive（駕駛）的相關字

- drive [draɪv] 駕駛（動詞）
- driving [`draɪvɪŋ] 駕駛（名詞）
- driver [`draɪvə] 駕駛者（名詞）

無照駕駛：drive without a license
酒後駕車：drunk driving
駕駛執照：driver's license

- drunk [drʌŋk] 酒醉的

【說明】license [`laɪsŋs] 是指**證照、執照**。相關字有：**driver's license**（駕駛執照）、**business license**（營業執照）、**no license**（無執照）。

"準備開車"3步驟

1 駕駛座：driver's seat

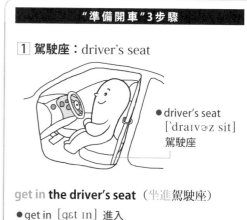

- driver's seat
  [`draɪvəz sit]
  駕駛座

get in **the driver's seat** （坐進駕駛座）
- get in [gɛt ɪn] 進入

---

② 安全帶：seat belt

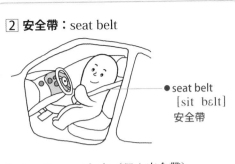

● seat belt
[sit bɛlt]
安全帶

fasten the seat belt（繫上安全帶）

● fasten [ˋfæsn̩] 繫上

③ 引擎：engine

● engine
[ˋɛndʒən]
引擎

start the engine（發動引擎）

● start [stɑrt] 啟動、發動

"開車上路" 2 步驟

① 油門：gas pedal

● gas pedal
[gæs ˋpɛdl̩]
油門

step on the gas pedal（踩油門）

● step on... [stɛp ɑn] 踩踏於…之上

---

② 方向盤：steering wheel

● steering wheel
[ˋstɪrɪŋ hwil]
方向盤

turn the steering wheel（轉動方向盤）

● turn [tɝn] 轉動

行車狀況

① 飆車

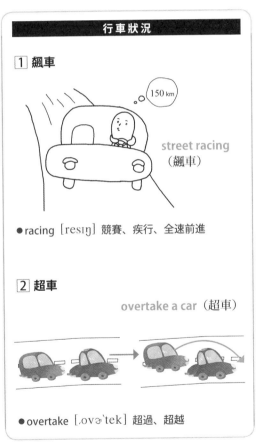

150 km

street racing
（飆車）

● racing [ˋresɪŋ] 競賽、疾行、全速前進

② 超車

overtake a car（超車）

● overtake [ˌovəˋtek] 超過、超越

③ 塞車

- can't move
= can't move forward
[muv `fɔrwəd]
不能移動、不能前進

traffic jam （塞車）

- jam [dʒem] 擁擠、堵塞

`dʒɔɪraɪd   take a joyride── （用交通工具）
兜風

- take a joyride [`dʒɔɪraɪd]
兜風

take a joyride **in the mountains** [`maʊntn̩z]
（在山裡兜風）

【補充】**開車兜風**：drive the car for a joyride

bæk   back the car──倒車

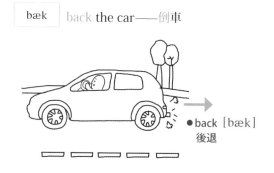

- back [bæk]
後退

2　　　　　　　MP3 02-02

計程車

taxi
[`tæksɪ]

- taxi driver [`draɪvə] 計程車司機

一整排**計程車**：a row of taxis

- a row of [ə ro ɔf] 一排、一列

wet   wait for the taxi──等計程車

- taxi stand [`tæksɪ stænd]
= cab stand [`kæb stænd] 計程車招呼站

- fall in line [fɔl ɪn laɪn]
= line up [laɪn ʌp] 排隊

招計程車

① **某人舉手**：raise one's hand

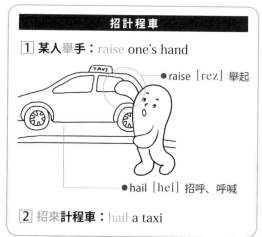

- raise [rez] 舉起

- hail [hel] 招呼、呼喊

② **招來計程車**：hail a taxi

2　汽車　2 計程車

tek	take the taxi——搭乘計程車

take＋the＋交通工具

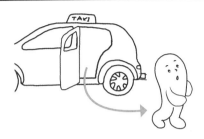

● take [tek]
搭乘

【說明】搭乘交通工具是：**take＋the**（定冠詞）**＋交通工具**。例如：**take the taxi**（搭計程車），**take the bus**（搭公車）。

take（搭乘交通工具）的其他用法

take the plane [plen]（搭飛機）

take the MRT（搭捷運）

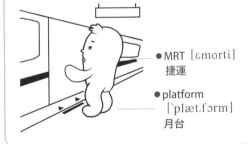

● MRT [ɛmɑrti]
捷運

● platform
['plæt.fɔrm]
月台

共乘：share

● share [ʃɛr] 共乘、共同分享

share a taxi（共乘計程車）

gɛt	get out of the taxi——下計程車

get out of＋the＋交通工具

【說明】下交通工具是：**get out of＋the**（定冠詞）**＋交通工具**，或 **get off＋the**（定冠詞）**＋交通工具**。例如：**get out of the taxi**（下計程車），**get off the bus**（下公車）。

'opən	open the taxi door——打開計程車門
kloz	close the taxi door——關上計程車門

open
['opən]
（打開）

close
[kloz]
（關上）

3　　　　　　　MP3 02-03

車窗

car window
[kɑr 'wɪndo]

一扇**車窗**：a car window

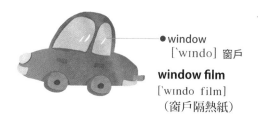

● window
[ˋwɪndo] 窗戶

window film
[ˋwɪndo film]
（窗戶隔熱紙）

| brek | break the car window——打破車窗

● break
[brek]
打破

| rez | raise the car window——升起車窗

raise（升起、抬起）的相似字

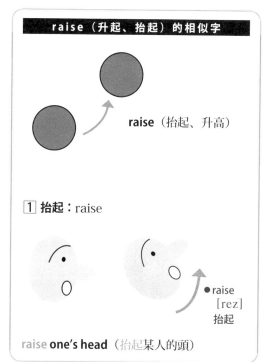

raise（抬起、升高）

1 抬起：raise

● raise
[rez]
抬起

raise one's head（抬起某人的頭）

---

2 使…飛到空中：fly…into the air

● fly [flaɪ]
使…飛走

kite [kaɪt]（風箏）

fly a kite into the air（放風箏到高空）

3 施放：discharge

firework [ˋfaɪr.wɝk]
（煙火）

● discharge
[dɪsˋtʃɑrdʒ]
發射、放出

discharge fireworks into the air
（施放煙火到高空）

`loɚ` lower the car window——降下車窗

lower（降下、低下）的相似字

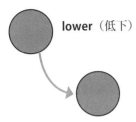

lower（低下）

1 低下：lower

●lower
[`loɚ]
低下

lower **one's head**（低下某人的頭）

2 使…下垂：hang downwards

●hang downwards
[hæŋ daʊnwɚdz]
向下垂掛

cloudless day baby
[`kaʊdlɪs de `bebɪ]
（晴天娃娃）

hang downwards **the cloudless day baby**
（向下垂掛晴天娃娃）

●downwards [daʊnwɚdz] 向下地，副詞。也可寫作 downward

輪胎

tire
[taɪr]

tʃendʒ change the tire——換輪胎

●change
[tʃendʒ]
更換

ɪn`stɔl install the tire——安裝輪胎

install（安裝、配裝）的其他用法

install **the ink cartridge**（裝上墨水匣）
install **software**（安裝軟體）
install **the driver**（安裝驅動程式）

●ink [ɪŋk] 墨水
●cartridge [`kɑrtrɪdʒ] 卡匣
●software [`sɔft.wɛr]（電腦）軟體
●driver [`draɪvɚ] 驅動程式

pʌmp pump——打氣

●pump [pʌmp]
填入氣體或液體

pump **the tire**（將輪胎打氣）

flæt the tire goes flat——輪胎爆胎（原形：go flat）

- flat ［flæt］ 洩了氣的
- go flat 爆胎

5　　　　　　　　　　　MP3 02-05

安全帶　seat belt （或可寫成 seatbelt）
［sit bɛlt］

- seat belt
  ［sit bɛlt］
  安全帶

繫上安全帶

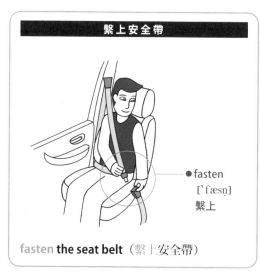

- fasten
  ［ˋfæsn̩］
  繫上

fasten the seat belt （繫上安全帶）

解開安全帶

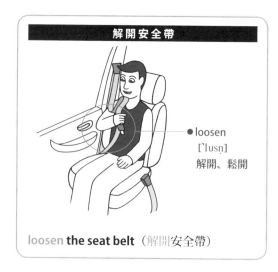

- loosen
  ［ˋlusn̩］
  解開、鬆開

loosen the seat belt （解開安全帶）

fasten（繫上）的其他用法

fasten the necktie （繫上領帶）

- necktie
  ［ˋnɛk͵taɪ］
  領帶

- fasten
  ［ˋfæsn̩］
  繫上

fasten apron straps （繫上圍裙的帶子）
fasten shoelaces （繫上鞋帶）

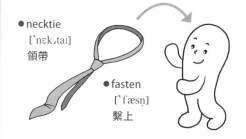

- apron ［ˋeprən］ 圍裙
- strap ［stræp］ 織細且堅固的帶子
- shoelace ［ˋʃu͵les］ 鞋帶

loosen（解開）的相似字

loosen buttons（解開扣子）

- button [`bʌtn̩]
  鈕扣
- loosen [`lusn̩]
  解開

dismantle tires（卸除輪胎）

- dismantle
  [dɪs`mæntl̩] 卸除
- tire
  [taɪr]
  輪胎

take off glasses（取下眼鏡）

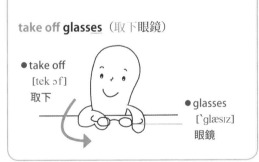

- take off
  [tek ɔf]
  取下
- glasses
  [`glæsɪz]
  眼鏡

---

adjust（調整）的其他用法

adjust [ə`dʒʌst] 調整至適當的狀態

adjust **temperature**（調節溫度）
adjust **stereo volume**（調整音響的音量）

adjust volume
（調整音量）

- temperature [`tɛmprətʃɚ] 溫度
- stereo [`stɛrɪo] 音響
- volume [`vɑljəm] 音量

6　　　　　　　　　　　　　　　MP3 02-06

汽油　gasoline / gas
　　　　　[`gæsəˌlin]　[gæs]

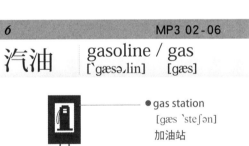

- gas station
  [gæs `steʃən]
  加油站

ə`dʒʌst　adjust the length of the seat
belt——調整安全帶的長度

- length [lɛŋθ] 長度

---
gasoline（汽油）的計量單位

一桶汽油：a bucket of gasoline
['bʌkɪt]

一公升汽油：a liter of gasoline
['litɚ]

一加侖汽油：a gallon of gasoline
['gælən]

"汽油"的相關字

省油：fuel-efficient ['fjuəl ɪ'fɪʃənt]

耗油：fuel-inefficient ['fjuəl ɪnə'fɪʃənt]

省油車：fuel-efficient car

耗油車：fuel-inefficient car
＝gas guzzler ['gʌzlɚ]

無鉛汽油：unleaded gasoline

●unleaded [ʌn'lɛdɪd] 無鉛的

| ˌovɚ'floz | gas overflows——汽油滿出來（原形：overflow [ˌovɚ'flo]）|

---
overflow（滿出、溢出）的其他用法

beer [bɪr]（啤酒）

●overflow [ˌovɚ'flo]
溢出、滿出

side dish [saɪd dɪʃ]
（小菜）

beer overflows（啤酒滿出來）

| æd | add gas——加汽油 |

加油槍

●gas nozzle
[gæs 'nɑzl̩]
加油槍

●gas tank
[gæs tæŋk]
油箱

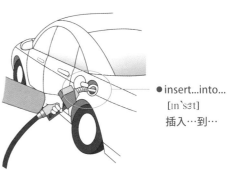

●insert...into...
[ɪn'sɝt]
插入…到…

insert the gas nozzle into the gas tank
（將加油槍插入油箱）

●insert…into＋某處／插入…到某處

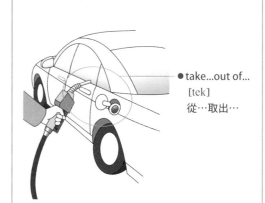

●take...out of...
[tek]
從…取出…

take the gas nozzle out of the gas tank
（將加油槍從油箱取出）

●take...out of＋某處／從某處取出…
---

liks | gas leaks——漏油（原形：leak [lik]）

leak（洩漏、漏出）的其他用法

1 雨水

● leak [lik]
液體或氣體從縫隙滲漏

rain leaks（雨水**滲漏**）

2 瓦斯

gas leaks（瓦斯**洩漏**）
● gas [gæs] 瓦斯

3 光線

● leak out [lik aut]
洩漏出來

light leaks out（光線**洩漏出來**）
● light [laɪt] 光、光線、光源

── 上漲・下跌 ──

● **go up** [go ʌp]（上漲）

$ 3 ➡ $ 3.5
three U.S.D.   three and a half U.S.D.
（3美元）   （3.5美元）

● **go down** [go daun]（下跌）

$ 3.5 ➡ $ 3
three and a half U.S.D.   three U.S.D.
（3.5美元）   （3美元）

The commodity prices go up.（物價上漲）
The commodity prices go down.（物價下跌）

● commodity [kə`mɑdətɪ] 商品

【單數】
● ...price goes up／…的價格上漲
● ...price goes down／…的價格下跌

【複數】
● ...prices go up／…的價格上漲
● ... prices go down／…的價格下跌

ʌp | the gas price goes up——汽油價格上漲（原形：go up）

daun | the gas price goes down——汽油價格下跌（原形：go down）

1　銀行

MP3 03-01

bank
[bæŋk]

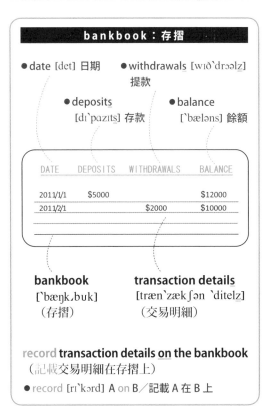

bankbook：存摺

- date [det] 日期
- withdrawals [wɪðˋdrɔəlz] 提款
- deposits [dɪˋpazɪts] 存款
- balance [ˋbæləns] 餘額

DATE	DEPOSITS	WITHDRAWALS	BALANCE
2011/1/1	$5000		$12000
2011/2/1		$2000	$10000

bankbook
[ˋbæŋkˏbuk]
（存摺）

transaction details
[trænˋzækʃən ˋditelz]
（交易明細）

record transaction details on the bankbook
（記載交易明細在存摺上）
- record [rɪˋkɔrd] A on B／記載 A 在 B 上

ˋopən　open a bank account——開立帳戶

bank account [əˋkaunt]
（銀行帳戶）

xx xx xx

---

open a bank account at the bank
（到銀行開立帳戶）
- at＋某地／在…，at 是表示地點、場所的介係詞

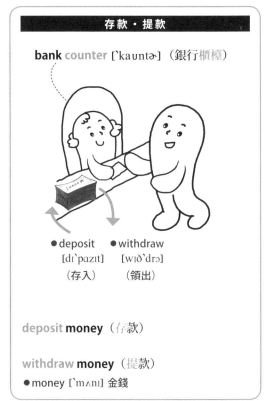

存款・提款

bank counter [ˋkauntɚ]（銀行櫃檯）

- deposit [dɪˋpazɪt]（存入）
- withdraw [wɪðˋdrɔ]（領出）

deposit money（存款）

withdraw money（提款）
- money [ˋmʌnɪ] 金錢

rɛnt　rent a safe——租保險箱
- safe [sef] 保險箱

ɪksˋtʃendʒ　exchange a foreign currency——兌換外幣
- foreign [ˋfɔrɪn] 外國的
- currency [ˋkɜənsɪ] 貨幣

sɛt　set a combination——設定密碼
- combination [ˏkɑmbəˋneʃən] 對號密碼、密碼鎖

[træns`fɝ]	transfer money at the bank——到銀行轉帳
[rɪ`mɪt]	remit money at the bank——到銀行匯款 = wire [waɪr] money at the bank

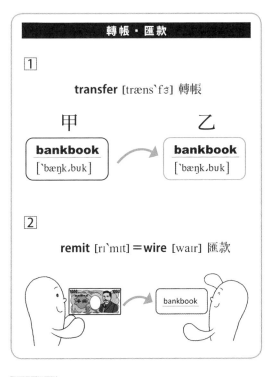

轉帳・匯款

1

transfer [træns`fɝ] 轉帳

甲　　　　　　　　乙

bankbook　→　**bankbook**
[`bæŋk͵buk]　　　[`bæŋk͵buk]

2

remit [rɪ`mɪt] ＝**wire** [waɪr] 匯款

[pe]	pay bills at the bank——到銀行繳費

●**bill** [bɪl] 帳單

●**pay** [pe] 支付

自動提款機

automatic teller machine
[͵ɔtə`mætɪk `tɛlɚ mə`ʃin]
（常縮寫為ATM）

一台自動提款機：an ATM

兩台自動提款機：two ATMs

"提款" 3步驟

1 **插入卡片**

ATM （自動提款機）

●**put into...**
[put `ɪntu]
放入…、插入…

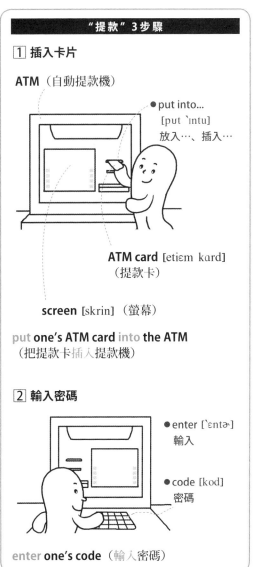

ATM card [etiɛm kɑrd]
（提款卡）

screen [skrin] （螢幕）

put one's ATM card into the ATM
（把提款卡插入提款機）

2 **輸入密碼**

●**enter** [`ɛntɚ]
輸入

●**code** [kod]
密碼

enter one's code （輸入密碼）

③ 取出現金

● withdraw
[wɪðˋdrɔ]
取出、抽出

cash [kæʃ] （現金）

withdraw **cash** （取出現金）

3　　　　　　　　　　MP3 03-03

信用卡
credit card
[ˋkrɛdɪt kɑrd]

一張**信用卡**：a credit card

信用卡附帶的旅行平安保險：

travel accident insurance attached to the credit card

● travel [ˋtrævl] 旅行
● accident insurance [ˋæksədənt ɪnˋʃurəns] 意外險
● 某物＋attached to [əˋtætʃt tu] ... ／某物附帶於…

ə`plaɪ　apply for a credit card——辦信用卡
　　　　　　● apply for＋某物／申請某物

---

① 遺失卡片

● lose [luz] 遺失

I lost my credit card. （我遺失了信用卡）

● lost [lɔst] 遺失，lose [luz] 的過去式

② 卡片被盜刷

● be used in fraud [bi `just ɪn frɔd]
被盜用

My credit card was used in fraud.
（我的信用卡被盜刷了）

● was [wɑz] be 動詞的第一、第三人稱過去式
● fraud [frɔd] 詐欺行為

---

rɪ`port　report a lost credit card——掛失
信用卡

　　　● lost [lɔst] 遺失的

---

lose・lost的相關用法

1 lose [luz]（遺失）

lose one's ID card（遺失身分證）

lose important documents（遺失重要的文件）

- ID card [aidi kɑrd] 身分證，
  identity card [ai`dɛntəti kɑrd] 的略稱
- important [im`pɔrtn̩t] 重要的
- document [`dɑkjəˌmɛnt] 文件

2 report a lost...（掛失…）

report a lost passport（掛失護照）

report a lost driver's license（掛失駕照）

- lost [lɔst] 遺失的
- passport [`pæsˌport] 護照
- driver's license [`draivə·z `laisn̩s] 駕照

剪卡

信用卡

VISA

- cut [kʌt] 剪開

cut one's credit card（剪信用卡）

ɪk`sid   exceed spending limit——超過消費限額
- spending [`spɛndɪŋ] 花費
- limit [`lɪmɪt] 限制

ɪk`spaɪrd   date of use expired——使用期限到期了（原形：expire [ɪk`spaɪr]）

---

expire（到期）的其他用法

insurance [ɪn`ʃurəns] **expired**（保險到期了）

contract [`kɑntrækt] **expired**（合約到期了）

anesthetic effects expired（麻醉的效果終止）

- anesthetic effect [ˌænəs`θɛtɪk ɪ`fɛkt] 麻醉的效果
- …expired／…到期限了

swaɪp   swipe the credit card to shop——刷卡購物
- shop [ʃɑp] 購物

credit card [`krɛdɪt kɑrd]（信用卡）

- swipe the credit card to... ／刷信用卡做…
- to... ／為了…，to 表示目的

saɪn   sign one's name on the credit card——在信用卡上簽名
- name [nem] 名字

sign [saɪn]（簽字）

sign one's name（簽名）

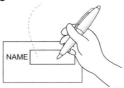

NAME

on the credit card（在信用卡上）
- on＋某物／某物之上

| ə`plaɪ | apply for a new credit card——補辦信用卡 |

- new [nju] 新的

| `æktə,vet | activate the credit card——將信用卡開卡 |

4　　　　　　　　　　　MP3 03-04

鈔票 硬幣

note [not] ／ bill [bɪl]

coin [kɔɪn]

一張鈔票：a note

一疊鈔票：a stack [stæk] of notes

- a stack of…／一疊…

| pe | pay with notes——用紙鈔付款 |

cash [kæʃ]（現金）

note [not]（鈔票）

pay with cash（用現金付款）

- pay with…／用…付款

【提醒】**cash**（現金）是**不可數**名詞。

換鈔・換零錢

- change [tʃendʒ] 更換

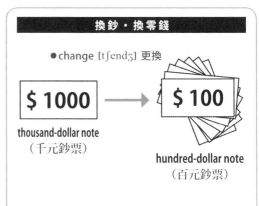

$ 1000 　→　 $ 100

thousand-dollar note
（千元鈔票）

hundred-dollar note
（百元鈔票）

- thousand [`θaʊznd] 一千的；一千
- hundred [`hʌndrəd] 一百的；一百

change a thousand-dollar note into hundred-dollar notes
（將一張千元鈔票換成百元鈔票）

change notes into coins（將紙鈔換成硬幣）

change coins into notes（將硬幣換成紙鈔）

- change A into B／把 A 換成 B

| tek | take out a thousand-dollar note——拿出一張千元鈔票 |

- take out [tek aʊt] 取出、拿出

wallet [`wɑlɪt]（皮夾）

take out a thousand-dollar note from the wallet
（從皮夾拿出一張千元鈔票）

- take out...from＋某處／從某處拿出…

| θro | throw coins——丟、拋擲銅板 |
|　　| ＝toss [tɔs] coins |

● throw [θro] = toss [tɔs]
丟擲、拋丟

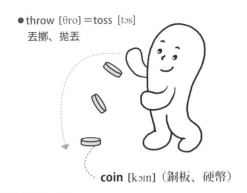

coin [kɔɪn]（銅板、硬幣）

| ˌæksə`dɛntl̩ɪ | accidentally take a counterfeit note——不小心拿到假鈔 |

● counterfeit [`kaʊntə˙ˌfɪt] 偽造的

── **accidentally**（不小心地）的其他用法 ──

accidentally bought fake goods
（不小心買到假貨）

accidentally bought defective goods
（不小心買到瑕疵品）

● bought [bɔt] 購買，buy [baɪ] 的過去式
● fake [fek] 假的
● goods [gʊdz] 商品
● defective [dɪ`fɛktɪv] 瑕疵的

| kaʊnt | count notes——數鈔票 |

●count [kaʊnt]
點算、計算

note [not] = **bill** [bɪl]
（紙鈔）

【補充】
數鈔機：bill counting machine
　　　 [bɪl kaʊntɪŋ mə`ʃɪn]

● count on one's fingers：用手指頭算

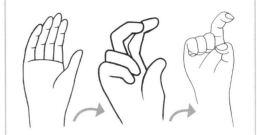

count **the number of times** on one's fingers
（用手指頭算次數）
count **the number of people** on one's fingers
（用手指頭算人數）
● the number [`nʌmbə˙] of... ∕…的數量
● time [taɪm] 次、回

| tʃendʒ | change into new notes——換成新鈔 |

| sev | save into a piggy bank——存入撲滿 |

piggy bank：存錢筒、撲滿

● save …into… [sev `ɪntu]
存入…

piggy bank [`pɪgɪ bæŋk]（撲滿）

> **save coins into a piggy bank**
> （把硬幣存入存錢筒）
> ● save A into B／把 A 存入 B

flɪp	flip a coin——丟銅板決定

wɪʃ	toss a coin to make a wish——丟銅板許願

● toss [tɔs] 丟擲

---

wish（願望）的用法

wish to be a rich person
（希望當有錢人）

to the stars
（對著星星）

make a wish（許願）

● wish to be…／希望當…

make a wish **to the stars**（對星星許願）
make a wish **to the shooting star**
（對流星許願）
make a wish **to the Buddha**（對菩薩許願）
● shooting star [`ʃutɪŋ star] 流星
● Buddha [`budə] 菩薩

股票

stock
[stak]

一張股票：a share [ʃɛr] of stock
兩張股票：two shares of stock

baɪ	buy stock——買股票

sɛl	sell stock——賣股票

股價漲・股價跌

● rise [raɪz] 上漲	● drop [drap] 下跌
	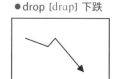
stock prices rise （股價上漲）	**stock prices** drop （股價下跌）

● …prices rise／…價格上漲
● …prices drop／…價格下跌

支票

check
[tʃɛk]

一本支票簿：a checkbook [`tʃɛk,buk]

● **payee** [pe`i]（受款人）

$ XXX

● **amount of** payment
[ə`maunt] [`pemənt]
（支付的金額）

● **payer** [`peɚ]
（付款人）

| pe | pay by check——用支票付款 |

●by…／用…工具

| baʊns | bounce a check——作廢支票 |

●bounce [baʊns] 作廢（支票）

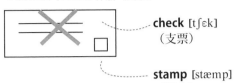

check [tʃɛk]
（支票）

stamp [stæmp]
（蓋章）

| raɪt | write a check——開立支票 |

| kæʃ | cash a check——兌現支票 |

---

cash（兌現）的同義用法

【說明】

cash [kæʃ]（**兌現**）通常用於支票的兌現，表達**兌換其他物品成現金**時，要用 **exchange** [ɪks`tʃendʒ] … **into cash**。

●exchange [ɪks`tʃendʒ] … into cash
兌換…成現金

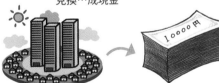

multi-storey building
[ˏmʌlti`stɔrɪ `bɪldɪŋ]
（高樓）

cash [kæʃ]
（現金）

exchange **the land** into cash
（兌換土地成現金）

exchange **mileage** into cash
（兌換里程數成現金）

exchange **a gift coupon** into cash
（兌換禮券成現金）

●land [lænd] 土地　●mileage [`maɪlɪdʒ] 里程
●gift coupon [gɪft `kupɑn] 禮券

| sil | seal a stamp on the check——在支票上蓋章 |

●seal [sil] 蓋（章）
●seal a stamp [stæmp]
用印、蓋章

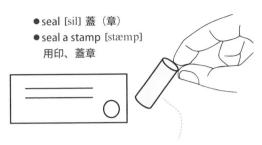

stamp [stæmp]（印章）

seal a stamp on the **contract** [`kɑntrækt]
（在合約書上蓋章）

●seal a stamp on＋某處／在某處蓋章

| stɑp | stop payment on a check——止付支票 |

●payment [`pemənt] 支付

—— s t o p （使…停止）的其他用法 ——

stop **fighting** [`faɪtɪŋ]（制止爭吵）
stop **global warming**（制止全球暖化）
stop **nuclear power plants**（制止核能發電廠）

●global warming [`globl̩ `wɔrmɪŋ] 全球暖化
●nuclear power [`njuklɪɚ `pauɚ] 核能
●plant [plænt] 工廠

---

1 MP3 04-01

捷運

mass rapid transit
[mæs `ræpɪd `trænsɪt]
（常縮寫為MRT）

tek take the MRT——搭乘捷運

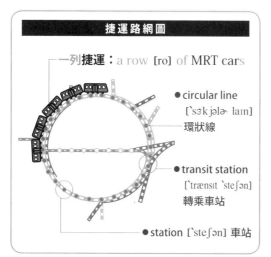

捷運路網圖

一列**捷運**：a row [ro] of MRT cars

● circular line [`sɜkjələ laɪn] 環狀線

● transit station [`trænsɪt `steʃən] 轉乘車站

● station [`steʃən] 車站

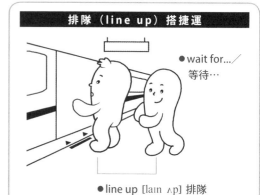

排隊（line up）搭捷運

● wait for.../ 等待…

● line up [laɪn ʌp] 排隊

line up to take the MRT（排隊搭乘捷運）

【說明】line up to...（排隊，為了…）的 **to** 是**不定詞用法**，表示**動作的目的**，須注意 to 的後面要接**原形動詞**。

line up v.s. **line up** to＋原形動詞
（排隊）   （排隊，為了做…）

mɪs take the MRT and miss one's station
——搭捷運搭過站

● ...and.../ ...並且…
● station [`steʃən] 車站

● miss [mɪs] 錯過
● miss one's station /搭過站

博愛座：priority seat

yield a seat [jild]（讓座）

priority seat

博愛座（priority seat [praɪ`ɔrətɪ sit]）是大眾運輸系統上，提供給**老年人**（elderly [`ɛldəlɪ]）、**孕婦**（pregnant woman [`prɛgnənt `wumən]）、**行動不便者**（disabled people [dɪs`eblḍ `pipḷ]）優先使用的座位。

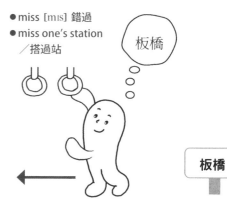

板橋

wet wait for the MRT——等捷運

| kənˋstrʌkt | construct the MRT system——興建捷運 |

- system [ˋsɪstəm] 系統

construct（興建、建造）的其他用法

- mansion [ˋmænʃən] 別墅

construct **a mansion**（建造別墅）

- apartment [əˋpɑrtmənt] 公寓住宅

construct **an apartment**（建造公寓住宅）

- skyscraper [ˋskaɪˌskrepɚ] 高樓大廈

construct **a skyscraper**（建造高樓大廈）

| trænsˋfɝ | transfer to another line of the MRT ——轉搭別線捷運 |

- another [əˋnʌðɚ] 另一個的
- line [laɪn] 線路

- transfer [trænsˋfɝ] to... 轉換到…
- transfer to another line ／轉搭到別線

transit station
[ˋtrænsɪt ˋsteʃən]（轉乘站）

| tek | take the wrong line of the MRT——搭錯捷運 |

- wrong [rɔŋ] 錯誤的

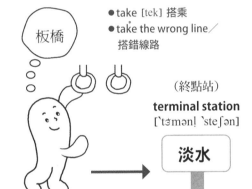

板橋

- take [tek] 搭乘
- take the wrong line／搭錯線路

（終點站）
terminal station
[ˋtɝmənḷ ˋsteʃən]

淡水

| ˋsɝvɪs | the MRT system is in service——捷運通車（原形 be in service） |

- in service／服務中

| ˋkærɪ | carry out a test drive of the MRT system——捷運試通車 |

- carry out [ˋkærɪ aut] 執行
- test [tɛst] 試驗
- drive [draɪv] 駕車

1 捷運　捷運／火車　4

carry out the test... (執行…試驗) 的其他用法

carry out a test operation of the machine
（機器試運轉）

carry out a test drive of the cable car
（纜車試通車）

● operation [ˌɑpəˈreʃən] 運作、運轉
● machine [məˈʃin] 機器

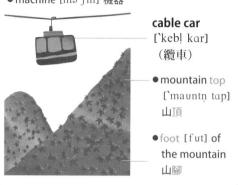

cable car
[ˈkebḷ kɑr]
（纜車）

● mountain top
[ˈmauntṇ tɑp]
山頂

● foot [fut] of
the mountain
山腳

 kəˈmjut　take the MRT to commute──搭捷
運通勤

● take＋交通工具＋to... ／搭乘交通工具,
為了…

2	MP3 04-02

車廂

carriage ／ car
[ˈkærɪdʒ]　　[kɑr]

一節車廂：a carriage

另一節車廂：another [əˈnʌðə] carriage

第一節車廂：the first [fɜst] carriage

最後一節車廂：the last [læst] carriage

● a carriage／
一節車廂

【說明】**first** [fɜst]（第一的）和 **last** [læst]（最後的）都含有「最高級」的意思。英文裡，在含有「最高級」意思的字前面需要加上**定冠詞 the**。

kloz　　the doors are about to close──
車門即將關閉（原形：be about to
close）

車門即將開啟・車門即將關閉

open	**close**
[ˈopən]	[kloz]
（開啟）	（關閉）

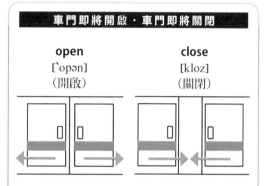

The doors are about to open.
（車門即將開啟）
The doors are about to close.
（車門即將關閉）

【說明】**be about** [əˈbaut] **to...** 意思是**即將…、將要…**。需注意的是 **to** 後面要接**原形動詞**。

捷運站內的廣播（announcement）

在**捷運站**（MRT station [ɛmartiˈsteʃən]）
候車時，我們經常會聽到各式的站內**廣播**
（**announcement** [əˈnaunsmənt]），其中
之一如下：

Please yield your seat to those in need.
（請禮讓座位給有需要的乘客）

- yield [jild] 讓出
- in need [ɪn nid] 需要接受幫助的

rʌʃ rush into the carriage——火速衝入
車廂

rush into（衝入）的用法

- rush into...
  [rʌʃ `ɪntu]
  衝入...

rush into the last tram car（衝入末班電車）

- last [læst] 最後的

kɔt be caught between car doors——被
車門夾住

- be＋caught（過去分詞）／被夾住
  （caught 是 catch [kætʃ] 的過去分詞）
- between... [bɪ`twin] ／...之間

be caught between...（被...夾住）

be caught between...：被夾在...之間

- be caught
  [bi kɔt]
  ／被夾住

be caught between doors（被門夾住）

- be caught
  [bi kɔt]
  被夾住

window [`wɪndo]（窗戶）

be caught between windows（被窗戶夾住）

wɔk walk out of the carriage——走出車廂

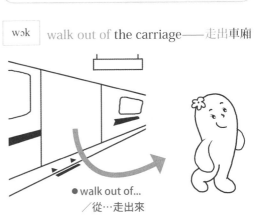

- walk out of...
  ／從...走出來

車廂廣告

- look at...
  [luk æt]
  看…

on-carriage advertisement
[ɑn `kærɪdʒ ˌædvəˈtaɪzmənt]
（車廂廣告）

look at **the on-carriage advertisement**
（看車廂廣告）

- on-carriage [ɑn `kærɪdʒ] 車廂上的
- advertisement [ˌædvəˈtaɪzmənt] 廣告

車內廣告

- strap [stræp] 拉環

in-car advertisement
[ɪn kɑr ˌædvəˈtaɪzmənt]
（車內廣告）

look at **the in-car advertisement**
（看車內廣告）

publish **an in-car advertisement**
（刊登車內廣告）

- in-car [ɪn kɑr] 車內的

補充：刊登廣告

- publish [`pʌblɪʃ] 刊登、刊載

publish **an advertisement** （刊登廣告）
publish **an article** [`ɑrtɪk!] （刊載文章）

3　　　　　　　　　　　　MP3 04-03

拉環　strap／support-ring
　　　[stræp]　[səˈport rɪŋ]

一排**拉環**： a row of straps
　　　　　 ＝a row of support-rings

- row [ro] 排、列

- a row of... ／一排…

hold　hold the strap——抓住**拉環**
　　　 ＝hold on to **a strap**

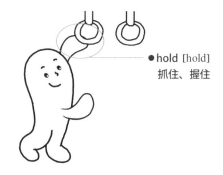

- hold [hold]
  抓住、握住

hold（抓住、握住）的其他用法

hold [hold] 是用手抓住、握住某物。hold 是**及物動詞**，也是**不及物動詞**。作為不及物動詞使用時，常用：**hold＋on to＋某物**（抓住某物）。例如：

1 欄杆

●railing [`relɪŋ] 欄杆

●hold on to... ／握住…

hold on to **the railing**（握住欄杆）

2 繩索

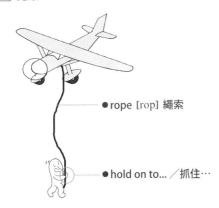

●rope [rop] 繩索

●hold on to... ／抓住…

hold on to **the rope**（抓住繩索）

【補充】hold 的動詞三態變化：**hold** [hold]（現）- **held** [hɛld]（過）- **held** [hɛld]（過分）。

手 "碰不到" 拉環

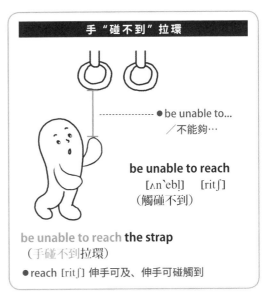

●be unable to... ／不能夠…

be unable to reach
[ʌn`ebl]　[ritʃ]
（觸碰不到）

be unable to reach **the strap**
（手碰不到拉環）

●reach [ritʃ] 伸手可及、伸手可碰觸到

手 "碰得到" 拉環

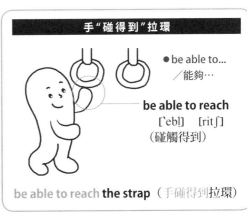

●be able to... ／能夠…

be able to reach
[`ebl]　[ritʃ]
（碰觸得到）

be able to reach **the strap**（手碰得到拉環）

4　　　　　　MP3 04-04

捷運站　MRT station
[ɛmɑrti `steʃən]

── 捷運站相關設備 ──

捷運站入口：MRT entrance [`ɛntrəns]

捷運站出口：MRT exit [`ɛksɪt]

售票機：ticket vending **machine**
[ˈtɪkɪt vɛndɪŋ məˈʃin]

兌幣機：coin-exchange **machine**
[kɔɪn ɪksˈtʃendʒ]

捷運路線圖：route map of the MRT system
[rut mæp]

---

the nearest station：最近的車站

● the nearest [nɪrɪst] ... ／距離最近的…

士林 捷運站　　**圓山** 捷運站

最近的**捷運站**：the nearest MRT station

最近的**警察局**：the nearest police station

● police station [pəˈlis ˈsteʃən] 警察局

捷運站前 "擺攤"

in front of a station
[frʌnt]　　[ˈsteʃən]
（在車站前面）

● vendor
[ˈvɛndə]
攤販

set up a stall [stɔl] （擺設攤位）

set up a stall **in front of an MRT station**
（在捷運站前擺攤）

● in front of＋某地／在某地前面

---

 wɔk　　walk into an MRT station——走進捷運站

進捷運站

MRT station [ɛmɑrti ˈsteʃən] （捷運站）

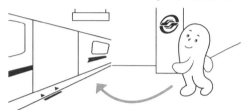

● walk into [wɔk ˈɪntu] ... ／走進…

【說明】走進某地是 **walk into...**，into 是「介係詞」，表示到…裡面。

● walk into＋某地／走進某地

---

walk into... （進入…） 的其他用法

walk into an elevator （進入電梯）

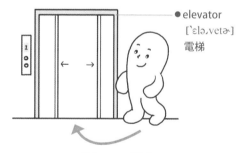

● elevator
[ˈɛlə͵vetə]
電梯

● walk into… ／進入…

walk into a fast food store （走進速食店）
walk into a convenience store
（走進便利商店）

● fast food [fæst fud] 速食
● store [stor] 商店
● convenience [kənˈvinjəns] 便利、方便

| pæs | pass by an MRT station——經過捷運站 |

●pass by [pæs baɪ] 經過

—— pass by（經過）的其他用法 ——

【說明】要表達**經過某個場所**，要用 **pass by＋場所**。**by** 是**介係詞**，表示**…的旁邊**。

pass by a park [pɑrk]
（經過公園）

pass by a beach [bitʃ]
（經過海灘）

pass by Times Square
（經過時代廣場）

●Times Square [taɪmz skwɛr] 紐約時代廣場
（此為專有名詞，首字母要大寫）

| mit | meet at an MRT exit——相約在捷運站出口見面 |

●exit [ˋɛksɪt] 出口

---

meet：相約

wait for...
[wɑt fɔr]
（等候…）

●meet [mit] at... ／相約在…見面

meet at the station exit
（相約在車站出口見面）

meet at a café（相約在咖啡廳見面）
●meet＋at＋地點／相約在某地見面
●café [kəˋfe] 咖啡廳

【圖】此圖的場景是日本涉谷車站的忠犬八公出口，此處是日本人相約見面的**熱門地點**（popular spot [ˋpɑpjələ spɑt]）。而「忠犬八公」是發生在日本、一隻**秋田犬**（Akita dog [ɑˋkitə dɔg]）守候主人的真實故事，2009 年時，美國**好萊塢**（Hollywood [ˋhɑlɪˌwud]）並將此故事**改編**（adapt [əˋdæpt]）成電影。

| wɔk | walk out of an MRT station——走出捷運站 |

出捷運站

MRT station [ɛmarti `steʃən] （捷運站）

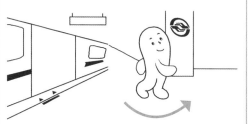

● walk out of [wɔk aut ɑv] ...／走出去…

【說明】從某地走出去是 walk out of..., out of 是「介係詞」，表示從…離開。而進入某地是 walk into..., 「介係詞」是 into。小心不要用錯了。

● walk into＋某地／走進某地
● walk out of＋某地／從某地走出去

出捷運站之後…

1 右轉‧左轉

left [lɛft] （左）　　　　right [raɪt] （右）

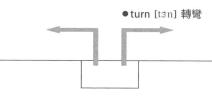

● turn [tɜn] 轉彎

MRT station （捷運站）

turn right （右轉）
turn left （左轉）

● turn＋方向／往…轉彎

---

2 搭公車

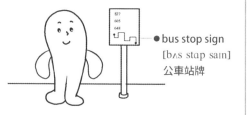

● bus stop sign
[bʌs stɑp saɪn]
公車站牌

take the bus （搭公車）

● take [tek]＋交通工具／搭乘某種交通工具

3 搭計程車

● taxi
[`tæksɪ]
計程車

take the taxi （搭乘計程車）

悠遊卡　EasyCard [`izɪ kard]

悠遊卡的功能

with the EasyCard：利用悠遊卡做…

【說明】with＋某物的意思是以某物為工具、利用某物做…。

take the MRT with the EasyCard
（用悠遊卡搭捷運）

take the bus with the EasyCard
（用悠遊卡搭公車）

---

take the taxi with the EasyCard
（用悠遊卡搭計程車）

park the car with the EasyCard
（用悠遊卡停車）

- take [tek] 搭乘
- bus [bʌs] 公車
- taxi [`tæksɪ] 計程車
- car [kɑr] 汽車
- park [pɑrk] 停放

| ba | buy <u>an</u> EasyCard——購買悠遊卡 |
| pe | pay with the EasyCard——用悠遊卡
付款 |

pay（付款）的其他用法

- pay [pe]
付款
- cash [kæʃ]
現金

pay with cash （用現金付款）

pay with credit card （用信用卡付款）

- pay with... ／用…付款
- credit card [`krɛdɪt kɑrd] 信用卡

進出車站・進出月台

enter the station
[`ɛntɚ] （進車站）

exit the station
[`ɛksɪt] （出車站）

swipe the EasyCard to enter the platform
（刷悠遊卡進月台）

swipe the EasyCard to exit the platform
（刷悠遊卡出月台）

- swipe [swaɪp] 刷過、擦過
- platform [`plæt͵fɔrm] 月台

| tʃɛk | check the balance——查詢餘額 |

- balance [`bæləns] 餘額

check（查詢）的其他用法

check timetable （查詢時刻表）

check train departure time （查詢發車時間）

check station name （查詢站名）

check shipping fee （查詢運費）

- timetable [`taɪm͵tebl] 時刻表
- train [tren] 列車
- departure [dɪ`pɑrtʃɚ] 出發、離開
- shipping [`ʃɪpɪŋ] 運輸
- fee [fi] 費用

| tɑp | top up the EasyCard——加值悠遊卡 |

加值悠遊卡

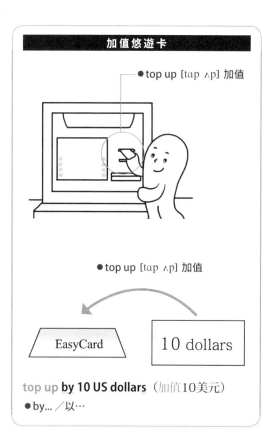

- top up [tɑp ʌp] 加值

- top up [tɑp ʌp] 加值

EasyCard　10 dollars

top up by 10 US dollars（加值10美元）
- by... ／以…

6　　　　　　　　　　　　MP3 04-06

票札口
ticket gate
[`tɪkɪt get]

- sensor [`sɛnsɚ]
票卡感應區

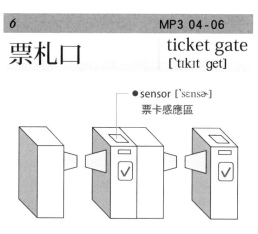

一個**票札口**：one ticket gate
一排**票札口**：a row [ro] of ticket gates

車票的種類

車票：ticket [`tɪkɪt]
一日券：one-day pass [wʌn de pæs]
單程車票：one-way ticket
來回車票：round-trip ticket
- pass [pæs] 通行證

- one-way [wʌn we] 單程的

go [go]（去）

- round-trip [raʊnd trɪp] 往返的、來回的

go [go]（去）

return [rɪ`tɚn]（回來）

---

pass through the ticket gate——通過票札口

- 動詞＋介係詞 through [θru] …通過、…經過

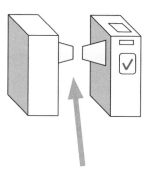

- pass through... [pæs θru]
通過…

無法通過票札口

- be unable [ʌnˋebl] to... ／無法…
- be unable to pass through... ／無法通過…

be unable to pass through the ticket gate
（無法通過票札口）

票卡感應區

1 感應票卡

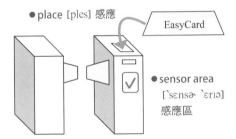

- place [ples] 感應

EasyCard

- sensor area [ˋsɛnsəˏɛrɪə] 感應區

place the EasyCard over the sensor area
（在感應區上方感應悠遊卡）

- over＋地點／在某處上方

2 顯示餘額

目前餘額：356元

- balance [ˋbæləns] 餘額

look at the balance（看餘額）

- look at [luk æt] 看

月台

platform [ˋplætˏfɔrm]

上層月台・下層月台

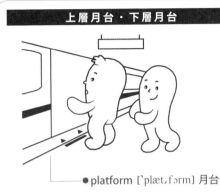

- platform [ˋplætˏfɔrm] 月台

upper deck [ˋʌpə dɛk] of platform
（上層的月台）

lower deck [ˋloə dɛk] of platform
（下層的月台）

- deck [dɛk] 平台

夜間婦女候車區

夜間婦女候車區   platform（月台）

nighttime safeguarded waiting zone
[ˋnaɪtˏtaɪm ˋsɛfˏgɑrdɪd ˋwetɪŋ zon]

wait for train at nighttime safeguarded waiting zone（在夜間婦女候車區等車）

- wait for [wet fɔr] ... 等候…

go｜go to the platform——到月台

搭 "手扶梯" 到月台

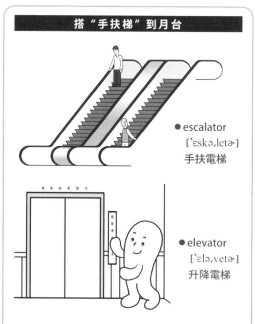

● escalator
['ɛskə,letɚ]
手扶電梯

● elevator
['ɛlə,vetɚ]
升降電梯

take the escalator to the platform
（搭手扶梯到月台）

take the elevator to the platform
（搭升降梯到月台）

● take [tek] 搭乘
● take＋運輸工具＋介係詞 to＋某處／搭乘…到某處

補充：go to...（前往…）的用法

● go to [go tu] ... ／前往…、去…

destination
[,dɛstə'neʃən]
（目的地）

go to the company ['kʌmpənɪ]（去公司）

go to school [skul]（去學校）

go to the park [pɑrk]（去公園）

● go to＋某地／去某地

---

laɪn

line up behind the warning line——
在警戒線後方排隊

● behind [bɪ'haɪnd] 在…後方

● warning line
[wɔrnɪŋ laɪn]
警戒線

line up [laɪn ʌp]（排隊）

在前方・在後方

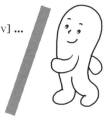

in front of [ɪn frʌnt ɑv] ...
（在…前方）

behind [bɪ'haɪnd] ...（在…後方）

in front of **the warning line**
（在警戒線的前方）

behind **the warning line**
（在警戒線的後方）

in front of **me**（在我的前方）

behind **me**（在我的後方）

rɔŋ

go to the wrong platform——弄錯月台

wrong（錯誤的、錯誤地）的用法

$$1 + 1 = 3$$

- wrong [rɔŋ] 錯誤的、錯誤地

calculate wrong（計算錯誤）

take the wrong road（走錯路）

- calculate [ˋkælkjəˌlet] 計算
- take [tek] 選擇
- road [rod] 道路

---

krɔs　cross the warning line——超越警戒線

- cross [krɔs] 超越

火車

train
[tren]

"火車" 的相關字

火車站：train station [ˋsteʃən]

車票：train ticket [ˋtɪkɪt]

鐵軌：rail [rel]

月台：platform [ˋplætˌfɔrm]

驗票員：ticket inspector [ˋtɪkɪt ɪnˋspɛktə]

時刻表：timetable [ˋtaɪmˌtebl]
　　　　＝train schedule [ˋskɛdʒʊl]

火車翻覆

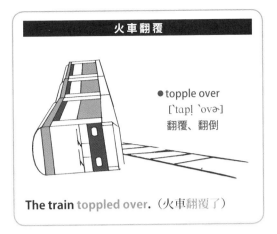

- topple over
  [ˋtɑpl̩ ˋovə]
  翻覆、翻倒

The train toppled over.（火車翻覆了）

əˋkʌmpənɪ　accompany one's friend to the train station——陪朋友到車站

- friend [frɛnd] 朋友

accompany（陪同、陪伴）的其他用法

- accompany
  [əˋkʌmpənɪ]
  陪同、陪伴

- airport
  [ˋɛrˌport]
  機場

accompany one's friend to the airport
（陪朋友到機場）

accompany one's friend to the hospital
（陪朋友到醫院）

- accompany 某人 to 某地／陪同某人到某地

---

kætʃ　be able to catch the train——趕得上火車

- be able to [bi ˋebl̩ tu] ... 能夠…
- catch [kætʃ] 及時搭上（車、船、飛機等）

趕得上・趕不上

be able to catch（趕得上）

be able to catch **the flight**（趕得上班機）
- flight [flaɪt] 班機、航班

be unable to catch（趕不上）
[ʌnˋebl̩]

be unable to catch **the flight**（趕不上班機）
- be unable to... ／無法…、不能夠…

— be able to catch（趕搭上…）的其他用法 —

be able to catch…：能及時搭上（交通工具）

be able to catch **the bus** [bʌs]（趕得上公車）
be able to catch **the tram** [træm]
（趕得上電車）

【補充】趕上某時間，常用 **meet** [mit]（**符合**）：be able to meet the deadline [ˋdɛdˏlaɪn]
（趕得上截止時間）

---

tek	take the train——搭乘火車
pæs	pass through the tunnel——通過隧道

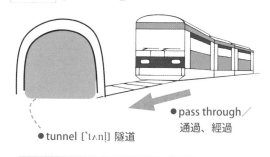

- pass through／
  通過、經過
- tunnel [ˋtʌnl̩] 隧道

pass through（通過）的相似用法

- zebra crossing
  [ˋzibrə ˋkrɔsɪŋ]
  斑馬線
- intersection
  [ˏɪntɚˋsɛkʃən]
  十字路口
- lane [len] 車道

walk across [wɔk əˋkrɔs] **the zebra crossing**
（走過斑馬線）
pass by [pæs baɪ] **an intersection**
（經過十字路口）

---

dɪˋled	train delayed——火車誤點了
	（原形 delay [dɪˋle]）

— delay（延誤、時間延後）的其他用法 —

florescence time delayed（花期延後了）
flight delayed（班機延後起飛了）
departure time delayed（出發時間延後了）

- florescence [floˋrɛsn̩s] 開花
- flight [flaɪt] 班機、航班
- departure [dɪˋpartʃɚ] 出發、離開

鐵軌

track／train rail
[træk]　　[tren rel]

一列**鐵軌**：a row [ro] of train rail

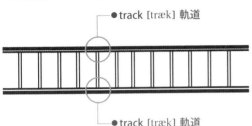

- track [træk] 軌道
- track [træk] 軌道

le　lay tracks——鋪設軌道

---

lay（鋪設）的其他用法

1 鋪坐墊

kneel [nil]
屈膝跪

- cushion
  [`kuʃən]
  坐墊、靠墊

lay **a cushion**（鋪坐墊）

2 鋪塑膠墊

cherry blossom viewing
[`tʃɛrɪ `blasəm vjuɪŋ]（賞櫻）

- plastic mat
  [`plæstɪk mæt]
  塑膠墊

lay **a plastic mat**（鋪塑膠墊）

- cherry [`tʃɛrɪ] 櫻桃樹
- blossom [`blasəm] 花、開花
- viewing [vjuɪŋ] 觀賞
- plastic [`plæstɪk] 塑膠的
- mat [mæt] 墊子

3 鋪葉子

sashimi [sɑ`ʃimɪ]
（生魚片）

- leaf blade [lif bled] 葉片

lay **a leaf blade**（鋪葉片）

- leaf [lif] 葉子
- blade [bled]（葉）片、（葉）身

---

trıpt　tripped over the tracks——被軌道
絆住（原形 trip over [trɪp `ovə]）

trip（絆倒）的其他用法

- trip [trɪp] 絆住

fall [fɔl]
（跌倒、掉落）

stone [ston]
（石頭）

tripped over **a stone**（被石頭絆住）

tripped over **a stone** and **fell**
（被石頭絆住、跌倒）

- trip over... ／被…絆住
- …＋連接詞 and [ænd] ... ／…並且…
- fell [fɛl] 跌倒，fall [fɔl] 的過去式

【說明】and 連接兩個動詞時，動詞的**時態需一致**，如上述句子的 tripped（**過去式**）＋ **and** ＋ fell（**過去式**）。

---

fɔl   fall into the train rails——陷入軌道
- into... ／到…裡

fall into...（陷入…）的用法

- fall into...
  [fɔl `ɪntu]
  陷入…

fall into **the tracks**（陷入軌道）
fall into **enemy's tactics**（陷入敵人的戰術）

- enemy [`ɛnəmɪ] 敵人
- tactics [`tæktɪks] 戰術、策略

火車票

train ticket
[tren `tɪkɪt]

---

baɪ   buy a train ticket——買車票

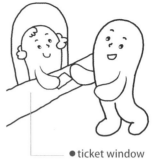

- ticket window
  [`tɪkɪt `wɪndo] 售票窗口

buy a train ticket **at the ticket window**
（在售票窗口買車票）
- at＋地點／在某處

buy a train ticket **with a ticket vending machine**
（用自動售票機買車票）
- with＋某物／利用某物
- vending [vɛndɪŋ] 出售、販賣
- machine [mə`ʃin] 機器

rɪ`fʌnd   refund the train ticket——退車票

refund（退還金額）的其他用法

- refund [rɪ`fʌnd] 退還金額

refund **cash** [kæʃ]（退還現金）
refund **deposit** [dɪ`pazɪt]（退還押金）
refund **the flight ticket**（退機票）
- flight ticket [flaɪt `tɪkɪt] 機票

| ʃo | show one's train ticket——出示車票 |

show：出示某物

● show [ʃo] 出示

ticket
（車票）

ticket inspector
[`tɪkɪt ɪn`spɛktɚ]
（驗票員）

passenger
[`pæsn̩dʒɚ]
（乘客）

show one's train ticket to the ticket inspector
（出示車票給驗票員看）

● show＋某物＋to＋某人／出示某物給某人看

● show [ʃo] 出示

ID card
（身分證）

police [pə`lis]（警察）

show one's ID card to the police
（出示身分證給警察看）

● ID card [aɪdi kɑrd] 身分證,
identity card [aɪ`dɛntətɪ kɑrd] 的略稱

| ɪg`zæmɪn | examine the train ticket——查驗車票 |

| buk | book a train ticket——預購車票 |

——— **b o o k（預購）的其他用法** ———

book a train ticket through the Internet
（透過網路預購車票）

book a train ticket through telephone voice system
（用電話語音預購車票）

● book＋某物＋through…／透過…預購某物
● Internet [`ɪntɚˏnɛt] 國際網路（注意首字母恆為大寫）
● telephone [`tɛləˏfon] 電話
● voice system [vɔɪs `sɪstəm] 語音系統

1   MP3 05-01

電腦

computer
[kəm`pjutɚ]

電腦的種類

桌上型的電腦： desk-top computer
[dɛsk tap]

筆記型電腦： notebook computer
[`not͵bʊk]

平板電腦： tablet [`tæblɪt] computer

電腦周邊設備

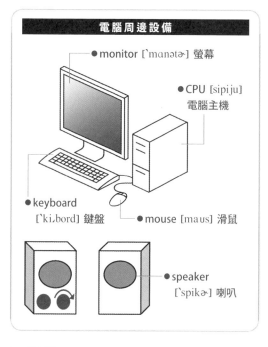

● monitor [`manətɚ] 螢幕

● CPU [sipiju]
電腦主機

● keyboard
[`ki͵bord] 鍵盤

● mouse [maʊs] 滑鼠

● speaker
[`spikɚ] 喇叭

ʃʌt	shut down the computer——關閉電腦 ＝turn off [tɝn ɔf] the computer

ə`sɛmbl̩	assemble a computer——組裝電腦

---

assemble（組合）的其他用法

assemble [ə`sɛmbl̩]：組合、組裝、歸納

assemble thoughts [θɔts]（歸納想法）
assemble model [`madl̩]（組裝模型）

● model
[`madl̩]
模型

---

start	start the computer——啟動電腦 ＝turn on [tɝn an] the computer

---

start（啟動）的其他用法

start [start]：啟動機器、軟體等

start Internet Explorer [`ɪntɚ͵nɛt ɪk`splorɚ]
（啟動 IE 瀏覽器）
start Outlook [`aʊt͵lʊk]
（啟動 Outlook 收信軟體）
start notebook computer
（啟動筆記型電腦）
start installing program
（啟動安裝程式）

● notebook [`not͵bʊk] computer／筆記型電腦
● installing program [ɪn`stɔlɪŋ `progræm] 安裝
程式

---

ri`sɛt	reset the computer——重新啟動電腦

[kə`nɛkt] connect to the Internet——連接到網際網路

● connect [kə`nɛkt] 連接、連結

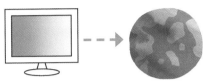

● Internet [`ɪntɚˌnɛt] 網際網路

— connect（連結、連接）的其他用法 —

connect to [kə`nɛkt tu]：連接到…

connect to server（連結到伺服器）
● server [`sɝvɚ] 伺服器

connect to wireless local area network
（連結到無線區域網路）
● wireless [`waɪrlɪs] 無線的
● local area network [`lokl̩ `ɛrɪə `nɛtˌwɝk] 局部區域網路＝LAN

[sɝtʃ] search for information——搜尋資料
● information [ˌɪnfɚ`meʃən] 資料

search for（搜尋…）的其他用法

● picture [`pɪktʃɚ] 圖片、圖像

search for **pictures**（搜尋圖片）

—— s e a r c h （搜尋）的相關字 ——

● search [sɝtʃ] 搜尋（動詞；名詞）

搜尋引擎：search engine [`ɛndʒən]
搜尋工具列：search toolbar [tulbɑr]
搜尋網站：search website [`wɛbˌsaɪt]

[`daʊnˌlod] download music——下載音樂
● music [`mjuzɪk] 音樂

—— d o w n l o a d （下載）的其他用法 ——

下載軟體：download software
下載檔案：download files
下載圖片：download pictures

● software [`sɔftˌwɛr] 軟體
● file [faɪl] 檔案

[ɪn`stɔl] install software——安裝軟體
[ənɪn`stɔl] uninstall software——移除軟體

筆記型電腦 notebook computer [`notˌbʊk kəm`pjutɚ]

筆電相關字

散熱器：cooler [`kulɚ]
觸控板：touchpad [tʌtʃˌpæd]
網路攝影機：webcam [wɛb kæm]

● cool [kul] 散熱

[ˋopən]　open a notebook computer——掀開筆記型電腦

────── open（打開、開啟）的其他用法 ──────

open an e-mail（開啟電子郵件）

open a file（開啟檔案）

open a program（開啟應用程式）

- file [faɪl] 檔案
- program [ˋprogræm] 應用程式

掀開・闔上 筆記型電腦

● open [ˋopən] 掀開

open a notebook computer
（掀開筆記型電腦）

● close [kloz] 闔上

close a notebook computer
（闔上筆記型電腦）

掀開・闔上 的其他用法（1）

● open [ˋopən] 掀開、翻開

book [buk]（書）

open a book（翻開書）

● close [kloz] 闔上

close a book（闔上書）

掀開・闔上 的其他用法（2）

● open [ˋopən] 打開

scissors [ˋsɪzɚz]（剪刀）

open scissors（打開剪刀）

● close [kloz] 闔起

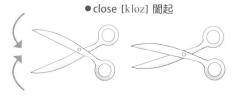

close scissors（合攏剪刀）

【提醒】**scissors** [ˋsɪzɚz]（剪刀）是**複數型**名詞，字尾有 s。

補充：翻開・闔起 報紙

● unfold [ʌnˋfold] 掀開、翻開

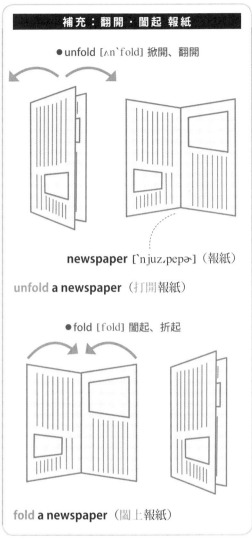

newspaper [ˋnjuzˏpepɚ]（報紙）

unfold a newspaper （打開報紙）

● fold [fold] 闔起、折起

fold a newspaper （闔上報紙）

take off the battery——取下電池

battery [ˋbætərɪ]
（電池）

● take off [tek ɔf] 卸除、取下

take off（取下、卸除）的其他用法

put on [put an] 加上、裝上

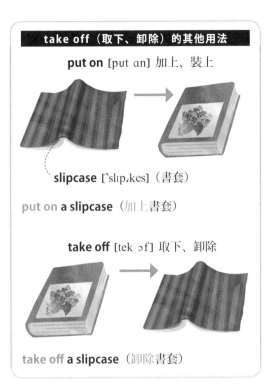

slipcase [ˋslɪpˏkes]（書套）

put on a slipcase （加上書套）

take off [tek ɔf] 取下、卸除

take off a slipcase （卸除書套）

brɪŋ   bring a notebook computer——攜
帶筆記型電腦

bring（攜帶）的常用法

bring [brɪŋ] 常用於**攜帶某物**、或**帶著某
人**，例如：

1 攜帶某物

briefcase [ˋbrifˏkes]
手提箱

● bring [brɪŋ] 攜帶

bring a briefcase （攜帶皮箱）

2 帶來某人

- friend [frɛnd] 朋友

bring friends to the party （帶朋友去派對）

- party [`partɪ] 派對

| put |

put into the shockproof case——放入防震袋

- put into… [put `ɪntu] 放入

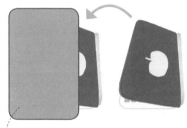

shockproof case [`ʃak͵pruf kes]（防震袋）

put a notebook computer into the shockproof case
（把筆記型電腦放入防震袋）

- put A into B／把 A 放入 B

| ɪn`stɔl |

install the battery——裝上電池

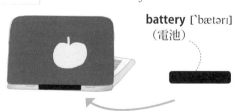

battery [`bætərɪ]
（電池）

- install [ɪn`stɔl] 安裝

---

install（裝上、安裝）的其他用法

install **the hard disc** （安裝硬碟）

install **the DVD burner** （安裝 DVD 燒錄機）

install **the ink cartridge** （裝上墨水匣）

- hard disc [hɑrd dɪsk] 硬碟
- burner [`bɝnɚ] 燒錄機
- ink cartridge [ɪŋk `kɑrtrɪdʒ] 墨水匣

| tʃɑrdʒ |

charge the battery——電池充電

| start |

start the notebook computer——啟動筆記型電腦

=activate [`æktə͵vet] the notebook computer

| **3** | MP3 05-03 |

鍵盤

keyboard
[`ki͵bord]

鍵盤按鍵名稱

control 鍵：control key [kən`trol ki]

ALT 鍵：ALT key [`ɔlt ki]

shift 鍵：shift key [ʃɪft ki]

enter 鍵：enter key [`ɛntɚ ki]

空白鍵：space bar [spes bɑr]

數字鍵：number key [`nʌmbɚ ki]

快速鍵：shortcut key [`ʃɔrt͵kʌt ki]
=hot key [hɑt ki]

| tæp |

tap the keyboard——敲打鍵盤

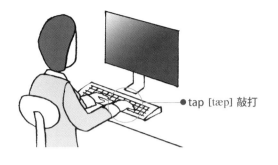

● tap [tæp] 敲打

| taɪp | type——打字 |
| `ɛntə | enter words——輸入文字 |

● word [wɝd] 文字

—— enter（輸入）的其他用法 ——

enter **data** [`detə]
（輸入資料）

enter **bank account number**
（輸入銀行帳號）

enter **Chinese** [`tʃaɪ`niz]
（輸入中文）

enter **Japanese** [ˌdʒæpə`niz]
（輸入日文）

enter **English** [`ɪŋglɪʃ]
（輸入英文）

● bank account [bæŋk ə`kaunt] 銀行帳戶
● number [`nʌmbɚ] 號碼

| *4* | MP3 05-04 |

滑鼠
mouse
[maus]

滑鼠的相關字

滑鼠滾輪：
mouse wheel
[hwil]

滑鼠左鍵：
left mouse
button

滑鼠右鍵：
right mouse
button

滑鼠墊：mouse pad [maus pæd]
手腕護墊：wrist pad [rɪst pæd]

● button [`bʌtn̩] 按鍵
● left [lɛft] 左邊的
● right [raɪt] 右邊的

| muv | move the mouse——移動滑鼠 |

移動方向

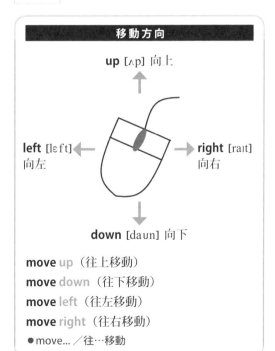

up [ʌp] 向上

left [lɛft] 向左

right [raɪt] 向右

down [daun] 向下

move up （往上移動）
move down （往下移動）
move left （往左移動）
move right （往右移動）
● move... ／往…移動

---

move（移動）的其他用法

- cupboard [`kʌbəd] 櫃子
- kitten [`kɪtn̩] 貓咪

hide [haɪd]（躲藏）

The kitten hides behind the cupboard.
（貓咪躲在櫃子後面）

- behind [bɪ`haɪnd] …／在…的後面
- hides [haɪdz] hide 的第三人稱單數現在式
- cupboard [`kʌbəd] 櫃子, =cabinet [`kæbənɪt]

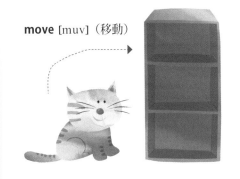

move [muv]（移動）

move the cupboard（移動櫃子）

`rotet	rotate the mouse wheel——轉動滑鼠滾輪
	● wheel [hwil] 滾輪
hold	hold the mouse——握住滑鼠

computer [kəm`pjutɚ]（電腦）

- hold [hold] 握住

hold（握住）的另一種意思

hold [hold] 除了有**握住**的意思以外，還有**支撐、使…保持一定的狀態**的意思，例如：

hold **an umbrella** [ʌm`brɛlə]（撐傘）

hold **the ladder** [`lædɚ]（扶住梯子）

hold **one's stomach in**
（保持腹部縮入＝縮小腹）

- hold… in／保持…在縮入的狀態
- stomach [`stʌmək] 腹部、肚子

klɪk	click the left mouse button——點擊滑鼠左鍵
	● button [`bʌtn̩] 按鍵
klɪk	click the right mouse button——點擊滑鼠右鍵

"左""右"的相關用法

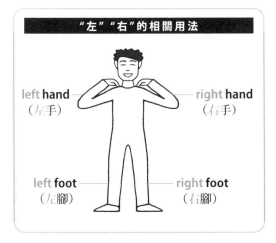

left hand（左手）　　right hand（右手）

left foot（左腳）　　right foot（右腳）

left-handed [lɛft `hændɪd] (慣用左手)
right-handed [raɪt `hændɪd] (慣用右手)

the left wing of an airplane (飛機的左翼)
the right wing of an airplane (飛機的右翼)

the left fielder of baseball (棒球的左外野)
the right fielder of baseball (棒球的右外野)

● hand [hænd] 手　　● foot [fʊt] 腳
● wing [wɪŋ] 機翼　　● airplane [`ɛr͵plen] 飛機
● fielder [`fildə] 外野　● baseball [`bes͵bɔl] 棒球

5 　　　　　　　　　MP3 05-05

螢幕

monitor
[`mɑnətə]

klin 　　clean the monitor——清潔螢幕

● LCD monitor [ɛlsidi `mɑnətə]
液晶螢幕

cleaning cloth [`klinɪŋ klɔθ] (螢幕拭鏡布)

● LCD 是 liquid crystal display [`lɪkwɪd `krɪstl̩ dɪ`sple]
的縮寫

ə`dʒʌst 　　adjust the screen brightness——調整螢幕的亮度

● brightness [`braɪtnɪs] 亮度

英語的某些形容詞字尾＋ness, 就成了名詞。但某些形容詞和名詞間, 則沒有固定的變換規則:

1 bright [braɪt] → brightness [`braɪtnɪs]

dark
[dɑrk]
(暗的)

bright
[braɪt]
(亮的)

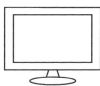

darkness
[`dɑrknɪs]
(暗度)

brightness
[`braɪtnɪs]
(亮度)

The screen is bright. (螢幕明亮)
screen brightness (螢幕的亮度)

2 strong [strɔŋ] → strength [strɛŋθ]

● wind [wɪnd]
風勢

The wind is strong. (風勢強)
wind strength (風勢強度)

● 主詞＋be 動詞＋形容詞

---

③ hot [hɑt] → heat [hit]

hot [hɑt] （炎熱）
● sweat [swɛt] 流汗
● fan [fæn] 扇子

It is hot **in summer.**（夏天熱）
solutions to summer heat
（解決夏天暑氣的辦法）

● it is...in ＋某季節／在某季節，天氣…
● summer [`sʌmɚ] 夏天
● solution [sə`luʃən] 解決辦法
● a solution to... ／一個解決…的辦法

【說明】
夏天熱，不可以說成 Summer is hot，因為 **hot** 是形容氣溫高的，而 **summer**（夏天）是季節、不是指天氣。而 It 是天氣的代名詞，所以要說成 **It is hot in summer**（在夏天天氣很熱）。

調亮螢幕 · 調暗螢幕

brighten [`braɪtn̩]（調亮）

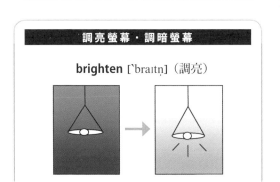

---

darken [`dɑrkn̩]（調暗）

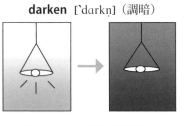

brighten **the screen**（調亮螢幕）
darken **the screen**（調暗螢幕）
● darken＝dim [dɪm] 使…變暗

---

6   MP3 05-06

光碟機   CD-ROM drive
[sidi rɑm draɪv]

| pɑp | pop out the tray——彈出托盤 |

CD-ROM drive（光碟機）

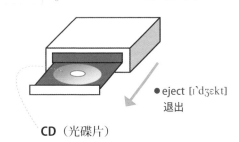

CD tray [sidi tre]
（光碟片托盤）

● pop out [pɑp aʊt] 彈出

| ɪ`dʒɛkt | eject the CD——退出光碟片 |

● eject [ɪ`dʒɛkt] 退出

CD（光碟片）

eject **the CD** from **the CD-ROM drive**
（從光碟機退出光碟片）
● ...from ＋某地／從某地…

---

rid	read a CD——讀取光碟片

read（讀取）的其他用法

read a file（讀取檔案）
read bar codes（讀取條碼）
read the text（讀取純文字）

- file [faɪl] 檔案
- bar code [bɑr kod] 條碼
- text [tɛkst] 純文字

rɪˋtrækt	retract the tray——收回托盤

- tray [tre] 托盤

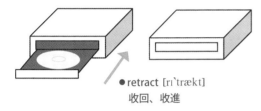

- retract [rɪˋtrækt]
  收回、收進

---

retract（收回、收進）的相似字

① 收進刀片

utility knife [juˋtɪlətɪ naɪf]（美工刀）

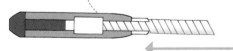

- retract [rɪˋtrækt] 收回、收進

retract the blade of the utility knife
（收進美工刀的刀片）

- blade [bled] 刀片
- ... of＋某物／某物的…

---

② 收納貨品

warehouse [ˋwɛrˏhaʊs]（倉庫）

- store [stor] 收納

finished product [ˋfɪnɪʃt ˋprɑdəkt]
（製成品）

store finished products in the warehouse
（收納製成品在倉庫裡）

- store...in＋某處／收納…在某處裡

ple	play a CD——播放光碟片

play（播放）的其他用法

- play [ple] 播放

play a DVD（播放DVD）
play a videotape（播放錄影帶）
play music（播放音樂）

- DVD 是 digital video disc [ˋdɪdʒɪtl̩ ˋvɪdɪo dɪsk]
  （數位影音光碟）的縮寫
- videotape [ˋvɪdɪoˏtep] 錄影帶
- music [ˋmjuzɪk] 音樂

光碟片

CD （compact disc 的縮寫）
[sidi] [kəm`pækt dɪsk]

一片**光碟片**：a CD

兩片**光碟片**：two CDs

stor	store data──存入、寫入資料

● data [`detə] 資料 （data 這個字可做單數或複數使用）

---

store（存入、寫入）的相似用法

store 是存入、寫入電腦資料，它的相似字是 **enter** [`ɛntə]（輸入）、**fill out** [fɪl aut]（填寫）。

1 寫入、存入電腦資料

store data on a CD（在光碟片寫入資料）

● on＋某處／在某處上

2 電腦輸入內容

● annotation ──〈注〉── ● blank space
  [ˌænoˋteʃən]　　　　　[blæŋk spes]
  註解　　　　　　　　　空白處

enter an annotation on blank space
（在空白處輸入註解）

● enter [`ɛntə] 輸入

---

3 填寫內容

name [nem]（姓名）

● fill out [fɪl aut] 填寫

fill out one's name on application form
（在申請書填寫姓名）

● application [ˌæpləˋkeʃən] 申請
● form [fɔrm] 表單、表格

---

skrætʃ	scratch the CD──刮傷光碟片

● scratch [skrætʃ] 刮痕

the scratch on the CD（光碟片上的刮痕）

● on＋某物／在某物之上

---

on（在…之上）的用法

...on 某處：…在某處上

1 在臉上

rice grains stuck on face（飯粒黏在臉上）

● stuck [stʌk] 黏住，stick [stɪk] 的過去式

face [fes]（臉）

● rice grain [raɪs gren] 飯粒

---

2 在地上

foot prints left on the ground
（腳印遺留在地面上）

●left [lɛft] 遺留，leave [liv] 的過去式

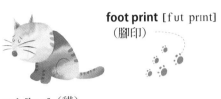

foot print [fʊt prɪnt]
（腳印）

cat [kæt]（貓）

●ground [graʊnd] 地面

bɜn	burn CDs——燒錄光碟片	
pʊt	put onto the CD tray——放到光碟托盤上	

●put onto...
／放於⋯之上

CD tray [tre]
（光碟托盤）

ˋkɑpɪ	copy CDs——複製光碟片 ＝duplicate [ˋdjupləkɪt] CDs
ɪˋligəlɪ	copy CDs illegally——盜拷光碟片 ＝pirate [ˋpaɪrət] CDs

---
illegally（非法地）的相關字

●illegally [ɪˋligəlɪ] 非法地（副詞）
●illegal [ɪˋligḷ] 非法的（形容詞）

illegal **copy**（非法拷貝）

illegal **drug** [drʌg]（非法藥物）

隨身碟   USB flash drive
[jusbi flæʃ draɪv]

隨身碟的蓋子：the cap of a USB flash drive
[kæp]

一個**隨身碟**：a USB flash drive

plʌg	plug into the USB port——插入USB插槽

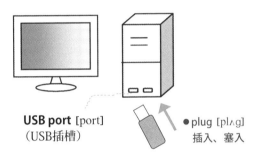

USB port [port]
（USB插槽）

●plug [plʌg]
插入、塞入

●plug...into＋某處／插入⋯到某處裡

ˏʌnˋplʌg	unplug the USB flash drive——拔出隨身碟

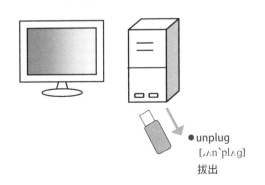

●unplug
[ˏʌnˋplʌg]
拔出

notebook computer [`nɔtˌbuk kəm`pjutɚ]
（筆記型電腦）

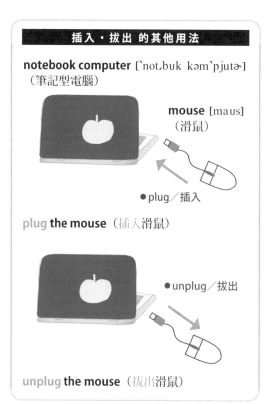

mouse [maʊs]
（滑鼠）

● plug／插入

plug the mouse（插入滑鼠）

● unplug／拔出

unplug the mouse（拔出滑鼠）

補充：unplug（拔出）的相似用法

unplug [ˌʌn`plʌg] 專指**拔出塞子或插頭**, 而
pull out [pul aʊt] 則泛指**拉拔出**…。

① 拔蘿蔔

● pull out [pul aʊt]
拔出

daikon [`daɪkɔn]　**farmland** [`fɑrmˌlænd]
（蘿蔔）　　　　（農田）

pull out the daikon（拔蘿蔔）

② 拔草

● pull out [pul aʊt] 拔出

weed [wid]（雜草）

pull out weeds（拔雜草）

`opən　open the cap of a USB flash drive
——打開隨身碟蓋子

kloz　close the cap of a USB flash drive
——蓋上隨身碟蓋子

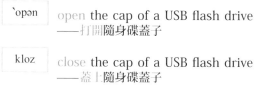

open [`opən]
（打開）

● cap [kæp] 蓋子

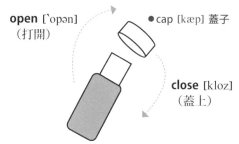

close [kloz]
（蓋上）

● the cap of... ／…的蓋子

sev　save files——儲存檔案
　　　＝store [stor] files
　　　　● file [faɪl] 檔案

── s a v e（儲存、保存）的其他用法──

save photograph（儲存相片）

save web page contents（儲存網頁內容）

● photograph [`fotəˌgræf] 相片
● web page [wɛb pedʒ] 網頁
● content [kən`tɛnt] 內容、內容物

印表機

printer
[ˋprɪntɚ]

"印表機" 相關字

雷射**印表機**：laser [ˋlezɚ] printer

列印**用紙**：printing paper [ˋprɪntɪŋ ˋpepɚ]

紙匣：paper tray [ˋpepɚ tre]

卡紙：paper jam [ˋpepɚ dʒæm]

印表機驅動程式：printer driver [ˋdraɪvɚ]

墨水匣：ink cartridge [ɪŋk ˋkɑrtrɪdʒ]

[rɪˋmuv]   remove paper jam——清除卡紙

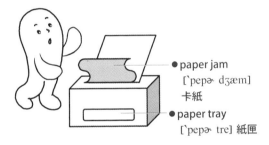

● paper jam
　[ˋpepɚ dʒæm]
　卡紙

● paper tray
　[ˋpepɚ tre] 紙匣

---
remove（去除、清除）的用法

remove **stress**（去除壓力）

remove **old keratin**（去除老舊角質）

remove **snow**（除雪）

● stress [strɛs] 壓力　● keratin [ˋkɛrətɪn] 角質
● snow [sno] 雪

snowman [ˋsnoˏmæn]
（雪人）

shovel [ˋʃʌvl]
（鍬）

[kəˋnɛkt]   connect to computer——連接到電腦

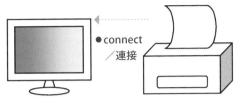

computer [kəmˋpjutɚ]
（電腦）

printer [ˋprɪntɚ]
（印表機）

● connect
　／連接

● connect to... ／連接到…

---
connect to...（連結到…）的其他用法

connect to **the Internet**（連結到網路）

connect to **server**（連結到伺服器）

● Internet [ˋɪntɚˏnɛt] 網際網路（此為專有名
　詞，字首要大寫）
● server [ˋsɝvɚ] 伺服器

[ɪnˋstɔl]   install printer driver——安裝印表機
的驅動程式

● driver [ˋdraɪvɚ] 驅動程式

[ɪnˋstɔl]   install the ink cartridge——裝上墨
水匣

裝上・取出 墨水匣

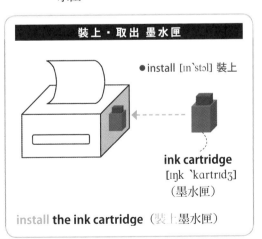

● install [ɪnˋstɔl] 裝上

ink cartridge
[ɪŋk ˋkɑrtrɪdʒ]
（墨水匣）

install **the ink cartridge**（裝上墨水匣）

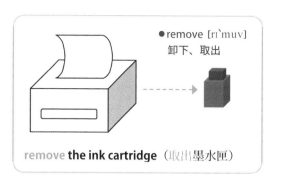

●remove [rɪˋmuv] 卸下、取出

remove **the ink cartridge** （取出墨水匣）

●lift [lɪft] 抬起、掀開

lid [lɪd] 蓋子

| skæn | scan photographs——掃瞄照片 |

●photograph [ˋfotəˏgræf] 照片

---
s c a n （掃描） 的其他用法
---

scan **pictures** （掃描圖畫）
scan **documents** （掃描文件）

●picture [ˋpɪktʃɚ] 圖畫
●document [ˋdɑkjəmənt] 文件、資料

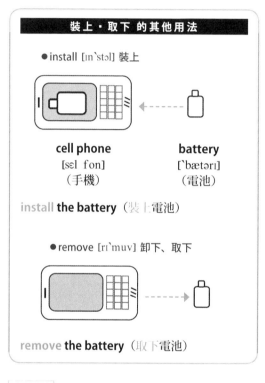

裝上·取下 的其他用法

●install [ɪnˋstɔl] 裝上

cell phone   **battery**
[sɛl fon]   [ˋbætərɪ]
（手機）   （電池）

install **the battery** （裝上電池）

●remove [rɪˋmuv] 卸下、取下

remove **the battery** （取下電池）

| prɪnt | print out the data——列印出資料 |

| **10** | MP3 05-10 |

掃瞄機   scanner
                          [ˋskænɚ]

| lɪft | lift the scanner lid——掀開掃瞄機蓋子 |

單元6：交通設施

1　　　　　MP3 06-01

道路　road
[rod]

一條路：a road

大馬路：boulevard [`bulə‚vard]

窄路、小路：lane [len]

建築物間的通道、弄：alley [`ælɪ]

被測速照相

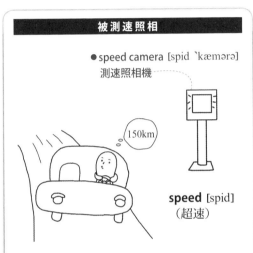

● speed camera [spid `kæmərə]
測速照相機

speed [spid]
（超速）

be photographed by the speed camera
（被測速照相機照相）

be photographed by the paparazzi
（被狗仔隊照相）

● be動詞＋動詞過去分詞／被…
● be photographed [`fotə‚græft] by... ／被…照相
● paparazzi [‚papə`ratsɪ] 狗仔隊（此為複數形，單數形是 paparazzo [‚papə`ratso]）

---

tar	tar the road——把馬路鋪上柏油

---

on the road：在馬路上

on（介係詞）**＋the road**：在馬路上

walk on the road（在馬路上行走）
● walk [wɔk] 行走

sprinkle water on the road（在馬路上灑水）

● sprinkle water [`sprɪŋkl `wɔtə] 灑水

● sprinkler
[`sprɪŋklə]
灑水器

---

dig	dig the road——挖馬路

---

dig（挖掘）的其他用法

● dig [dɪg] 挖掘

shovel [`ʃʌvl]
（鍬）

dig a well [wɛl]（挖井）
dig a tunnel [`tʌnl]（挖隧道）
dig for taros [`taroz]（挖出芋頭）

● dig for... ／為了…而挖掘，for是介係詞，表示為了…

---

krɔs cross the road——通過馬路

● cross [krɔs] 橫渡、通過

● overpass
  [ˌovɚˈpæs]
  天橋

cross **an** overpass（過天橋）

The light turns green.（燈號轉為綠色）

● turns [tɜnz] 變成…，turn [tɜn] 的第三人稱單數現在式

③ 過馬路

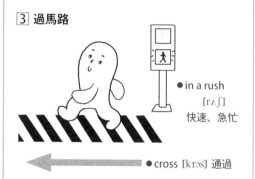

● in a rush
  [rʌʃ]
  快速、急忙

● cross [krɔs] 通過

cross the road in a rush（快速過馬路）

"過馬路" 3步驟

① 等紅燈

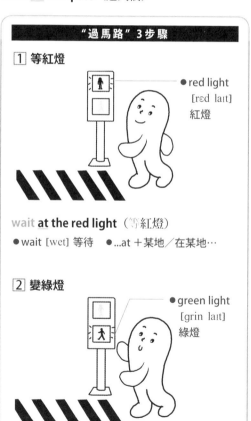

● red light
  [rɛd laɪt]
  紅燈

wait **at the red light**（等紅燈）

● wait [wet] 等待 ● …at＋某地／在某地…

② 變綠燈

● green light
  [grin laɪt]
  綠燈

"牽小孩子" 過馬路

hold someone's hand
（牽手）

adult [əˈdʌlt]   child [tʃaɪld]
（大人）   （小孩）

I hold a child's hand **when crossing the road.**
（我牽小孩子過馬路）

● hold [hold] 牽、握

【說明】英語中，以 when [hwɛn]（當…時）連接**兩個主詞相同的句子**時，when 子句的**主詞可以省略**，省略主詞後，**動詞字尾需加上 ing**。

…when I cross   v.s.   …when crossing
【不省略主詞】   【省略主詞】
（當我通過時…）   （當通過時…）

wɔk walk on the zebra crossing——通過斑馬線

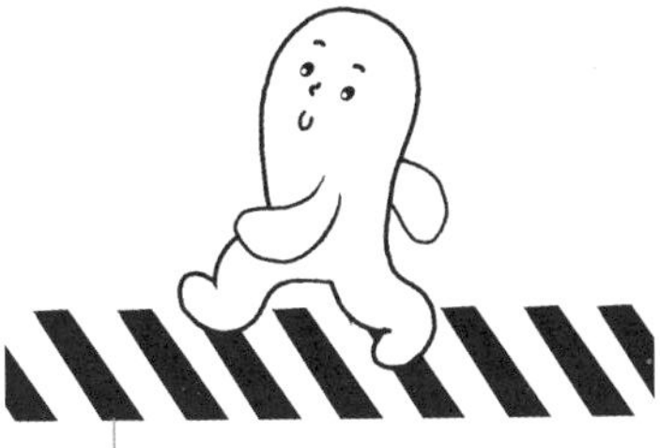

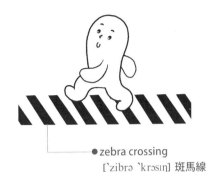

●zebra crossing [`zibrə `krɔsɪŋ] 斑馬線

krɔs cross the road——穿越馬路

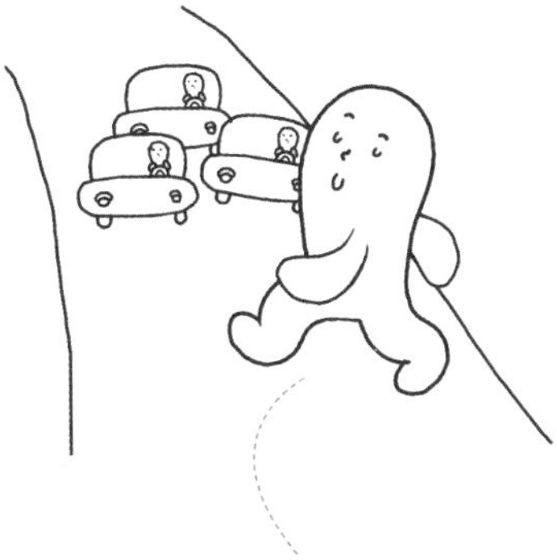

●cross [krɔs] 穿越

I break the traffic rule when crossing the road.
（我違規穿越馬路）

●break [brek] 違反
●traffic rule [`træfɪk rul] 交通規則

...when I cross	v.s.	...when crossing
【不省略主詞】		【省略主詞】
（當我通過時…）		（當通過時…）

補充：交通標誌

下面是美國所使用的兩個「禁止通行」的**交通標誌（traffic sign** [`træfɪk saɪn]**）**。

●no pedestrians／行人禁止通行

pedestrian
[pə`dɛstrɪən]
行人

●no cars／車輛禁止通行

car
[kɑr]
車子

tʃɛk check both sides for cars——注意左右來車

●both sides [boθ saɪdz] 兩側

check（注意、查看）的相似用法

pay attention to＋名詞：注意…
[pe ə`tɛnʃən]

pay attention to the road（注意道路狀況）
pay attention to one's health（注意健康）

●health [hɛlθ] 健康

rɪ`pɛr repair the road——整修道路

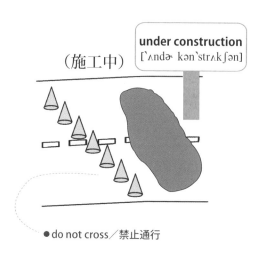

（施工中）

under construction
[ˈʌndə kənˈstrʌkʃən]

● do not cross／禁止通行

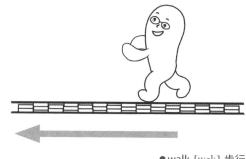

● walk [wɔk] 步行

r∧n　　run on the sidewalk——在人行道奔
　　　　跑

2　　　　　　　　　　　MP3 06-02

人行道　　sidewalk
　　　　　　　　　　[ˈsaɪdˌwɔk]

pev　　pave red bricks——鋪設紅磚

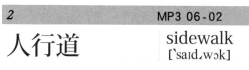

● pave [pev] 鋪設

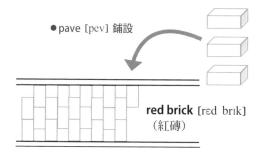

red brick [rɛd brɪk]
（紅磚）

pave red bricks on the sidewalk
（在人行道鋪設紅磚）

● on（介係詞）＋ the sidewalk／在人行道上

wɔk　　walk on the sidewalk——在人行道
　　　　行走

"run" 的兩種意思

① 人、動物奔跑

● run [r∧n] 跑

run a hundred meters（跑百米）

run around the sports field（繞著運動場跑）

● run＋距離／跑…距離
● run around [əˈraʊnd]＋地點／繞著某地奔跑

● meter [ˈmitə] 公尺、米
● sports field [spɔrts fild] 運動場、操場

6　交通設施　2 人行道　　　　　　　　　　　　　080

2 交通工具行駛

- run [rʌn]
行駛

- subway
[ˈsʌbˌwe]
地鐵

A subway runs.（地下鐵行駛）
A tram runs.（電車行駛）

- 交通工具＋run／交通工具行駛
- tram [træm] 電車

騎機車在人行道上

ride on the sidewalk
（騎上人行道）

pedestrian
[pəˈdɛstrɪən]
（行人）

ride on the road（騎在馬路上）

ride a motorbike on the sidewalk
（騎機車在人行道上）

- ride [raɪd] 騎乘
- motorbike [ˈmotəˌbaɪk] 機車

---

park	park the motorbike——停放機車

park：停放交通工具

helmet [ˈhɛlmɪt]（安全帽）

bicycle
[ˈbaɪsɪkl]
（腳踏車）

motorbike
[ˈmotəˌbaɪk]
（機車）

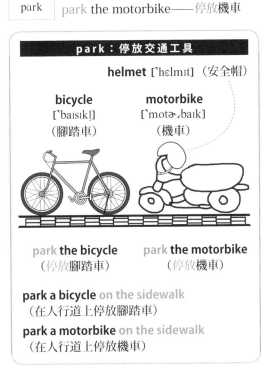

park **the bicycle**
（停放腳踏車）

park **the motorbike**
（停放機車）

park a bicycle on the sidewalk
（在人行道上停放腳踏車）
park a motorbike on the sidewalk
（在人行道上停放機車）

紅綠燈

traffic light
[ˈtræfɪk laɪt]

——— 紅燈．黃燈．綠燈 ———

紅燈：red light [rɛd laɪt]
黃燈：yellow light [ˈjɛlo laɪt]
綠燈：green light [grin laɪt]

---

wet	wait at the red light——等紅燈
	● at... ／在某地
tɜnz	the light turns red——變紅燈（原形 turn [tɜn]）

| tɜnz | the light turns green——變綠燈 |

── turn（變化、改變）的其他用法 ──

Water turn**s** into **ice.**（水結成冰）
Ice turn**s** into **water.**（冰變成水）
Leaves turn from **green** to **yellow.**
（葉子由綠色變成黃色）

- water [`wɔtɚ] 水
- ice [aɪs] 冰
- leaves [livz] 葉子，複數（單數是leaf [lif]）
- turn into... ／變成…
- turn from A to B ／從 A 變成 B

闖紅燈・搶黃燈・綠燈通行

「闖」紅燈、「搶」黃燈、綠燈「通行」所用的英文字詞，分別為 **run** [rʌn]（**行駛過**）、**speed through** [spid θru]（**加速通過**）、**cross** [krɔs]（**通過**）。

run **a red light**（闖過紅燈）
speed through **a yellow light**（搶過黃燈）
cross **at a green light**（綠燈通行）

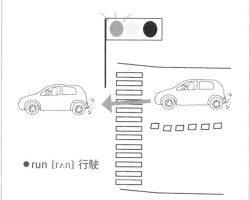

- run [rʌn] 行駛

十字路口　intersection
[ˌɪntɚˋsɛkʃən]

"十字路口"場景

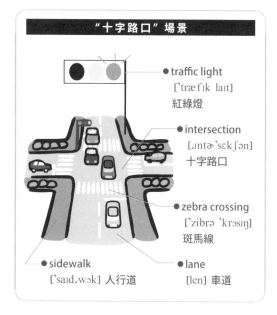

- traffic light
  [ˋtræfɪk laɪt]
  紅綠燈
- intersection
  [ˌɪntɚˋsɛkʃən]
  十字路口
- zebra crossing
  [ˋzibrə ˋkrɔsɪŋ]
  斑馬線
- sidewalk
  [ˋsaɪdˌwɔk] 人行道
- lane
  [len] 車道

| tɜn | turn at the intersection——在十字路口轉彎 |

左轉・右轉・直行

1 左轉

left [lɛft]（左）

- turn [tɜn]
  轉彎

turn left（左轉）
- left [lɛft] 向左地（副詞）；左邊（名詞）

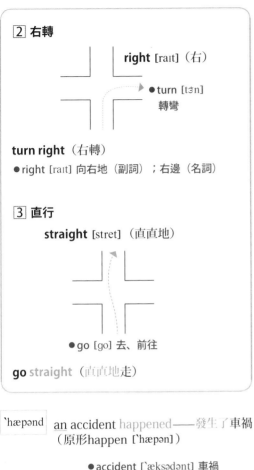

2 右轉

right [raɪt]（右）

● turn [tɜn]
　轉彎

turn right（右轉）
● right [raɪt] 向右地（副詞）；右邊（名詞）

3 直行

straight [stret]（直直地）

● go [go] 去、前往

go straight（直直地走）

`hæpənd an accident happened——發生了車禍
（原形happen [`hæpən]）

● accident [`æksədənt] 車禍

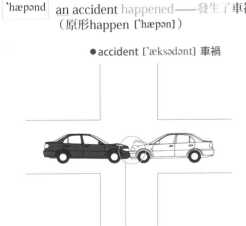

crash [kræʃ]（碰撞）

An accident happened **at the intersection.**
（在十字路口發生了車禍）

Cars crashed.（車子相撞）

● at（介係詞）＋地點／在某處
● 主語＋happen／…發生

---
h a p p e n（發生）的用法

英語裡，要表達「**未來會…**」的時態時，要在動詞前面加上**助動詞 will** [wɪl]。而表達「**已經…**」時，則要用現在完成式，**have** [[hæv]＋動詞過去分詞。

　　will **happen** v.s. have **happen**ed
　　【未來式】　　　　【現在完成式】
　　（將會發生）　　　（已經發生）

An earthquake will happen.（將發生地震）
Fukushima nuclear disaster will happen.
（將發生福島核災）

An earthquake has happened.
（發生了地震）
Fukushima nuclear disaster has happened.
（發生了福島核災）

● …will happen／會發生…
● 主詞（第三人稱單數）＋has happened／發生了…

● earthquake [`ɜθ,kwek] 地震
● nuclear [`njuklɪə] 核能的
● disaster [dɪ`zæstə] 災難

blɑkt the intersection is blocked——十字
路口交通阻塞（原形：be blocked）

blocked：交通阻塞的

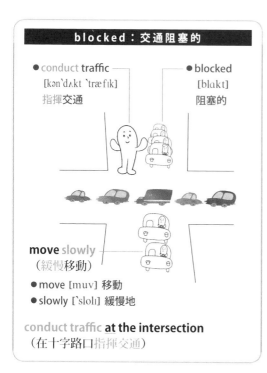

- conduct traffic
[kən`dʌkt `træfɪk]
指揮交通

- blocked
[blɑkt]
阻塞的

move slowly
（緩慢移動）

- move [muv] 移動
- slowly [`slolɪ] 緩慢地

conduct traffic **at the intersection**
（在十字路口指揮交通）

---

5   MP3 06-05

單行道

one-way street
[wʌn we strit]

one-way street（單行道）

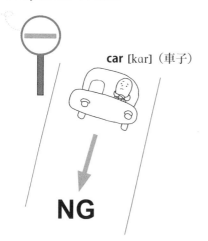

car [kɑr]（車子）

NG

---

draɪv   drive into a one-way street——駛入
單行道

- into... ／到…裡

---

drive：駕駛各種交通工具

drive [draɪv] ＋交通工具：駕駛…

drive a car [kɑr]（駕駛汽車）
drive a taxi [`tæksɪ]（駕駛計程車）
drive a bus [bʌs]（駕駛公車）
drive a truck [trʌk]（駕駛卡車）
drive an ambulance [`æmbjələns]
（駕駛救護車）

從單行道倒車出來

1 駛入

- drive into... ／駛入…

one-way street（單行道）

drive into **a one-way street**（駛入單行道）

- into... ／到…裡

② 倒車

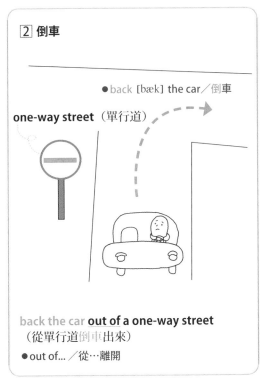

● back [bæk] the car／倒車

one-way street（單行道）

back the car out of a one-way street
（從單行道倒車出來）
● out of... ／從…離開

6　　　　　　　　　　　　　MP3 06-06

隧道　　　　tunnel
　　　　　　　　　['tʌnḷ]

| draɪv | drive into the tunnel——駛入隧道 |
● into... ／介係詞, 到…裡

| go | go through the tunnel——通過隧道 |
● through [θru] ... ／介係詞, 穿過、通過

| draɪv | drive out of the tunnel——駛出隧道 |
● out of... ／介係詞, 從…離開

進隧道・出隧道

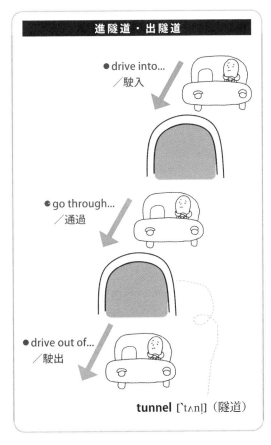

● drive into...
／駛入

● go through...
／通過

● drive out of...
／駛出

tunnel ['tʌnḷ]（隧道）

| tɜn | turn on the car headlights——點亮車大燈 |

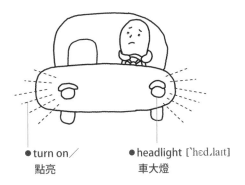

● turn on／
點亮

● headlight ['hɛd‚laɪt]
車大燈

turn on the car headlights in the tunnel
（在隧道裡, 開車大燈）

---

6 隧道　交通設施　6

禁止變換車道

change **lanes** （變換車道）
[tʃendʒ lenz]

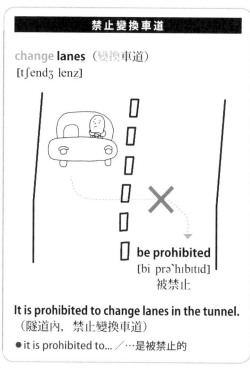

be prohibited
[bi prə`hɪbɪtɪd]
被禁止

It is prohibited to change lanes in the tunnel.
（隧道內，禁止變換車道）

●it is prohibited to... ╱ …是被禁止的

禁止超車

overtake **a car** （超車）
[ˏovəˋtek]

be prohibited
[bi prə`hɪbɪtɪd]
被禁止

It is prohibited to overtake a car in the tunnel.
（隧道內，禁止超車）

`opənd

the tunnel has been opened──隧
道通車了

（原形：have been opened）

7　　　　　　　　　MP3 06-07

高速公路　highway
[`haɪˏwe]

●big traffic jam
[bɪg `træfɪk dʒæm]
大塞車

──條**高速公路**：a highway

gɛt　　get on the highway──開上高速公路

highway [`haɪˏwe]（高速公路）

從交流道"開上"高速公路

interchange [ˌɪntɚˈtʃendʒ]（交流道）

● get on... ／開車上…

highway（高速公路）

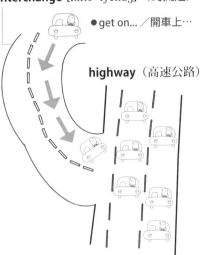

get on the highway at the interchange exit
（從交流道開上高速公路）

● at＋某地／在某地　● exit [ˈɛksɪt] 出口

從交流道"開下"高速公路

interchange [ˌɪntɚˈtʃendʒ]（交流道）

● get off... ／開車下…

highway（高速公路）

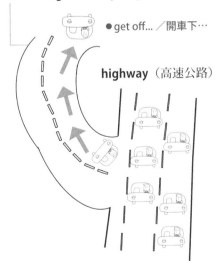

---

get off the highway at the interchange exit
（從交流道開下高速公路）

| kip | keep a safe distance——保持安全距離 |

safe distance [sef ˈdɪstəns]（安全距離）

| pæs | pass a toll booth——通過收費站 |

● toll [tol] 通行費
● booth [buθ] 票亭

———— 通過 "收費站" 時… ————

pay with cash [kæʃ]（用紙鈔付費）
pay with ticket [ˈtɪkɪt]（用回數票付費）
pay with the right amount of coins
（用剛好的零錢付費）

● pay with... ／用…付費
● the right amount of... ／正確數量的…
● right [raɪt] 正確的、剛好的
● amount [əˈmaʊnt] 數量
● coin [kɔɪn] 硬幣

| draɪv | drive on the highway——行駛高速公路 |

● on... ／在…上

---

7 高速公路　交通設施　6

行駛各車道

slow lane [slo len]（外車道）

shoulder
[`ʃoldɚ]
（路肩）

fast lane [fæst len]
（內車道）

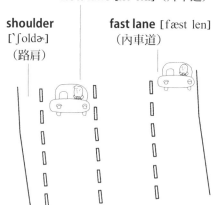

drive on the shoulder（行駛路肩）
drive on the slow lane（行駛外車道）
drive on the fast lane（行駛內車道）

draɪv　　drive into the rest area——駛入國
道休息站

●into... ／到…裡面

在 "國道休息站"…

in **the rest area** [rɛst `ɛrɪə]：在國道休息站

① 飲食

●eat [it] 吃東西

eat in the rest area（在國道休息站吃東西）

② 上廁所

women's restroom
[`wɪmɪnz `rɛstˌrum]
（女廁）

men's restroom
[mɛnz `rɛstˌrum]
（男廁）

go to the restroom **in the rest area**
（在國道休息站上廁所）

●restroom [`rɛstˌrum] 廁所、洗手間

③ 加油

●gas station
[gæs `steʃən]
加油站

●fuel up
[`fjuəl ʌp]
加油

fuel up in the gas station of the rest area
（在國道休息站的加油站加油）

●...of ＋某地／某地的…

spid　　speed on the highway——在高速公
路上超速

(時速限制100 Km)

speed limit
[spid `lɪmɪt]
100 km/h

150 km

● speed [spid] 超速

krǽʃ   cars crash on the highway──車子
在高速公路追撞

● crash [kræʃ] 追撞

brek   break down on the highway──在
高速公路拋錨

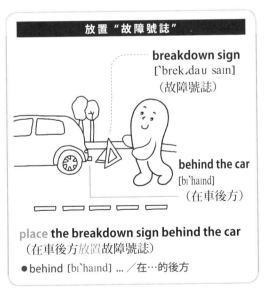

放置 "故障號誌"

breakdown sign
[`brek͵daʊ saɪn]
(故障號誌)

behind the car
[bɪ`haɪnd]
(在車後方)

place the breakdown sign behind the car
(在車後方放置故障號誌)

● behind [bɪ`haɪnd] ... ╱在…的後方

7 高速公路　交通設施　6

1　MP3 07-01

機車
motorbike
[ˋmotɚˏbaɪk]

"外送食物" 與 "摩托車"

● delivery
[dɪˋlɪvərɪ]
外送

【圖】在美國，**披薩**（pizza [ˋpitsə]）、**中國菜**（Chinese cuisine [ˋtʃaɪˋniz kwɪˋzin]）等食物，都常提供**外送服務**（delivery [dɪˋlɪvərɪ]）。外送時是騎著**機車**（motorbike [ˋmotɚˏbaɪk]），把食物放在特製的置物箱內。

raɪd　ride a motorbike——騎機車

helmet
[ˋhɛlmɪt]
（安全帽）

● ride [raɪd] 騎

tɝn　turn off the motorbike——熄火機車

turn off：關閉各種電源

on

● turn off [tɝn ɔf]
關閉電源

off

turn off the engine （熄火引擎）
turn off the switch （關掉開關）
turn off the radio （關上收音機）

● engine [ˋɛndʒən] 引擎
● switch [swɪtʃ] 開關
● radio [ˋredɪo] 收音機

start　start a motorbike——發動機車

● start／發動
● turn off／熄火

stɑp　stop the motorbike——停下機車

parking space：停車格

parking space [ˋparkɪŋ spes]
（停車格）

● park [park]
停放

park **the motorbike** into **a parking space**
（把機車停入停車格）

● park 某物 into 某地／停放某物到某地點

【說明】**stop** [stɑp] 是指**行駛途中暫時停下車輛**。而 **park** [pɑrk] 則是指**停放車輛到停車場或停車格**。

---

spid

speed **on the motorbike** ——騎機車飆車

● speed [spid] 超速行駛

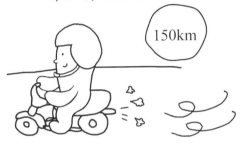

騎機車 "按喇叭"

press [prɛs] **the horn of...**：按…的喇叭

press the horn of **the motorbike**
（按機車喇叭）

press the horn of **the car**（按汽車喇叭）

● car [kɑr] 汽車

● horn [hɔrn] 喇叭聲

---

slo

slow down the motorbike——將機車減速

---

slow down [slo daʊn]（減速）

| 150km | → | 90km |

accelerate [æk`sɛlə⋅ret]（加速）

| 90km | → | 150km |

安全帽

helmet
[`hɛlmɪt]

各種安全帽

helmet 泛指**安全帽**，其他安全帽說法如下。

helmet [`hɛlmɪt]
（機車安全帽）

bicycle helmet
[`baɪsɪkl]
（腳踏車安全帽）

construction **helmet**
[kən`strʌkʃən]
（工程帽）

戴上・脫下　安全帽

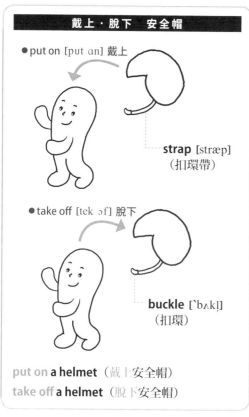

- put on [put ɑn] 戴上

strap [stræp]
（扣環帶）

- take off [tek ɔf] 脫下

buckle [`bʌkl]
（扣環）

put on **a helmet** （戴上安全帽）
take off **a helmet** （脫下安全帽）

調整扣帶長短

adjust...**to be longer** （調整成較長）
[əˋdʒʌst]　　　　[lɔŋɚ]

adjust...**to be shorter** （調整成較短）
[əˋdʒʌst]　　　[ʃɔrtɚ]

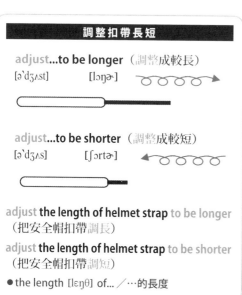

adjust **the length of helmet strap** to be longer
（把安全帽扣帶調長）

adjust **the length of helmet strap** to be shorter
（把安全帽扣帶調短）

- the length [lɛŋθ] of... ／…的長度

腳踏車　　bicycle
[`baɪsɪkl]

一輛**腳踏車**：a bicycle

- tandem bicycle [`tændəm `baɪsɪkl] 協力車

"腳踏車"構造圖

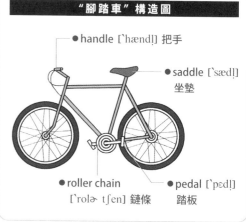

- handle [`hændl] 把手
- saddle [`sædl] 坐墊
- roller chain [`rolɚ tʃen] 鏈條
- pedal [`pɛdl] 踏板

騎腳踏車 "載東西"

carry [`kærɪ] （乘載）

- cargo [`kɑrgo] 貨物
- basket [`bæskɪt] 籃子

carry the cargo **on the bicycle**
（騎腳踏車載貨）

carry another person **on the bicycle**
（騎腳踏車載人）

- carry A on B／乘載 A 在 B 之上
- another [ə`nʌðə] 另一個的
- person [`pɝsn̩] 人

pʊʃ　push the bicycle——牽腳踏車

- push [pʊʃ]
  推動

saʊnd　sound the bicycle bell——鳴車鈴
- bell [bɛl] 鈴、鐘

---

sound（使…發出聲響）的其他用法

1

- bell [bɛl] 鐘

monk [mʌŋk]
（和尚）

sound the bell（敲響鐘聲）

2

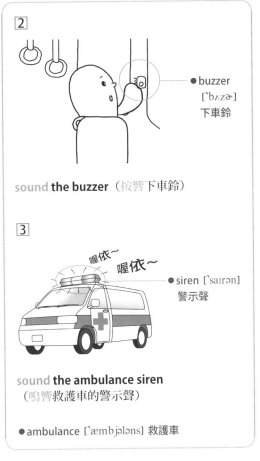

- buzzer
  [`bʌzə]
  下車鈴

sound **the buzzer**（按響下車鈴）

3

喔依～　喔依～

- siren [`saɪrən]
  警示聲

sound **the ambulance siren**
（鳴響救護車的警示聲）

- ambulance [`æmbjələns] 救護車

raɪd　ride a bicycle——騎腳踏車

- ride [raɪd]
  騎乘

hold　hold the handle——握住把手

●hold [hold]
握住

③

●hold／
握住

write [raɪt]（寫字）

hold a pen（握住筆）
●pen [pɛn] 筆

④

●**steering wheel** [`stɪrɪŋ hwil]
方向盤

●hold／
握住

hold the steering wheel of a car
（握著汽車的方向盤）
●the...of a car [kɑr]／汽車的…

---

hold（握住）的其他用法

hold [hold]：握著、握住、用手抓住

①

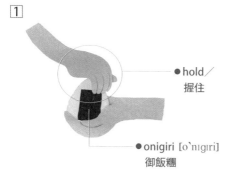

●hold／
握住

●**onigiri** [o`nɪgɪri]
御飯糰

hold with both hands（用雙手握）
●with...／使用…　●both [boθ] 兩個（都…）

②

●hold／握住

right [raɪt] **hand**
（右手）

left [lɛft] **hand**
（左手）

hold hands（握著手）

⑤

●hold／
握住

hold the mouse（握住滑鼠）
●mouse [maʊs] 滑鼠

| kɪk | kick up the kickstand——收起支架 |

| kɪk | kick out the kickstand——放下支架 |

腳踏車支架

腳踏車支架：bicycle kickstand [ˋkɪkˌstænd]

● kick up [kɪk ʌp] 收起、踢起

kick up the bicycle kickstand
（收起腳踏車支架）

● kick out [kɪk aut] 放下、踢下

kick out the bicycle kickstand
（放下腳踏車支架）

| ʃɪft | shift the gears of a bicycle——將腳
踏車變速 |

● gear [gɪr]（汽車等的）排檔
● the gears of... ／…的排檔

1　　　　　MP3 08-01

公車
bus
[bʌs]

一輛公車：a bus

兩輛公車：two buses

number 5 [`nʌmbɚ faɪv] **bus**
（5號公車）

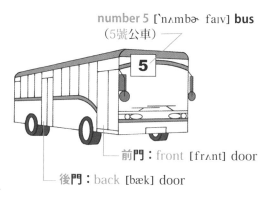

前門：front [frʌnt] door

後門：back [bæk] door

【說明】door [dor] 門

"乘客區" 場景

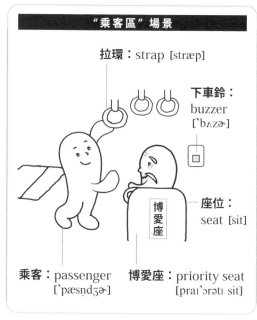

拉環：strap [stræp]

下車鈴：buzzer [`bʌzɚ]

座位：seat [sit]

乘客：passenger [`pæsṇdʒɚ]

博愛座：priority seat [praɪ`ɔrəti sit]

博愛座

wet　　wait for the bus——等公車

"駕駛座" 場景

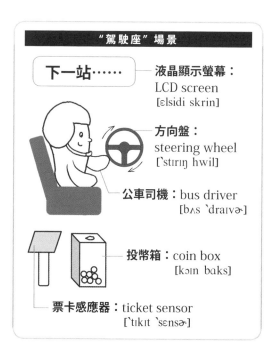

下一站……

液晶顯示螢幕：LCD screen [ɛlsidi skrin]

方向盤：steering wheel [`stɪrɪŋ hwil]

公車司機：bus driver [bʌs `draɪvɚ]

投幣箱：coin box [kɔɪn bɑks]

票卡感應器：ticket sensor [`tɪkɪt `sɛnsɚ]

---

bus stop sign：公車站牌

● bus stop sign [bʌs stɑp saɪn] 公車站牌

wait for the bus at the bus stop sign
（在公車站牌等公車）

● wait for…at 地點／在某處等候…

tek　　take the bus——搭乘公車

上車‧下車

get off
[gɛt ɔf]
（下車）

get on
[gɛt ɑn]
（上車）

get on **the bus** （上公車）
get off **the bus** （下公車）

- get on＋交通工具／上交通工具
- get off＋交通工具／下交通工具

（續上）前門上車‧後門下車

get on the bus <u>from</u> the front door
（從前門上車）

get off the bus <u>from</u> the back door
（從後門下車）

- from... ／從…
- front door [frʌnt dor] 前門
- back door [bæk dor] 後門

---

gɛt	get off the bus——下車
hel	hail the bus——招公車

---

hail（招來…）的其他用法

hail [hel] ＋交通工具：招來…

① 招公車

the bus is coming
（公車來）

raise one's hand
（舉手）

- come [kʌm] 來、來到
- raise [rez] 舉起、抬起
- hand [hænd] 手

hail the bus （招公車）
raise one's hand **to hail the bus**
（舉手招來公車）

② 招來計程車

the taxi is coming
（計程車來）

raise one's hand
（舉手）

- taxi [`tæksɪ] 計程車

hail the taxi （招計程車）
raise one's hand **to hail the taxi**
（舉手招來計程車）

【說明】**to**＋原形動詞的用法稱為「不定詞」。不定詞的用法有很多種，上述 **to hail...**（為了招呼…）的這種用法是表示**目的**。

raise one's hand **v.s.** raise one's hand **to...**
（舉手）   （舉手，為了…）

過站不停

the bus didn't stop（公車沒停）

[ˈdɪdn̩t stɑp]

The bus didn't stop **at the bus stop**
（在站牌處，公車沒停車＝公車過站不停）

●at... ／在某地點

【說明】**過去時態的否定**是在一般動詞前加上 **did not** [dɪd nɑt]。而上述的 **didn't** [ˈdɪdn̩t] 是 did not 的縮寫。

stop	**v.s.**	**didn't stop**
【肯定】		【過去時態否定】
（停下）		（沒有停下）

put｜put in bus fares——投入車資

fare（車資）的相關字

fare [fɛr]（搭乘車、船等）車資、票價

地下鐵的車資：subway [ˈsʌbˌwe] fares

電車的車資：tram [træm] fares

2　　　　　　　MP3 08-02

公車站牌　bus stop sign
[bʌs stɑp saɪn]

一個**公車站牌**：a bus stop sign

一排**公車站牌**：a row [ro] of bus stop signs

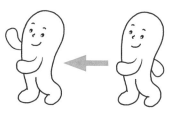

wɔk｜walk to the bus stop sign——走到
公車站牌

walk（走）的其他用法

●walk [wɔk] 走、步行

walk **to the station**（走到車站）

walk **to the school**（走到學校）

●walk to 某地／走到某地，to 表示「到、往」

●elementary school
[ˌɛləˈmɛntərɪ skul]
小學

●student [ˈstjudn̩t] 學生

> ───── 補充：until（到～為止） ─────
>
> **until** [ənˋtɪl]：到某地或某時間為止
>
> **until the bus stop sign**（到公車站牌為止）
> **until noon**（到中午為止）
> **until nine a.m.**（到上午九點為止）
> **until tomorrow**（到明天為止）
>
> ● a.m.／上午
> ● noon [nun] 中午
> ● tomorrow [təˋmɔro] 明天

| faɪnd | find the bus stop sign──找公車站牌 |

| faɪnd | find the bus to take──找要搭的公車 |

　　● to...／為了…，to 表示目的
　　● take [tek] 搭乘

| tʃɛk | check the stops along the bus line ──查詢沿途停靠站 |

　　● along [əˋlɔŋ] 沿著…
　　● line [laɪn] 路線

| tʃɛk | check the departure time──查詢發車時間 |

　　● departure [dɪˋpartʃɚ] 出發、離開

> ───── **check**（查詢、確認）的其他用法 ─────
>
> **check telephone number**（查詢電話號碼）
> **check the balance**（查詢餘額）
> **check the engine**（確認引擎狀況）
>
> ● telephone number [ˋtɛlə͵fon ˋnʌmbɚ] 電話號碼
> ● balance [ˋbæləns] 餘額
> ● engine [ˋɛndʒən] 引擎

1

便利商店

convenience store
[kən`vinjəns stor]

一間**便利商店**：a convenience store

- convenience store／便利商店

signboard
[`saɪnˌbord]
（招牌）

- parking lot [`pɑrkɪŋ lɑt] 停車場

便利商店的設備

自動門：automatic door [ˌɔtə`mætɪk dor]

熱飲櫃：hot drinks cabinet
[hɑt drɪŋks `kæbənɪt]

冷藏櫃：freezer [`frizɚ]

雜誌架：magazine shelf
[ˌmægə`zin ʃɛlf]

報紙架：newspaper shelf
[`njuzˌpepɚ ʃɛlf]

櫃台：counter [`kaʊntɚ]

收銀機：cash register [kæʃ `rɛdʒɪstɚ]

影印機：photocopier [`fotəˌkɑpɪɚ]

自動提款機：ATM [etiɛm]

【說明】**ATM**（自動提款機）是 **automatic teller machine** [ˌɔtə`mætɪk `tɛlɚ mə`ʃin] 的縮寫。

便利商店的常見商品

報紙：newspaper
[`njuzˌpepɚ]

雜誌：magazine
[ˌmægə`zin]

飲料：drink [drɪŋk]

御飯糰：onigiri
[o`nɪgiri]

茶葉蛋：tea egg
[ti ɛg]

- two tea eggs（兩個茶葉蛋）

泡麵：instant noodles
[`ɪnstənt `nudl̩z]

關東煮：oden [o`dɛn]

- two sticks of oden
[stɪks]
（兩串關東煮）

---

klem

go to **the convenience store** to claim goods——前往便利商店取貨

- claim goods [klem gʊdz]
領取商品、取貨

go to...（前往⋯）的用法

前往某地，為了⋯：

- go to ＋地點＋ to ＋原形動詞
- go to ＋地點＋ for ＋名詞

go to **the convenience store** to claim goods
（前往便利商店取貨）

go to **the hospital** for a shot
（前往醫院打針）

- hospital [ˋhɑspɪtl] 醫院

- shot [ʃɑt] 注射

---

tek | take out a drink——取出飲料

從冷藏櫃取出⋯

freezer [ˋfrizɚ]（冷藏櫃）

take out（取出）

take out **a drink from the freezer**
（從飲料冷藏櫃取出飲料）

- from... ／從⋯

---

wɪðˋdrɔ | go to the convenience store to withdraw money——到便利商店提領金錢

- money [ˋmʌnɪ] 金錢

withdraw（提領）的其他用法

（銀行）
bank [bæŋk]

- withdraw [wɪðˋdrɔ] 提領出金錢

withdraw **money**（提領金錢）
withdraw **savings**（提領存款）

- savings [ˋsevɪŋz] 存款

"提款" 2步驟

1. 插入提款卡

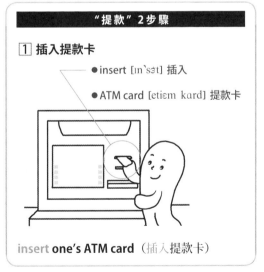

- insert [ɪnˋsɝt] 插入
- ATM card [etiɛm kɑrd] 提款卡

insert **one's ATM card**（插入提款卡）

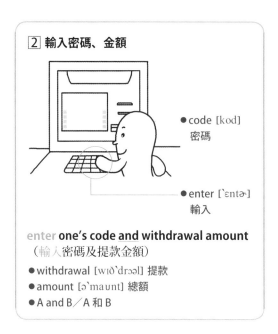

② 輸入密碼、金額

- code [kod]
密碼

- enter [`ɛntɚ]
輸入

enter one's code and withdrawal amount
（輸入密碼及提款金額）
- withdrawal [wɪð`drɔəl] 提款
- amount [ə`maunt] 總額
- A and B／A 和 B

mek　make a photocopy at the convenience
store——在便利商店影印

- photocopy [`fotə͵kɑpɪ] 影印的文件
- at ＋地點／在某地

make a photocopy（影印）

- photocopier
[`fotə͵kɑpɪɚ] 影印機

sɛnd　send a fax at the convenience store
——在便利商店發送傳真

收・發 傳真

- send [sɛnd] 發送

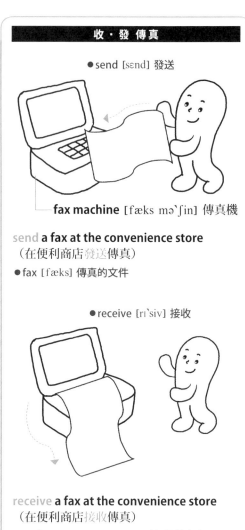

fax machine [fæks mə`ʃin] 傳真機

send a fax at the convenience store
（在便利商店發送傳真）
- fax [fæks] 傳真的文件

- receive [rɪ`siv] 接收

receive a fax at the convenience store
（在便利商店接收傳真）
- at the convenience store／在便利商店

wɔk　walk into the convenience store
——走進便利商店

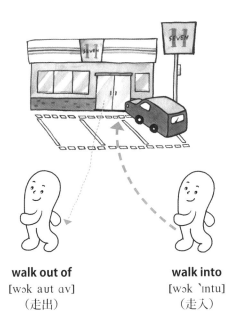

walk out of
[wɔk aut av]
（走出）

walk into
[wɔk `ıntu]
（走入）

walk into **the convenience store**
（走進便利商店）

walk out of **the convenience store**
（走出便利商店）

● walk into ＋地點／走進某處
● walk out of ＋地點／走出某處

| `opən | open the hot drinks cabinet——打開熱飲櫃 |

     ● hot [hɑt] 熱的
     ● drink [drɪŋk] 飲料

| kloz | close the hot drinks cabinet——關上熱飲櫃 |

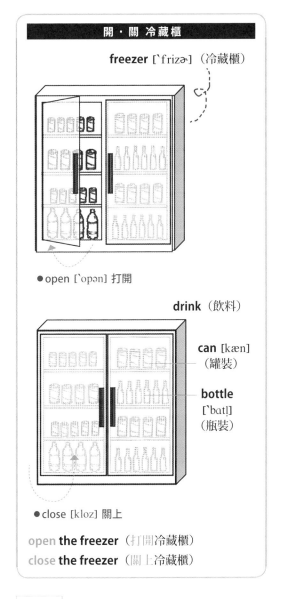

開·關 冷藏櫃

freezer [`frizɚ]（冷藏櫃）

● open [`opən] 打開

drink（飲料）

can [kæn]
（罐裝）

bottle
[`bɑtl]
（瓶裝）

● close [kloz] 關上

open **the freezer**（打開冷藏櫃）
close **the freezer**（關上冷藏櫃）

| stænd | stand and leaf through the magazines——站著閱讀雜誌 |

     ● leaf through [lif θru] 快速翻閱
     ● magazine [ˌmægə`zin] 雜誌

1 便利商店   便利商店

站在"雜誌架"前翻閱

- in front of [ɪn frʌnt ɑv] ... ／在…前面

magazine shelf [ˌmægəˈzin ʃɛlf]
（雜誌架）

stand in front of the magazine shelf **and leaf through magazine**
（站在雜誌架前面，翻閱雜誌）

- stand in front of ＋某物／站在某物前面
- 動詞＋ and ＋動詞／…，並且…

---

leaf through：翻閱各種印刷品

- leaf through＋名詞／快速翻閱某物

- page [pedʒ] 頁面

leaf through the catalog（快速翻閱目錄）
leaf through the guide（快速翻閱指南）
leaf through the brochure（快速翻閱小冊子）

- catalog [ˈkætələg] 目錄
- guide [gaɪd] 指南、指引
- brochure [broˈʃur] 小冊子

【補充】**leaf** 可當**動詞**（**翻閱、葉片生長**）或**名詞**（**頁、葉子**）。leaf 當動詞時的**三態變化**是規則的，**leaf** [lif]（現）- **leafed** [lift]（過）- **leafed** [lift]（過分）。但 leaf 當名詞時，**複數形是 leaves** [livz]，是不規則的變化。

---

wɜk　work part-time at the convenience store——在便利商店打工。

- part-time [pɑrt taɪm] 兼職性地、兼職性的
- at＋地點／在某地

2　　　　　　　　　　　　MP3 09-02

櫃檯　counter
[ˈkaʊntɚ]

pe　pay at the counter——在櫃檯付錢（結帳）

at the counter（在櫃檯）

- pay [pe] 付款

補充：pay on delivery（貨到付款）

- pay on delivery [pe an dɪ`lɪvərɪ]
  貨到付款

courier company　　**consignee**
[`kurɪə `kʌmpənɪ]　　[ˌkɑnsaɪ`ni]
（遞送業者）　　　　（收貨人）

pay on delivery **service** [`sɜvɪs]
（貨到付款的服務）

pay on delivery **mail** [mel]
（貨到付款的郵件）

【圖】利用**網路**（Internet [`ɪntɚˌnɛt]）或**郵購**（mail-order [mel `ɔrdɚ]）的方式購買商品，當商品送達時，再**付款**（pay [pe]）給配送業者的方式，稱為**貨到付款**（pay on delivery）。

---

sɛnd　send a home-delivery product at the counter——在櫃檯寄出宅配商品

- home-delivery [hom dɪ`lɪvərɪ] 宅配
- product [`prɑdəkt] 產品

send：寄出各種物品

send a package [`pækɪdʒ]（寄出包裹）
send luggage [`lʌgɪdʒ]（寄出行李）
send a letter [`lɛtɚ]（寄出信件）

- send [sɛnd] 寄出

letter＝mail [mel]（信件）

ɪn`kwaɪr　inquire a clerk at the counter——在櫃檯詢問店員

- clerk [klɝk] 店員

inquire（詢問）的常用法

inquire＋某人：詢問某人

inquire a doctor [`dɑktɚ]（詢問醫師）
inquire a senior [`sinjɚ]（詢問前輩、學長姊）

---

rɪ`dim　redeem a complimentary gift at the counter——在櫃檯兌換贈品

- complimentary [ˌkɑmplə`mɛntərɪ] 贈送的
- gift [gɪft] 禮品

redeem（兌換物品）的相似用法

exchange [ɪks`tʃendʒ]（兌換、交換）

exchange foreign currency
（兌換外幣）

exchange coupons [`kupɑnz]
（兌換折價券）

- foreign [`fɔrɪn] 外國的
- currency [`kɝənsɪ] 貨幣

收銀機

cash register
[kæʃ ˋrɛdʒɪstɚ]

ki | key in product price——鍵入商品價格

- product [ˋprɑdəkt] 產品
- price [praɪs] 價格

- key in／鍵入、輸入

① 取出紙鈔

- take out [tek aʊt] 取出

100NT

note [not]（紙鈔）

take out **notes**（取出紙鈔）

② 取出零錢

- take out [tek aʊt] 取出

tər | tear off invoice——撕下發票

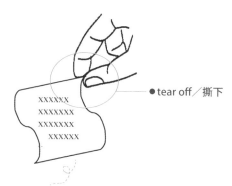

- tear off／撕下

invoice [ˋɪnvɔɪs]（發票）

ˋopən | open the cash register——打開收銀機

5 NT

coin [kɔɪn]（硬幣）

take out **coins**（取出硬幣）

─── 打開收銀機…（2）───

英語中，使用連接詞 **after** [ˈæftɚ]（在…之後）連接**兩個主詞相同的子句**時，after 子句的**主詞可以省略**，主詞省略後，動詞字尾要**加 ing**：

after I open　v.s.　after open**ing**
【不省略主詞】　　　 【省略主詞】
（在我打開之後）　　 （打開之後…）

I take out notes after opening the cash register.
（我打開收銀機之後，取出紙鈔）

I take out coins after opening the cash register.
（我打開收銀機之後，取出硬幣）

4　　　　　　　　　　MP3 09-04

關東煮

oden
[oˈdɛn]

一支**關東煮**：
a stick of oden
[stɪk]

一桶**關東煮**：
a bucket of oden
[ˈbʌkɪt]

● a stick of...
／一支…

● a bucket of...
／一桶…

路邊攤關東煮

● street vendor
[strit ˈvɛndɚ] 路邊攤

eat **oden** at a street vendor
（在路邊攤吃關東煮）

● eat [it] 吃
● at ＋某處／在某處

| pɪk | pick up oden──拿出關東煮 |

"買關東煮" 3步驟

1 拿起關東煮

● pick up [pɪk ʌp] 拿起

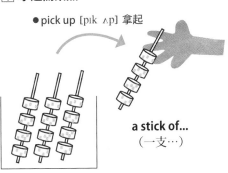

a stick of...
（一支…）

pick up **a stick of oden**（拿起一支關東煮）

---

② 放入紙杯

- put into [put `ɪntu] 放入

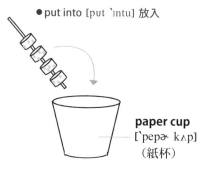

paper cup
[`pepɚ kʌp]
（紙杯）

put into **a paper cup** （放入紙杯裡）

③ 舀入湯汁

- scoop in [skup ɪn]
舀入

soup [sup] （湯汁）

scoop in **oden soup** （舀入關東煮的湯汁）

pɪk

pick up oden with tongs——用夾子
夾起關東煮

- pick up ／夾起、拿起

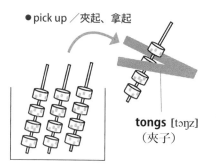

tongs [tɔŋz]
（夾子）

【說明】

pick up 意為**拿起物品**，表達「**用某夾具夾起物品**」時，常用此字，例如：

pick up with tongs
（用夾子拿起＝用夾子夾取）

pick up with chopsticks [`tʃɑp‚stɪks]
（用筷子拿起＝用筷子夾起）

- with 某物／以某物為工具

kʊk

cook oden——煮關東煮

tek

take a bite of oden——咬一口關東煮
- bite [baɪt] 一口的量

bɝn

burn one's mouth——燙傷嘴巴
- mouth [mauθ] 嘴巴

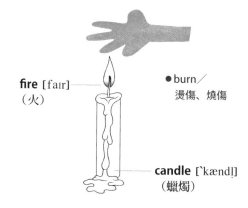

fire [faɪr]
（火）

- burn／
燙傷、燒傷

candle [`kændl]
（蠟燭）

`kʌvɚ

cover up the oden——蓋上關東煮

塑膠蓋

plastic lid
[ˈplæstɪk lɪd]
（塑膠的蓋子）

use the plastic lid to cover up **the oden**
（用塑膠蓋子，蓋上關東煮）

● use 某物 to... ／使用某物做…
● cover up ／蓋上（蓋子）

5　　　　　　　　　　MP3 09-05

茶葉蛋

tea egg
[ti ɛg]

一個**茶葉蛋**：a tea egg

一鍋**茶葉蛋**：a pot [pɑt] of tea eggs

● a pot of... ／
一鍋…

茶葉蛋的構造

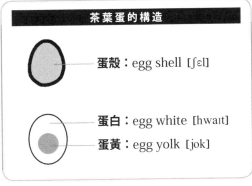

蛋殼：egg shell [ʃɛl]

蛋白：egg white [hwaɪt]
蛋黃：egg yolk [jok]

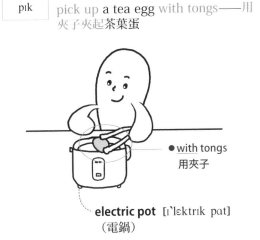

● with tongs
用夾子

electric pot [ɪˈlɛktrɪk pɑt]
（電鍋）

pick up a tea egg from **an electric pot**
（從電鍋夾起茶葉蛋）

● from... ／從…

"剝茶葉蛋" 2步驟

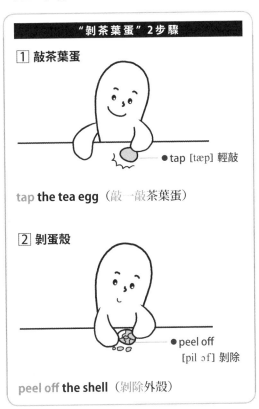

1 敲茶葉蛋

● tap [tæp] 輕敲

tap the tea egg（敲一敲茶葉蛋）

2 剝蛋殼

● peel off
[pil ɔf] 剝除

peel off the shell（剝除外殼）

put   put into a plastic bag——放入塑膠袋

放入塑膠袋

● put...into... ／
 把…放入…

plastic bag [ˋplæstɪk bæg]
（塑膠袋）

put **the tea egg** into **a plastic bag**
（把茶葉蛋放入塑膠袋）

● put A into B／把 A 放入 B

1　　　　　　　　　　MP3 10-01

醫院

hospital
[ˋhɑspɪtl̩]

doctor [ˋdɑktɚ] （醫生）　　**nurse** [nɝs] （護士）

stethoscope
[ˋstɛθəˏskop]
（聽診器）

blood pressure cuff
[blʌd ˋprɛʃə kʌf]
（血壓計）

身體小毛病

headache
[ˋhɛdˏek]
（頭痛）

stomachache
[ˋstʌməkˏek]
（腹痛）

dizzy
[ˋdɪzɪ]
（暈眩的）

have a fever
[hæv] [ˋfivɚ]
（發燒）

　　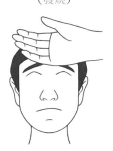

---

have a runny nose
[hæv] [ˋrʌnɪ noz]
（流鼻涕）

throw up
[θro ʌp]
（嘔吐）

食べすぎて
胸がムカック

【說明】描述身體狀況時，動詞多半用 have

掛 號

● register [ˋrɛdʒɪstɚ] 掛號

掛號處

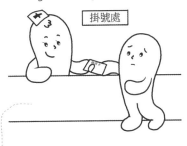

registry [ˋrɛdʒɪstrɪ] （掛號處）

register at the registry of a hospital
（在醫院櫃臺掛號）

● at ＋某處／在某處。at 是表示地點的介係詞
● the... of a hospital ／醫院的…

si	see a doctor —— 看醫生

● doctor [ˋdɑktɚ] 醫生

打針・抽血

1 打針

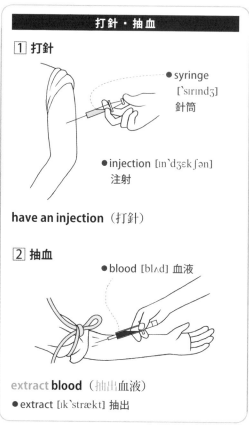

- syringe
  [`sɪrɪndʒ]
  針筒

- injection [ɪn`dʒɛkʃən]
  注射

have an injection （打針）

2 抽血

- blood [blʌd] 血液

extract blood （抽出血液）
- extract [ɪk`strækt] 抽出

---

2 吃藥

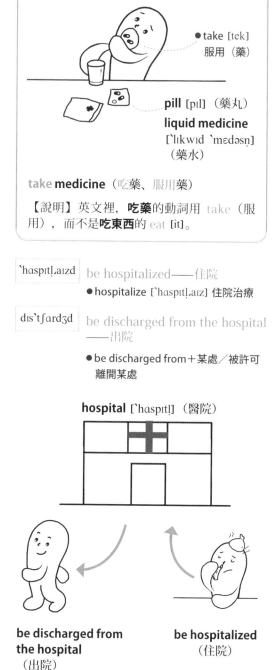

- take [tek]
  服用（藥）

pill [pɪl] （藥丸）
liquid medicine
[`lɪkwɪd `mɛdəsṇ]
（藥水）

take medicine （吃藥、服用藥）

【說明】英文裡，**吃藥**的動詞用 take（服用），而不是**吃東西**的 eat [it]。

`hɑspɪtḷˌaɪzd   be hospitalized——住院
- hospitalize [`hɑspɪtḷˌaɪz] 住院治療

dɪs`tʃɑrdʒd   be discharged from the hospital
——出院
- be discharged from＋某處／被許可
離開某處

hospital [`hɑspɪtḷ] （醫院）

be discharged from
the hospital
（出院）

be hospitalized
（住院）

---

gɛt   get the medicine——領藥

領藥・吃藥

1 領藥

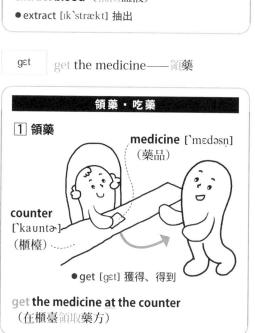

medicine [`mɛdəsṇ]
（藥品）

counter
[`kaʊntɚ]
（櫃檯）

- get [gɛt] 獲得、得到

get the medicine at the counter
（在櫃臺領取藥方）

探病

● visit [ˋvɪzɪt] 探望

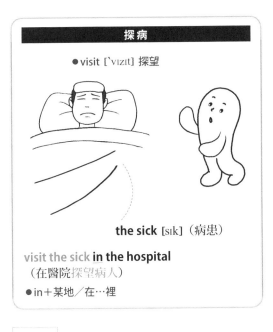

the sick [sɪk]（病患）

visit the sick in the hospital
（在醫院探望病人）

● in＋某地／在…裡

| go | go to the hospital for emergency treatment——到醫院掛急診 |

● for＋名詞／為了…
● emergency treatment [ɪˋmɜdʒənsɪ ˋtritmənt] 緊急治療

叫救護車

1 叫救護車

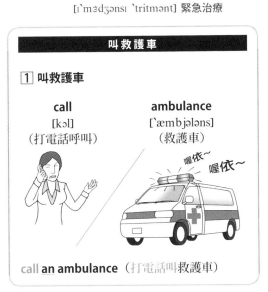

call	ambulance
[kɔl]	[ˋæmbjələns]
（打電話呼叫）	（救護車）

喔依～　喔依～

call an ambulance（打電話叫救護車）

---

2 抬擔架

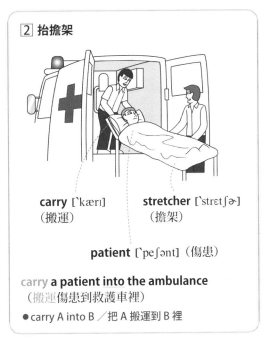

carry [ˋkærɪ]　　stretcher [ˋstrɛtʃɚ]
（搬運）　　　　（擔架）

patient [ˋpeʃənt]（傷患）

carry a patient into the ambulance
（搬運傷患到救護車裡）

● carry A into B ／把 A 搬運到 B 裡

| ˌɑpəˋreʃən | go to the hospital to have an operation——到醫院動手術 |

● go to 某地＋ to 原形動詞／到某地，為了做…

| bɜθ | go to the hospital to give birth——到醫院生產 |

| ɪgˋzæmɪnd | go to the hospital to be examined——到醫院接受診察 |

● be examined／被診察、看病

doctor [ˋdɑktɚ]（醫生）

[`tʃɛk͵ʌp]　go to the hospital for a health checkup——到醫院做健康檢查

● health checkup [hɛlθ `tʃɛk͵ʌp] 健康檢查

[͵rihə͵bilə`teʃən]　go to the hospital for rehabilitation——到醫院做復健

2　　　　　MP3 10-02

藥膏　　ointment
[`ɔɪntmənt]

一條**藥膏**：a slab [slæb] of ointment

skwiz　squeeze out ointment——擠出**藥膏**

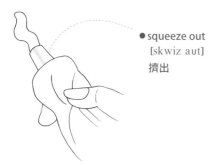

● squeeze out
[skwiz aut]
擠出

rʌb　rub in ointment——塗抹**藥膏**

● rub in [rʌb ɪn]
塗抹

【補充】
rub ointment evenly（把藥膏均勻推開）

● evenly [`ivənlɪ] 均勻地

用棉花棒塗藥膏

1 **沾取**：dab [dæb]

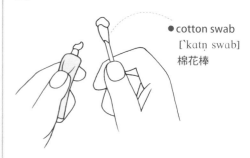

● cotton swab
[`katṇ swab]
棉花棒

dab ointment on a cotton swab
（在棉花棒上沾取**藥膏**）

● on a cotton swab／在棉花棒上

2 **塗抹**：dab [dæb]

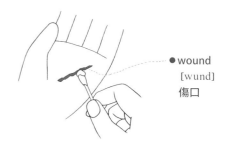

● wound
[wund]
傷口

dab ointment with a cotton swab
（用棉花棒塗抹**藥膏**）

● with a cotton swab／用棉花棒

3　　　　　MP3 10-03

紗布／繃帶　gauze / bandage
[gɔz]　[`bændɪdʒ]

一塊**紗布**：a piece [pis] of gauze

一捲**紗布**：a roll [rol] of gauze

drɛs　dress a wound——包紮傷口

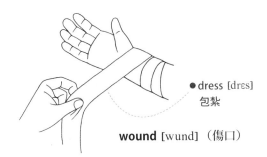

• dress [drɛs]
包紮

wound [wund] （傷口）

dress a wound with gauze（用紗布包裹傷口）
● with ／表示用某種工具的介係詞

`kʌvɚ cover a wound——覆蓋傷口

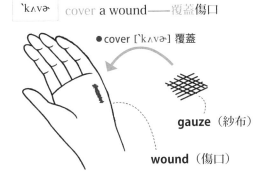

● cover [`kʌvɚ] 覆蓋

gauze （紗布）

wound （傷口）

cover **a wound with gauze**（用紗布覆蓋傷口）

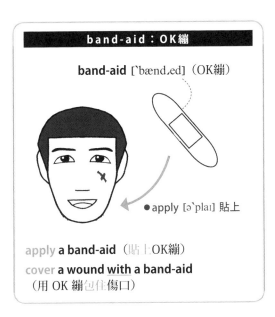

band-aid：OK繃

band-aid [`bænd,ed]（OK繃）

● apply [ə`plaɪ] 貼上

apply **a band-aid**（貼上OK繃）
cover **a wound with a band-aid**
（用 OK 繃包住傷口）

體溫計　thermometer [θəˋmɑmətɚ]

耳溫槍：ear [ɪr] thermometer

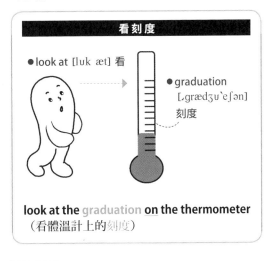

看刻度

● look at [luk æt] 看

● graduation
[ˌgrædʒuˋeʃən]
刻度

look at the **graduation** on the thermometer
（看體溫計上的刻度）

hold　hold under armpit——夾在腋下

thermometer（體溫計）

● hold [hold] 夾住

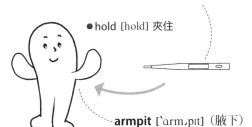

armpit [`ɑrm,pɪt]（腋下）

hold **a thermometer** under **the armpit**
（把體溫計夾在腋下）
● hold A under B ／在 B 處下，夾住 A

tek　take out the thermometer——拿出
體溫計

ɪnˋsɝt　insert into rectum——插入肛門
● rectum [`rɛktəm] 直腸、肛門

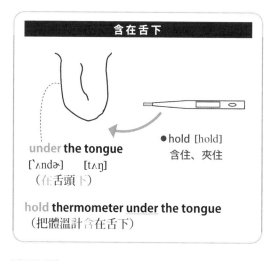

含在舌下

under **the tongue**
[ˋʌndɚ]　[tʌŋ]
（在舌頭下）

● hold [hold]
含住、夾住

hold **thermometer under the tongue**
（把體溫計含在舌下）

ˋmɛʒɚ　measure body temperature——量
體溫

測量不同部位的體溫

measure oral temperature （量口溫）
measure rectal temperature （量肛溫）
measure axillary temperature （量腋溫）

● oral [ˋorəl] 口部的　● rectal [ˋrɛktl] 直腸的
● axillary [ˋæksɪˌlɛrɪ] 腋窩的

measure（測量）的其他用法

1 量血壓

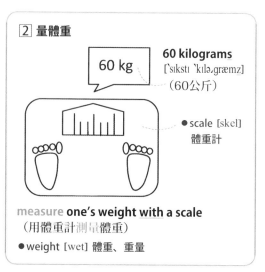

● blood pressure
cuff／血壓計

measure **blood pressure with a blood**
pressure cuff
（用血壓計測量血壓）

● blood pressure [blʌd ˋprɛʃɚ] 血壓

---

2 量體重

60 kg

60 kilograms
[ˋsɪkstɪ ˋkɪləˌgræmz]
（60公斤）

● scale [skel]
體重計

measure **one's weight with a scale**
（用體重計測量體重）

● weight [wet] 體重、重量

ʃek　shake the thermometer——甩、搖
晃體溫計

shake：搖動、搖晃各種物品

1 骰子

● dice [daɪs] 骰子

shake the dice （搖動骰子）

2 瓶子

● bottle [ˋbɑtl] 瓶子

shake a bottle （搖晃瓶子）

3 立可白

● whiteout
['hwaɪtˌaʊt]
立可白

shake the whiteout（搖晃立可白）

口罩

gauze mask
[gɔz mæsk]

put   put on a gauze mask——戴上口罩

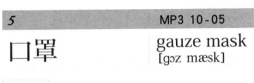

● put on [put ɑn]
戴上、配戴

【補充】take off **a gauze mask**（拿下口罩）
  ● take off [tɛk ɔf] 脫下、摘除

1 MP3 11-01

牙刷

toothbrush
[ˋtuθ͵brʌʃ]

一支**牙刷**：a toothbrush

兩支**牙刷**：two toothbrushes

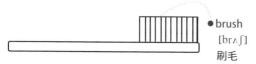

● brush
[brʌʃ]
刷毛

| brʌʃ | brush one's teeth——刷牙

● teeth [tiθ] 牙齒，複數（單數是 tooth
[tuθ]）

● brush [brʌʃ] 刷

foam [fom]
（泡沫）

hold [hold] **a toothbrush**（拿、握牙刷）

---
b r u s h （刷）的相似用法

polish [ˋpalɪʃ] 刷亮、擦亮各種物品

polish **the floor**（刷亮、擦亮地板）
polish **the shoes**（刷亮、擦亮鞋子）
polish **the pot**（刷亮、擦亮鍋子）

● floor [flor] 地板 ● shoe [ʃu] 鞋子
● pot [pat] 鍋子

左右刷牙・上下刷牙

from left to right
[frɑm lɛft tu raɪt]
（由左至右）

up and down
[ʌp ænd daʊn]
（上下）

 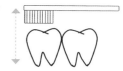

move **the toothbrush from left to right**
（左右移動牙刷）
move **the toothbrush up and down**
（上下移動牙刷）

● move 某物 from left to right／左右移動某物
● move 某物 up and down／上下移動某物
● from A to B／由 A 至 B
● A and B／A 然後 B

---

2 MP3 11-02

牙膏

toothpaste
[ˋtuθ͵pest]

| skwiz | squeeze out toothpaste——擠牙膏

● squeeze out
[skwiz aʊt]
擠出

squeeze out **toothpaste on the toothbrush**
（擠牙膏在牙刷上）

● on＋某物／在某物上

擠不出牙膏

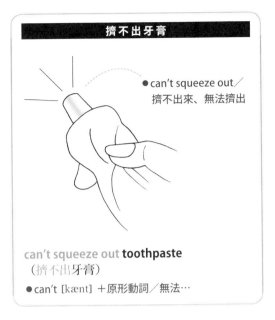

● can't squeeze out／
擠不出來、無法擠出

can't squeeze out toothpaste
（擠不出牙膏）

● can't [kænt] ＋原形動詞／無法…

牙膏用量

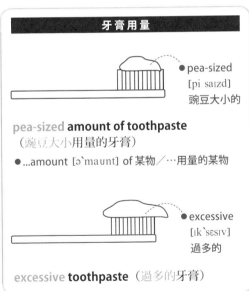

● pea-sized
[pi saɪzd]
豌豆大小的

pea-sized amount of toothpaste
（豌豆大小用量的牙膏）

● ...amount [əˋmaʊnt] of 某物／…用量的某物

● excessive
[ɪkˋsɛsɪv]
過多的

excessive toothpaste（過多的牙膏）

---

3   MP3 11-03

盥洗臺   washstand／sink
               [ˋwaʃˏstænd]   [sɪŋk]

浴室設備

毛巾架：towel rack
[ˋtaʊəl ræk]

浴缸：
bathtub
[ˋbæθˏtʌb]

鏡子：mirror [ˋmɪrɚ]

水龍頭：faucet [ˋfɔsɪt]

肥皂：soap [sop]

肥皂盒：soapbox   盥洗臺：washstand
[ˋsopˏbaks]   [ˋwaʃˏstænd]

| tɝn ɑn | turn on the faucet——打開水龍頭 |

| tɝn ɔf | turn off the faucet——關上水龍頭 |

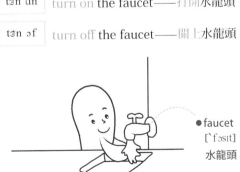

● faucet
[ˋfɔsɪt]
水龍頭

---

wash **hands at the sink**（在洗臉臺洗手）

●wash [waʃ] 洗　●hand [hænd] 手

水龍頭滴水

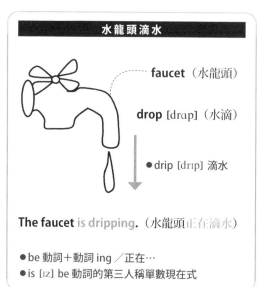

faucet（水龍頭）

drop [drɑp]（水滴）

●drip [drɪp] 滴水

The faucet is dripping.（水龍頭正在滴水）

●be 動詞＋動詞 ing ／正在…
●is [ɪz] be 動詞的第三人稱單數現在式

---

plʌg　plug the drain hole——塞住排水孔

●drain hole [dren hol] 排水孔

---

plug：塞住、堵塞

1 盥洗臺

washstand／sink（盥洗臺）

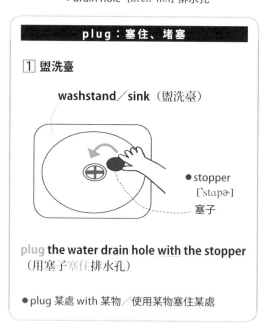

●stopper
['stɑpɚ]
塞子

plug the water drain hole with the stopper
（用塞子塞住排水孔）

●plug 某處 with 某物／使用某物塞住某處

---

2 瓶口

●cork [kɔrk] 軟木塞

bottle mouth
['bɑtl̩ mauθ]
（瓶口）

plug the bottle mouth with the cork
（用軟木塞塞住瓶口）

MP3 11-04

馬桶　toilet
['tɔɪlɪt]

浴廁用品

toilet paper ['tɔɪlɪt `pepɚ]
如廁用紙

toilet lid
['tɔɪlɪt lɪd]（馬桶蓋）

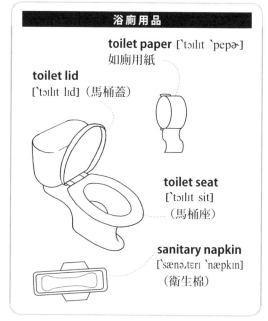

toilet seat
['tɔɪlɪt sit]
（馬桶座）

sanitary napkin
['sænəˌtɛrɪ `næpkɪn]
（衛生棉）

掀起・放下　馬桶蓋

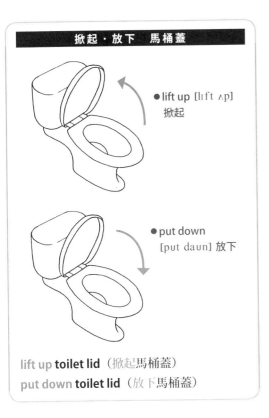

- lift up [lɪft ʌp]
  掀起

- put down
  [put daun] 放下

lift up **toilet lid**（掀起馬桶蓋）
put down **toilet lid**（放下馬桶蓋）

---

flʌʃ　flush the toilet——沖馬桶

flush（用水沖洗）的相似用法

【說明】flush 專指**沖洗馬桶**，rinse off 則泛指**沖洗**。

shower [ˋʃaʊɚ]（淋浴）

rinse off **dirty water**
[ˋrɪns ɔf ˋdɝtɪ ˋwɔtɚ]
（沖掉汗水）

shower to rinse off dirty water
（淋浴沖掉汗水）

- shower to... ／淋浴，為了…

---

skwɑt　squat on the toilet——蹲馬桶

- squat
  [skwɑt]
  蹲

- squat on ＋某處／蹲在某處上

---

blɑkt　toilet is blocked——馬桶堵塞
（原形：be blocked）

blocked：堵塞的、不通的

- blocked [blɑkt]
  堵塞的

blocked **pipe** [paɪp]（堵塞的管子）
blocked **nose** [noz]（塞住的鼻子）
- blocked＋名詞／堵塞住的…

通馬桶・刷馬桶

- unblock
  [ˌʌnˋblɑk]
  去除堵塞物

- toilet plunger
  [ˋtɔɪlɪt ˋplʌndʒɚ]
  馬桶吸盤

unblock the toilet with a toilet plunger
（用馬桶吸盤通馬桶）

4 馬桶　衛浴用具 11

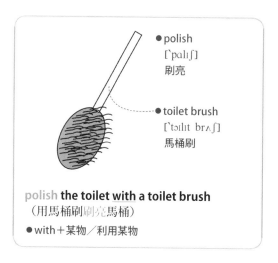

● polish
[ˋpɑlɪʃ]
刷亮

● toilet brush
[ˋtɔɪlɪt brʌʃ]
馬桶刷

polish the toilet with a toilet brush
（用馬桶刷刷亮馬桶）
● with＋某物／利用某物

隨地小便

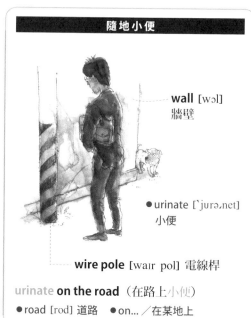

wall [wɔl]
牆壁

● urinate [ˋjurəˏnet]
小便

wire pole [waɪr pol] 電線桿

urinate on the road （在路上小便）
● road [rod] 道路　● on... ／在某地上

sit　sit on the toilet──坐在馬桶上

● sit [sɪt] 坐

● sit on＋某處／坐在某處上

小號・大號

number one （小號）
[ˋnʌmbɚ wʌn]

number two （大號）
[ˋnʌmbɚ tu]

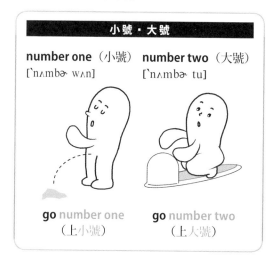

go number one
（上小號）

go number two
（上大號）

1　　　　　　　　　　　　　MP3 12-01

頭

head
[hɛd]

---

headache：頭痛

have a headache [ˋhɛdˏek]
（頭痛）

【說明】英語裡，身體某部位
疼痛，動詞用「have」。例
如：have a toothache [ˋtuθˏek]
（牙痛）

---

nɑd　　nod one's head——點頭

---

nod：點頭

nod [nɑd] 是點（頭），用法是 **nod one's
head** 或 **nod**。

nod／nod one's head **in agreement**
（點頭同意）

nod／nod one's head **in greeting**
（點頭問好）

●agreement [əˋgrimənt] 同意
●greeting [ˋgritɪŋ] 打招呼

ʃek　　shake one's head——搖頭、甩頭

●shake [ʃek] 搖動

shake one's head in disagreement
（搖頭表示不贊同）

●disagreement [ˏdɪsəˋgrimənt] 不贊同、不同意

---

rez　　raise one's head——抬起頭

ˋloɚ　　lower one's head——低下頭

●lower [ˋloɚ] 低下

●raise [rez] 抬起

---

raise（抬起、使…升高）的其他用法

raise **the prices**（提高價格）
raise **the rent**（調漲房租）　　**$200**
●price [praɪs] 價格　　**$100**
●rent [rɛnt] 房租

raise **one's hand**
（舉起手）

raise **a sign**（舉起牌子）
●sign [saɪn] 標誌、標牌

---

strok　　stroke someone's head——撫摸某
人的頭

●stroke [strok]
撫摸

stroke a child's head（摸小孩子的頭）
●child [tʃaɪld] 小孩子

頭髮

hair
[hɛr]

各種髮型

- curly [`kɝlɪ] hair 捲髮

- medium length hair
  [`midɪəm lɛŋθ]
  中長髮

- straight [stret] hair
  直髮

- long [lɔŋ] hair 長髮

- short [ʃɔrt] hair 短髮

| waʃ | wash one's hair——洗頭髮 |

| kom | comb one's hair——梳頭髮 |

【提醒】**comb** [kom]（用梳子梳理），**字尾 b 不發音。**

| pul | pull out a gray hair——拔除一根白髮 |
- gray [gre] 灰色的

---

pull out（拔除）的常用法

pull out **a tooth** [tuθ]（拔牙齒）
pull out **a staple** [`stepl]（拔出釘書針）
pull out **a cork** [kɔrk]（拔出軟木塞）
pull out **a nail** [nel]（拔出釘子）

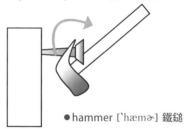

- pull out [pul aut] 拔出、拔除

- hammer [`hæmɚ] 鐵鎚

pull out **a nail with a hammer**
（用鐵鎚拔出釘子）

---

pull（拔、拉）的其他用法

pull [pul]（拔、拉）也常用在**穿著**，用法：

- pull on [pul ɑn] 拉上、穿上
- pull off [pul ɔf] 拉下、脫下

pull on／pull off **pantyhose** [`pæntɪˌhoz]
（穿上／脫下褲襪）

pull on／pull off **one's jeans** [dʒinz]
（穿上／脫下牛仔褲）

pull on／pull off **one's boots** [buts]
（穿上／脫下靴子）

- pull off [pul ɔf]
  拉下、脫下

| drai | dry one's hair with a towel——用毛巾擦乾頭髮 |

- towel [`tauəl] 毛巾

| drai | dry one's hair——弄乾頭髮 |

dry（擦乾、弄乾）的相似字

- wipe [waɪp] 擦乾、擦拭乾淨

wipe one's mouth [mauθ]（擦嘴巴）

wipe the dirt off（擦拭掉髒污）

- dirt [dɝt] 髒污

- wipe…off [waɪp ɔf] 擦拭掉…

- suit [sut] 西裝

用吹風機吹乾

- blow-dry [`blo͵draɪ] 用吹風機吹乾

- hair dryer [hɛr `draɪɚ] 吹風機

blow-dry one's hair（用吹風機吹乾頭髮）

| gro | grow out one's hair——把頭髮留長 |

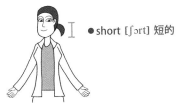

- short [ʃɔrt] 短的

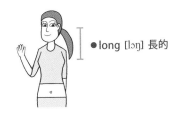

- long [lɔŋ] 長的

grew out one's hair（把頭髮留長了）

【時態說明】

現在式：grow [gro] out（要留長）

過去式：grew [gru] out（留長了）

| tai | tie up one's hair——綁頭髮 |

tie up：綁住（頭髮）

a lock of hair [lɑk]（一束頭髮）

two locks of hair [lɑks]（兩束頭髮）

tie up one's hair into a ponytail（把頭髮綁成一束馬尾）

- ponytail [`pɔnɪ͵tel] 馬尾

| ʃev | shave one's head——剃頭髮 |

── shave（剃除毛髮）的用法 ──

【說明】shave [ʃev] 是**用剃刀剃除某部位的毛髮**，用法是 shave ＋某部位，例如：

shave **one's face**（剃除臉部毛髮＝刮鬍子）

shave **one's legs**（剃除腿部毛髮＝刮腿毛）

shave **one's armpits**（剃除腋下毛髮＝刮腋毛）

- face [fes] 臉
- leg [lɛg] 腿
- armpit [ˈɑrmˌpɪt] 腋下

---

kʌt　cut one's hair──剪頭髮

daɪ　dye one's hair──染髮

染髮成各種顏色

dye one's hair black [blæk]（染髮成黑色）

dye one's hair brown [braʊn]（染髮成褐色）

dye one's hair blonde [blɑnd]（染髮成亞麻色）

- dye [daɪ] 染色

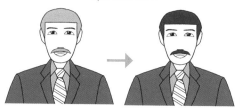

- light [laɪt] 淺色的
- dark [dɑrk] 深色的

── beauty salon（美容院）的服務項目 ──

洗**頭髮**：wash [waʃ] one's hair

剪**頭髮**：cut [kʌt] one's hair

染**頭髮**：dye [daɪ] one's hair

燙捲**頭髮**：perm [pɝm] one's hair

護**髮**：care for [kɛr fɔr] hair

- beauty salon [ˈbjutɪ səˈlɑn] 美容院

---

kʌt　cut hair ends evenly──剪齊髮尾

- cut…evenly [kʌt `ivənlɪ] 剪齊

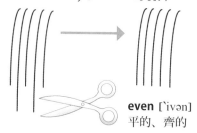

even [ˈivən]
平的、齊的

剪掉分岔

hair end [hɛr ɛnd] 髮尾

split end [splɪt ɛnd]
分岔的頭髮

cut off **split ends**（剪掉分岔的髮尾）

- cut off [kʌt ɔf] 剪掉、剪除

3　　　　　　　　　　　　MP3 12-03

臉　　　　face
　　　　　　[fes]

臉的各部位名稱

- eyebrow [ˈaɪˌbraʊ] 眉毛
- ear [ɪr] 耳朵
- eye [aɪ] 眼睛
- cheek [tʃik] 臉頰
- nose [noz] 鼻子
- tongue [tʌŋ] 舌頭
- mouth [maʊθ] 嘴巴

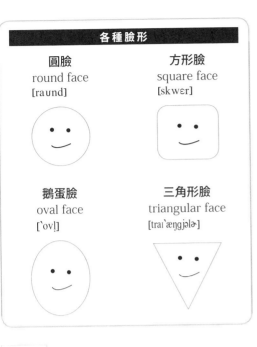

各種臉形

圓臉
round face
[raʊnd]

方形臉
square face
[skwɛr]

鵝蛋臉
oval face
[ˋovl]

三角形臉
triangular face
[traɪˋæŋgjələ]

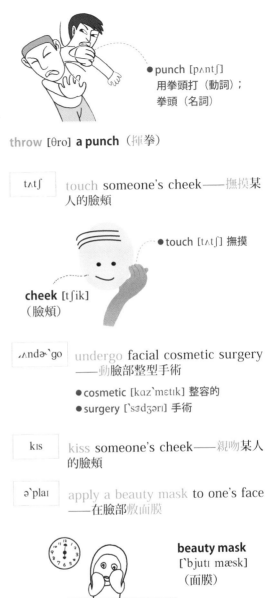

● punch [pʌntʃ]
用拳頭打（動詞）；
拳頭（名詞）

throw [θro] **a punch**（揮拳）

tʌtʃ　touch someone's cheek——撫摸某人的臉頰

● touch [tʌtʃ] 撫摸

cheek [tʃik]
（臉頰）

wɑʃ　wash one's face——洗臉

● splash [splæʃ]
水的潑濺聲

pɪntʃ　pinch someone's cheek——捏某人的臉頰

● cheek [tʃik] 臉頰

● pinch [pɪntʃ]
用手指捏

pʌntʃ　punch someone's face——揍某人的臉

ˌʌndəˋgo　undergo facial cosmetic surgery
——動臉部整型手術

● cosmetic [kɑzˋmɛtɪk] 整容的
● surgery [ˋsɝdʒərɪ] 手術

kɪs　kiss someone's cheek——親吻某人的臉頰

əˋplaɪ　apply a beauty mask to one's face
——在臉部敷面膜

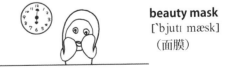

beauty mask
[ˋbjutɪ mæsk]
（面膜）

【例】apply **a beauty mask around** one's eyes
（在眼睛四周敷面膜）
● around [əˋraʊnd] …／在…四周

4 眉毛 eyebrow [ˋaɪ͵braʊ]

MP3 12-04

drɔ

draw one's eyebrows——畫眉毛
=paint [pent] one's eyebrows
=pencil in [ˋpɛnsḷ ɪn] one's eyebrows

眉毛的形容用語

眉毛濃密

thick [θɪk] eyebrows

眉毛稀疏

thin [θɪn] eyebrows

---

plʌk

pluck one's eyebrows——拔除眉毛

ʃev

shave off one's eyebrows——剃除、刮除眉毛

---

shave off（剃除）的其他用法

shave off one's hair [hɛr]
（剃光頭髮）

shave off one's beard [bɪrd]
（刮除鬍子）

ʃep

shape one's eyebrows——修眉毛

---

5 眼睛 eye [aɪ]

MP3 12-05

眼睛的形容用法

big [bɪg] eyes
（大眼睛）

small [smɔl] eyes
（小眼睛）

ˋopən

open one's eyes——張開眼睛

wake up [wek ʌp]（醒來）

● open [ˋopən]
張開

---

open（打開）的其他用法

1 翻開書

read [rid]（閱讀）

● open [ˋopən] 翻開

open a book [bʊk]（翻開書本）

2 開網頁

webpage
[wɛbpedʒ]
（網頁）

open a webpage（開啟網頁）

---

3 撐開傘

- umbrella [ʌm`brɛlə]
  傘
- open [`opən] 撐開

open **an umbrella**（撐開傘）

| dart | dart one's eyes around——畫圈似地轉動眼睛 |

…around（繞圈似地）的常用法

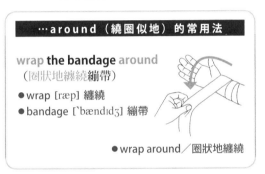

wrap **the bandage** around
（圈狀地纏繞繃帶）

- wrap [ræp] 纏繞
- bandage [`bændɪdʒ] 繃帶

- wrap around／圈狀地纏繞

| lɪr | leer at someone——斜眼看某人 |

- leer [lɪr] 斜眼看

| kloz | close one's eyes——閉上眼睛 |

- doze off [doz ɔf]
  打瞌睡

| skwɪnt | squint one's eyes——瞇眼睛 |

張開‧瞇起 眼睛

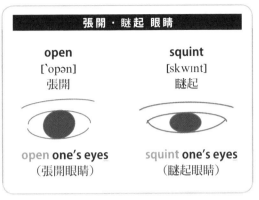

open	**squint**
[`opən]	[skwɪnt]
張開	瞇起

| open **one's eyes** | squint **one's eyes** |
| （張開眼睛） | （瞇起眼睛） |

| stɛr | stare at someone——瞪某人
＝glare [glɛr] at someone |

6　　　　　　　　　MP3 12-06

耳朵　　　ear
[ɪr]

| hæv | have a ringing in the ears——耳鳴
- ringing [`rɪŋɪŋ] 響聲 |

【補充】tinnitus [tɪ`naɪtəs] 耳鳴（名詞）

| twɪst | twist someone's ear——擰某人的耳朵
＝wring [rɪŋ] someone's ear |

- twist [twɪst]＝wring [rɪŋ] 扭、擰

「耳朵」的相關單字

耳垢：earwax [`ɪr͵wæks]

耳垂：earlobe [`ɪr͵lob]

耳塞：earplug [`ɪr͵plʌg]

---

pɪrs	pierce one's ear——穿耳洞

piercing [`pɪrsɪŋ]（耳洞）

pierce [pɪrs]（耳環）

7	MP3 12-07

鼻子

nose
[noz]

skwiz	squeeze out nose-tip acne——擠出

鼻頭粉刺

● nose-tip [noz tɪp] 鼻頭的

● **squeeze out**
[skwiz aut]
擠壓出

● acne [`æknɪ] 粉刺

鼻孔・毛孔 等詞彙

鼻孔：nostril [`nɑstrɪl]　**毛孔**：pore [por]

眼窩：socket [`sɑkɪt]　**耳窩**：ear hole [ɪr hol]

---

blo	blow one's nose——擤鼻子

● **blow** [blo] 擤（鼻子）

tissue [`tɪʃu]（衛生紙）

pɪk	pick one's booger——挖鼻屎

● booger [`bugɚ] 鼻屎

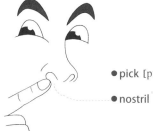

● pick [pɪk] 用手指挖

● nostril [`nɑstrɪl] 鼻孔

pick **one's nose**（挖鼻孔）

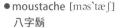

8	MP3 12-08

鬍子

beard
[bɪrd]

gro	grow a beard——留、蓄鬍子

八字鬍 VS. 落腮鬍

● moustache [məs`tæʃ]
八字鬍

● beard [bɪrd]
落腮鬍

ʃev	shave off one's beard——刮除、剃除鬍子

- shave off [ʃev ˋɔf] 剃除
- razor [ˋrezɚ] 刮鬍刀

【補充】**shave** [ʃev] 的意思是**用剃刀刮除**，因此「**用刮鬍刀刮鬍子**」的英文同樣是 **shave off one's beard**。

trɪm	trim one's beard——修剪鬍子

9

MP3 12-09

嘴巴　mouth [mauθ]

ˋopən	open one's mouth——張開嘴巴

嘴巴的各部位名稱

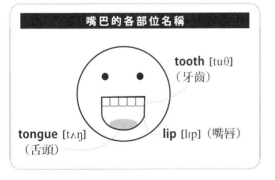

- **tooth** [tuθ]（牙齒）
- **tongue** [tʌŋ]（舌頭）
- **lip** [lɪp]（嘴唇）

kloz	close one's mouth——閉上嘴巴

---

close（關閉）的其他用法

close **a book** [buk]（闔上書）

close **a door** [dor]（關門）

close **an umbrella** [ʌmˋbrɛlə]（闔起傘）

- close [kloz] 關上

ˋopən	open one's mouth wide——張大嘴巴

- wide [waɪd] 寬闊地

- open [ˋopən] 張開
- laugh [læf] 笑

play Pachinko [pəˋtʃɪŋko]（玩柏青哥）

10

MP3 12-10

牙齒　tooth（複數：teeth [tiθ]）[tuθ]

brʌʃ	brush one's teeth——刷牙

toothbrush [ˋtuθˏbrʌʃ]（牙刷）

foam [fom]（泡沫）

brush **one's teeth with a toothbrush**（用牙刷刷牙）

`pul` pull out a tooth——拔牙齒

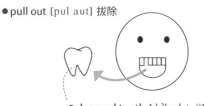

- pull out [pul aut] 拔除
- decayed tooth [dɪˋked tuθ] 蛀牙

pull out a decayed tooth（拔蛀牙）

牙齒的相關單字

牙痛：toothache [ˋtuθ͵ek]

假牙：fake tooth [fek]

智齒：wisdom tooth [ˋwɪzdəm]

`ɪmˋplænt` implant a fake tooth——植入假牙
=embed [ɪmˋbɛd] a fake tooth

`klin` clean one's teeth——洗牙

`mɛnd` mend one's teeth——補牙齒
=patch [pætʃ] one's teeth

| *11* | MP3 12-11 |

舌頭　tongue [tʌŋ]

`stɪk` stick out one's tongue——伸出舌頭

- stick out [stɪk aut] 伸出
- kitten [ˋkɪtn̩]（貓咪）

The kitten sticks out its tongue.（小貓伸出舌頭）

`kɝl` curl up one's tongue——捲起舌頭
=roll [rol] one's tongue

`lɪk` lick the ice cream——舔冰淇淋

- lick [lɪk] 舔
- lollypop [ˋlalɪ͵pap] 棒棒糖

The girl licks a lollypop.（小女孩舔棒棒糖）
- girl [gɝl] 女孩

`bɝn` burn one's tongue——燙到舌頭

- burn [bɝn] 燙傷
- hot [hat] 熱的、高溫的

| *12* | MP3 12-12 |

肩膀　shoulder [ˋʃoldɚ]

按摩肩膀

【說明】 按摩**某人的肩膀**是 massage [məˋsaʒ] **someone's shoulders**。而按摩肩膀時，常用的兩種方式則是：

1 揉捏

- rub [rʌb] 揉捏
- palm [pɑm] 手掌

rub **someone's shoulders** （揉捏某人的肩膀）

2 捶打

- beat [bit] 捶打
- fist [fɪst] 拳頭

beat **someone's shoulders** （捶打某人的肩膀）

| ek | one's shoulders ache——肩膀痠痛 |
| lin | lean on someone's shoulder——靠在某人的肩膀上 |

lean （倚靠）的用法

- lean on [lin ɑn] ＋某處／靠在某處

lean on **the door** [dor] （靠在門上）
lean on **the tree** [tri] （靠在樹上）
lean on **the wall** [wɔl] （靠著牆壁）

| ʃrʌg | shrug one's shoulders——聳肩 |

- shrug [ʃrʌg] 提高肩膀

left shoulder
[lɛft ˋʃoldə]
（左邊肩膀）

shrug **one's shoulders** （提高肩膀＝聳肩）

| hæŋ | hang a bag——背皮包 |

hang a bag on **one's shoulder**
（背皮包在肩上）

bag [bæg] （皮包）

手　　hand
[hænd]

手的各部位名稱

指甲：nail [nel]

手背：the back [bæk] of the hand

手指：finger [ˋfɪŋgə]

手掌：palm [pɑm]

| waʃ | wash one's hands——洗手 |

手的相關單字

左手：left [lɛft] hand

右手：right [raɪt] hand

一雙手：a pair [pɛr] of hands

● onigiri [oˋnɪgɪri]
御飯糰

make onigiri with both hands
（用雙手做御飯糰）

- make [mek] ... with 某物／利用某物做…
- both [boθ] 兩個…

---

puʃ | push a cart——推手推車

push（推動）的其他用法

● push [puʃ] 推動

shopping cart [ˋʃɑpɪŋ kɑrt]
（賣場推車）

push a shopping cart （推賣場推車）

push a wheelchair [ˋhwilˋtʃɚr] （推輪椅）

push a baby carriage [ˋbebɪ ˋkærɪdʒ]
（推嬰兒車）

- baby carriage／嬰兒車＝baby trolley [ˋtrɑlɪ]

---

wev | wave one's hand——揮手

● wave [wev] 揮動

wave one's hand in greeting [ˋgritɪŋ]
（揮手打招呼）

ʃek | shake hands——握手
＝hold [hold] hands

shake（搖動）的其他用法

shake **one's head** （搖頭）
- head [hɛd] 頭

shake **one's tail** （搖尾巴）

- puppy [ˋpʌpɪ] 小狗

tail [tel] （尾巴）

【提醒】shake（搖）的**動詞三態變化**：
shake [ʃek]（現）- **shook** [ʃuk]（過）-
shaken [ˋʃekən]（過分），此為不規則變化，要特別注意。

---

rez | raise one's hand——舉手

● raise [rez] 舉起、舉高

raise both hands （舉起雙手）
- both [boθ] 兩個…

手臂

arm
[ɑrm]

一隻手臂：an arm

兩隻手臂：two arms

手臂的各部位名稱

肩膀：
shoulder
[`ʃoldɚ]

手肘：
elbow
[`ɛlbo]

手臂：
arm [ɑrm]

手腕：
wrist [rɪst]

勾著手臂

● hook [huk] = link up [lɪŋk ʌp] 勾住

hook／link up **someone's arm**
（勾住某人的手臂）

bɪld   build up one's arm muscles——鍛
鍊手臂肌肉

● muscle [`mʌsl̩] 肌肉

---

build up（鍛鍊、訓練）的常用法

● treadmill
[`trɛdˌmɪl]
跑步機

build up **one's body with a treadmill**
（用跑步機鍛鍊身體）

● body [`bɑdɪ] 身體

手指

finger
[`fɪŋgɚ]

手指名稱

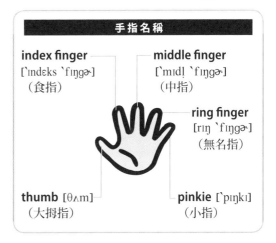

index finger
[`ɪndɛks `fɪŋgɚ]
（食指）

middle finger
[`mɪdl̩ `fɪŋgɚ]
（中指）

ring finger
[rɪŋ `fɪŋgɚ]
（無名指）

thumb [θʌm]
（大拇指）

pinkie [`pɪŋkɪ]
（小指）

打勾勾

● cross [krɔs] 交叉

cross pinkies **with someone**（與某人打勾勾）

point ┃ point in the direction——指出方向
- direction [dəˈrɛkʃən] 方向

方向的說法

北：north [nɔrθ]

西：west [wɛst] ← → 東：east [ist]

南：south [sauθ]

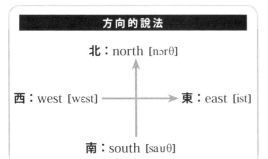

point（指、指出）的其它用法

1️⃣

- point [pɔɪnt] 指、指出
- eye [aɪ] 眼睛

She points at the eye with a finger.
（她用手指頭指眼睛）

2️⃣

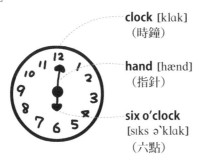

clock [klɑk]
（時鐘）

hand [hænd]
（指針）

six o'clock
[sɪks əˈklɑk]
（六點）

The hand of the clock points to six o'clock.
（時鐘的指針指向六點）

---

stretʃ ┃ stretch one's fingers——伸直手指

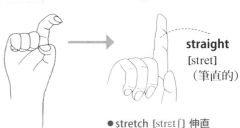

straight
[stret]
（筆直的）

- stretch [strɛtʃ] 伸直

kɝl ┃ curl one's fingers——彎曲手指

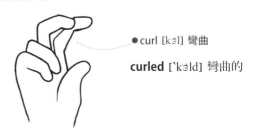

- curl [kɝl] 彎曲

curled [ˈkɝld] 彎曲的

胸部   breast／chest
        [brɛst]   [tʃɛst]

胸部相關字

胸毛：chest hair [hɛr]

胸肌：chest muscle [ˈmʌsl̩]
　　　＝pectoral [ˈpɛktərəl] muscle

胸貼：pasty [ˈpestɪ]（也可寫成 pastie）

胸罩：brassiere [brəˈzɪr]＝bra [brɑ]

罩杯：bra cup [brɑ kʌp]

隱形胸罩：Nu bra [nu brɑ]

θrʌst ┃ thrust out one's breast——挺胸

● thrust out [θrʌst aʊt]
挺起、挺出

● hula-hoop [`hulə hup]
呼拉圈

● swing [swɪŋ]
搖動、轉動

| bɛnd | bend one's waist——彎腰 |

向前彎・向後彎

● forward [`fɔrwəd]
向前

bend one's waist forward （向前彎腰）

● backward [`bækwəd]
向後

bend one's waist backward （向後彎腰）

---

17   MP3 12-17

腹部   abdomen／belly
[`æbdəmən]　[`bɛlɪ]

凸腹・縮腹

stick out [stɪk aʊt]　　**suck in** [sʌk ɪn]
（凸出）　　　　　　（縮入）

stick out one's belly （凸出腹部）

suck in one's belly （縮入腹部）

---

18   MP3 12-18

腰部   waist
[west]

| swɪŋ | swing a hula-hoop——搖呼拉圈 |

| `taɪtn̩ | tighten one's waist——束緊腰部 |

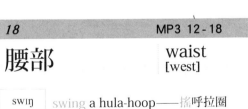

tighten（繫緊、調緊）的用法

1 **繫緊皮帶**

- belt [bɛlt] 皮帶
- tighten [ˋtaɪtn̩] 繫緊

tighten one's waist with a belt
（用皮帶繫住腰部）

- tighten A with B／利用B繫緊A

2 **調緊領帶結**

- tighten [ˋtaɪtn̩]
  弄緊、調緊

- tie [taɪ] 領帶

tighten a tie knot（調緊領帶結）

- knot [nɑt]（繩）結

3 **調緊安全帶**

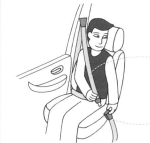

- seat belt
  [sit bɛlt]
  安全帶

- tighten [ˋtaɪtn̩]
  調緊

tighten the seat belt（調緊安全帶）

臀部　hip／buttock／butt
[hɪp]　[ˋbʌtək]　[bʌt]

臀部的形容詞

大臀部：big [bɪg] hips

下垂的臀部：sagging [sægɪŋ] butt

扁平的臀部：flat [flæt] butt

好看的臀部：nicely-shaped butt
[ˋnaɪslɪ ʃept]

翹翹的臀部：nice, rounded butt

fɝm　firm one's hips／buttocks——緊實
臀部

firm（緊實）的用法

- **firm** [fɝm] 使…變緊、使身體部位緊實

firm **one's body** [ˋbɑdɪ]（緊實身體）
firm **one's thighs** [θaɪz]（緊實大腿）
firm **one's face** [fes]（緊實臉部）
firm **one's abdomen** [ˋæbdəmən]（緊實腹部）

腿部　leg
[lɛg]

左腿：left [lɛft] leg

右腿：right [raɪt] leg

一隻腳：one foot [fʊt]

兩隻腳：two feet [fit]

雙腿各部位名稱

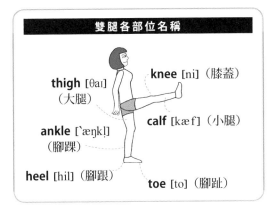

thigh [θaɪ]（大腿）

knee [ni]（膝蓋）

calf [kæf]（小腿）

ankle [ˋæŋkḷ]（腳踝）

heel [hil]（腳跟）

toe [to]（腳趾）

腿的形容用語

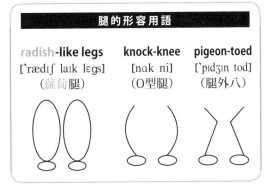

radish-like legs	knock-knee	pigeon-toed
[ˋrædɪʃ laɪk lɛgs]（蘿蔔腿）	[nɑk ni]（O型腿）	[ˋpɪdʒɪn tod]（腿外八）

sprɛd	spread lotion on one's legs——在腿部塗抹乳液

　　=smear [smɪr] lotion on one's legs

● spread [sprɛd] ＝smear [smɪr] 塗抹

● spread A on B／在 B 之上，塗抹 A

介係詞 "on" 的用法

on＋位置、地點：

1 在身體上

● shower [ˋʃauɚ] 淋浴

● body soap [ˋbɑdɪ sop] 沐浴乳

spread／smear **body soap** on **one's body**
（在身體上，塗沐浴乳）

2 在土司上

● jam [dʒæm] 果醬

● toast [tost] 土司

spread／smear **jam** on **the toast**
（在土司上，塗果醬）

prɛs	press one's leg acupoints——按壓腿部穴道

● acupoint [ˋækjupɔint] 穴道

press（按壓、按住）的其他用法

1 按壓琴弦

- harp [hɑrp] 豎琴
- press [prɛs] 按壓
- string [strɪŋ] 琴弦

press the strings of a harp（壓住豎琴的琴弦）

2 按住頭髮

- press [prɛs] 按壓
- hair [hɛr] 頭髮

press one's hair（按壓住頭髮）

bɪld	build up one's leg muscles——鍛鍊腿部肌肉

- muscle [`mʌsl] 肌肉

rez	raise one's leg high——抬高腿部

動詞＋副詞 的用法

英文裡，某些字的副詞和形容詞一樣，如 high。而某些形容詞字尾加上 ly，會變副詞。副詞可用來形容動詞：

- **high** [haɪ] 高地＋**raise** [rez] 抬起
  → **raise high** [`haɪ]（抬得高）

- **cheap** [tʃip] 便宜的＋**buy** [baɪ] 買
  → **buy cheaply** [`tʃipli] 買得便宜

cell phone
[sɛl fon]
手機

cheap [tʃip] 便宜的

- **happy** [`hæpɪ] 開心的＋**learn** [lɜn] 學習
  → **learn happily** [`hæpɪli]（開心地學習）

【說明】**happy**（開心的）轉變為副詞時，要**去字尾y**，**再加上ily**。

あいうえお

learn Japanese
（學日文）

- **Japanese**
  [ˌdʒæpəˈniz]
  日文

血液

blood
[blʌd]

stɑp	the bleeding doesn't stop——血流不止

- bleeding [`blidɪŋ] 流血

stop   **v.s.**   **doesn't stop**
【肯定】   【主詞為第三人稱單數的否定】
（停止）   （不停止）

kən`dʒilz	blood congeals——血液凝固

（原形：congeal [kən`dʒil]）

tʃɛk	check one's blood type——檢驗血型

● type [taɪp] 類型

● extract [ɪk`strækt] 抽出

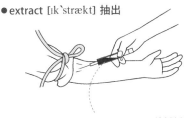

syringe [`sɪrɪndʒ]（針筒）

四種血型的說法

type A （A型）	type B （B型）
type O （O型）	type AB （AB型）

血液的計算單位

一滴**血液**：a drop [drɑp] of blood

一袋**血液**：a bag [bæg] of blood

一種**血液**：a type [taɪp] of blood

---

blid	bleed——流血

stɑp	stop the bleeding——止血

træns`fjuz	transfuse blood——輸血

`donet	donate blood——捐血

血液的相關單字

血壓：blood pressure [blʌd `prɛʃɚ]

高**血壓**：high [haɪ] blood pressure

低**血壓**：low [lo] blood pressure

measure one's blood pressure
（測量血壓）
● measure [`mɛʒɚ] 測量

ɪk`strækt	extract blood——抽血

1　　　　　　　　　　　MP3 13-01

撲克牌 poker／poker cards
['pokɚ]　['pokɚ kɑrdz]

常見休閒運動

● **慢跑**：jog [dʒɑg]

morning jog
['mɔrnɪŋ dʒɑg]
（晨間慢跑）

● **打籃球**：play basketball [ple `bæskɪt‚bɔl]

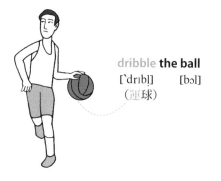

dribble the ball
['drɪbl]　　[bɔl]
（運球）

● **騎腳踏車**：ride a bicycle [raɪd ə `baɪsɪkl]

mountain bicycle
['maʊntn `baɪsɪkl]
（越野腳踏車）

● **游泳**：swim [swɪm]

freestyle ['fri‚staɪl]（自由式）

【補充】

蛙式：breast stroke [brɛst strok]

仰式：back stroke [bæk strok]

蝶式：butterfly stroke ['bʌtɚ‚flaɪ strok]

● **打高爾夫**：play golf [ple gɑlf]

swing the club
[swɪŋ]　　[klʌb]
（揮球桿）

● **打保齡球**：go bowling [go `bolɪŋ]

throw the ball
[θro]　　[bɔl]
（擲出球）

bowling lane ['bolɪŋ len]（保齡球球道）

● 做瑜珈：do yoga [du `jogə]

stretch [strɛtʃ]
（伸展）

● 走跑步機：walk on the treadmill

treadmill [`trɛdˌmɪl]
（跑步機）

walk [wɔk]（走）

【說明】on ／在…上。on 是表示**地點、位置**的介係詞。

一張**撲克牌**：a poker card

一副**撲克牌**：a deck [dɛk] of poker cards

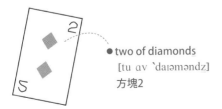

● two of diamonds
[tu ɑv `daɪəməndz]
方塊2

spade
[sped]
黑桃

heart
[hɑrt]
紅心

club
[klʌb]
梅花

diamond
[`daɪəmənd]
方塊

JOKER

joker [`dʒokɚ] 鬼牌

drɔ

draw out the joker card——抽出鬼牌

●draw out／從中抽出、拿出一張

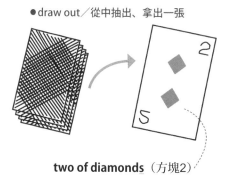

two of diamonds（方塊2）

draw out **two of diamonds**（抽出方塊2）

| ple | play poker——玩撲克牌 |

───── 常見的撲克牌遊戲 ─────

接龍：solitaire [ˌsɑləˋtɛr]

抽鬼牌：old maid [old med]

21點：blackjack [ˋblækˌdʒæk]

心臟病：snap [snæp]

| dil | deal poker cards——發撲克牌 |

deal：發（牌）、分發

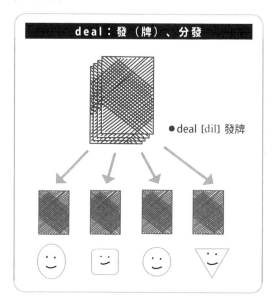

●deal [dil] 發牌

| ˋʃʌf!̩ | shuffle poker cards——洗撲克牌 |

●shuffle [ˋʃʌfl̩] 將紙牌等重新排序

playing card [pleɪŋ kɑrd]
（遊戲用的紙牌）

shuffle **playing cards**（洗紙牌＝混勻紙牌）

象棋

Chinese chess
[ˋtʃaɪˋniz tʃɛs]

象棋棋士：chess player [tʃɛs ˋpleɚ]

一副象棋：a set [sɛt] of Chinese chess

一盤象棋：a game [gem] of Chinese chess

象棋棋盤

Chinese chess board
[bord]
（象棋棋盤）

chess board
[bord]
（西洋棋棋盤）

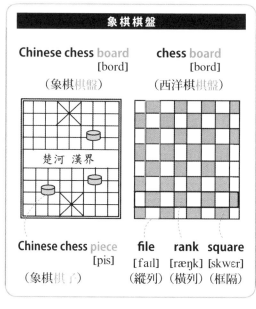

楚河　漢界

Chinese chess piece
[pis]
（象棋棋子）

file
[faɪl]
（縱列）

rank
[ræŋk]
（橫列）

square
[skwɛr]
（框隔）

| ple | play Chinese chess——下象棋 |

下一盤棋

● play [ple] 下（象棋）

a game of...（一盤…、一局…）

play a game of Chinese chess（下一盤棋）

| muv | move chess piece——移動棋子 |

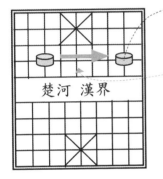

piece [pis]（棋子）

● move／移動某物

| `kæptʃɚ | capture opponent's chess piece——吃掉對手的棋子 |

● capture [`kæptʃɚ] 奪取、吃掉（棋子）

● opponent [ə`ponənt] 對手

贏棋・輸棋

● win [wɪn] ＋某種比賽：…獲勝
● lose [luz] ＋某種比賽：…失利

win **the Chinese chess game**（贏象棋）
lose **the Chinese chess game**（輸象棋）

win **a horse race**（贏賽馬）
lose **a horse race**（在賽馬失利）

win **at Pachinko**（贏柏青哥）
lose **at Pachinko**（在柏青哥失利）

● game [gem] 遊戲
● horse race [hɔrs res] 賽馬
● Pachinko [pə`tʃɪŋko] 柏青哥
● win at... ／在…獲勝
● lose at... ／在…失利

圍棋

Go
[go]

| ple | play Go——下圍棋 |

● play [ple] 下（圍棋）

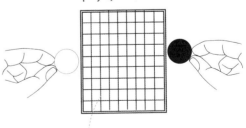

Go board [bord]（圍棋棋盤）

拿起棋子・放下棋子

● put down [put daʊn] 放下（棋子）

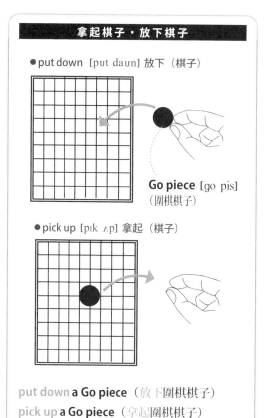

Go piece [go pis]
（圍棋棋子）

● pick up [pɪk ʌp] 拿起（棋子）

put down **a Go piece**（放下圍棋棋子）
pick up **a Go piece**（拿起圍棋棋子）

sə`raʊnd　　surround the white pieces——包圍
白棋

包圍棋子

● surround [sə`raʊnd] 包圍

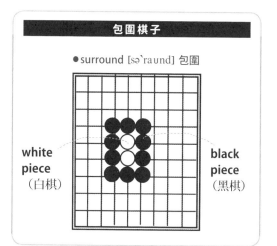

white
piece
（白棋）

black
piece
（黑棋）

---

surround **the white pieces** **with** black pieces
（用黑棋包圍白棋）

● surround A with B／用 B 包圍 A

surround（包圍、圍繞）的其他用法

● surround
／圍繞

table [`tebl̩]（桌子）

surround **the table**（圍繞桌子）

blɑk　　block the black pieces——阻擋黑棋

阻擋棋子

● block [blɑk] 阻擋

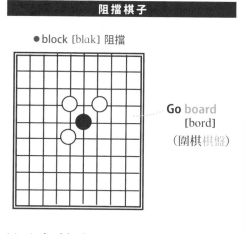

Go board
[bord]
（圍棋棋盤）

block **the black pieces with** white pieces
（用白棋阻擋黑棋）

● block A with B／用 B 阻擋 A

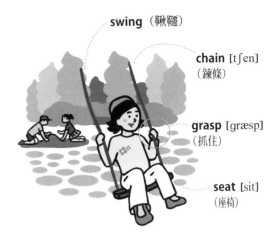

swing（鞦韆）

chain [tʃen]（鍊條）

grasp [græsp]（抓住）

seat [sit]（座椅）

---

block（阻擋）的其他用法

● block 某人 from...：阻擋某人…

block **someone from going forward**
（阻擋某人前進）

block **someone from a winning streak**
（阻止某人連續獲勝）

● go forward [go `fɔrwəd] 前進
● winning [`wɪnɪŋ] 勝利
● streak [strik] 一連串（成功、幸運等）

---

sit and play **on a swing**（坐著盪鞦韆）

● ...and... ／…並且…

hɔlt

halt the swing——停住鞦韆

補充：五子棋

五子棋：Gobang [go`baŋ]

下五子棋：play [ple] Gobang

in a row [ro]（成一列）

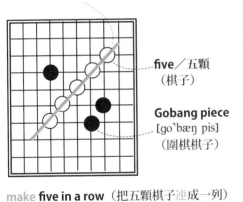

five／五顆（棋子）

Gobang piece
[go`bæŋ pis]
（圍棋棋子）

make **five in a row**（把五顆棋子連成一列）

補充：其他休閒娛樂

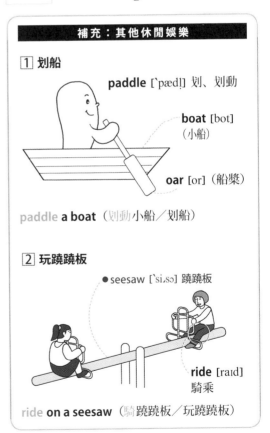

1 划船

paddle [`pædl] 划、划動

boat [bot]（小船）

oar [or]（船槳）

paddle **a boat**（划動小船／划船）

2 玩蹺蹺板

● seesaw [`si,sɔ] 蹺蹺板

ride [raɪd] 騎乘

ride **on a seesaw**（騎蹺蹺板／玩蹺蹺板）

4　　　　　　　　MP3 13-04

鞦韆

swing
[swɪŋ]

ple

play on a swing——盪鞦韆

● on... ／在…上

147

4 鞦韆　休閒娛樂　13

③ 溜滑梯

slide [slaɪd]（溜滑梯）

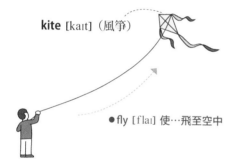

● **slide down**
[slaɪd daʊn]
滑下

slide down the slide
（滑下溜滑梯／溜溜滑梯）

④ 放風箏

kite [kaɪt]（風箏）

● **fly** [flaɪ] 使…飛至空中

fly a kite（升起風箏／放風箏）

⑤ 丟飛盤

Frisbee [`frɪzbi]（飛盤）

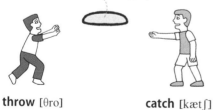

throw [θro]
（丟出）

catch [kætʃ]
（接受）

throw a Frisbee（丟飛盤）
catch a Frisbee（接飛盤）

報紙

newspaper
[`njuz͵pepɚ]

一份**報紙**：a newspaper

一疊**報紙**：a pile [paɪl] of newspapers

● a pile of... ／
一疊…

─ 報紙的相關字 ─

報社：newspaper office [`njuz͵pepɚ `ɔfɪs]

日報：daily paper [`delɪ `pepɚ]

早報：morning paper [`mɔrnɪŋ `pepɚ]

晚報：evening paper [`ivnɪŋ `pepɚ]

頭版新聞：front page news
[frʌnt pedʒ njuz]

標題：headline [`hɛd͵laɪn]

墊便當

lunch box [lʌntʃ baks]
（便當）

newspaper
（報紙）

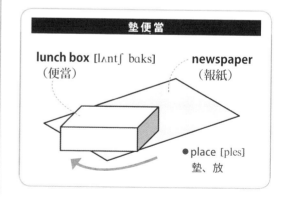

● **place** [ples]
墊、放

---

place **a lunch box on newspaper**
（把便當墊在報紙上）

● place 某物 on 某處／把某物墊在某處上
● on newspaper／在報紙上。on 是表示位置的介係詞

ɪnˋsɝt insert a flyer——夾入廣告傳單

夾入廣告

flyer [ˋflaɪɚ]（廣告傳單）

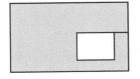

newspaper
（報紙）

● insert [ɪnˋtɛst] 夾入、插入

insert **a flyer into the newspaper**
（夾入廣告傳單在報紙裡）

● insert A into B／在 B 之中，夾入 A
● into the newspaper／在報紙中。into 是表示位置的介係詞

klɪp clip from the newspaper——從報紙剪下

● clip [klɪp] 剪下

clip **an article from the newspaper**
（從報紙剪下文章）

● from...／從…
● article [ˋɑrtɪkl] 文章

ʌnˋfold unfold the newspaper——翻開報紙

● unfold [ʌnˋfold]
攤開、展開

read [rid]
看、閱讀

read **the newspaper**（看報紙）

ˋpʌblɪʃ publish an advertisement——刊登廣告

● advertisement [ˌædvɚˋtaɪzmənt] 廣告

—— **publish**（刊登、刊載）**的其他用法** ——

publish **a novel in the magazine**
（在雜誌上刊載小說）

publish **an advertisement in the newspaper**
（在報紙上刊登廣告）

publish **example sentences in the dictionary**
（在字典裡刊載例句）

● publish A in B／在 B 裡刊登 A
● novel [ˋnɑvl] 小說
● magazine [ˋmægəˋzin] 雜誌
● example sentence [ɪgˋzæmpl ˋsɛntəns] 例句
● dictionary [ˋdɪkʃənˌɛrɪ] 字典

dɪˋlɪvɚ deliver the newspaper——遞送報紙

───── **deliver：遞送、配送各種商品** ─────

deliver milk [mɪlk]（遞送牛奶）

deliver goat milk [got mɪlk]
（遞送羊奶）

【補充】delivery [dɪˋlɪvərɪ] 遞送（名詞），
如：free delivery（免費遞送）
- free [fri] 免費的

ri`saɪkl̩ recycle newspapers——回收報紙

ˋɪʃjʊ issue the newspaper——發行報紙

───── **issue（發行刊物）的其他用法** ─────

issue a weekly publication
（發行每週出刊的刊物）

issue a monthly publication
（發行每月出刊的刊物）

issue a ten-day publication
（發行每隔十天出刊的刊物）

- weekly [ˋwiklɪ] 每週一次的
- publication [͵pʌblɪˋkeʃən] 刊物
- monthly [ˋmʌnθlɪ] 每月一次的
- ten-day [tɛn de] 每十天一次的

1 　　　　　　　　　　　MP3 14-01

鐵鎚　　　　　　hammer
　　　　　　　　　　　[`hæmɚ]

| `hæmɚ | hammer a nail——釘入鐵釘 |

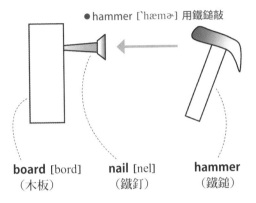

●hammer [`hæmɚ] 用鐵鎚敲

board [bord]　　**nail** [nel]　　**hammer**
（木板）　　　　（鐵釘）　　　　（鐵鎚）

hammer a nail in the board（把鐵釘釘入木板）
hammer a nail in the wall（把鐵釘釘入牆壁）
●in＋某處／在某處裡

| tek | take out a nail——拔除鐵釘 |

●take out [tek aut] 拔除、取出

take out a nail with a hammer
（用鐵鎚拔除鐵釘）
●with＋某物／用某物為工具

| lɑp`saidid | hammer a nail lopsided——釘歪鐵釘 |

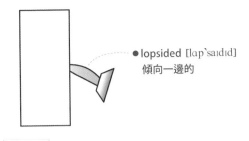

●lopsided [lɑp`saidid]
傾向一邊的

| `rʌsti | the nail is rusty——鐵釘生鏽 |

（原形：be rusty）

2 　　　　　　　　　　　MP3 14-02

螺絲起子　　screwdriver
　　　　　　　　　　　[`skru,draivɚ]

十字・一字 螺絲起子

十字螺絲起子：cross-head screwdriver
[krɔs hɛd `skru,draivɚ]

一字螺絲起子：flat-head screwdriver
[flæt hɛd `skru,draivɚ]

●cross-head　　　　●flat-head
[krɔs hɛd]　　　　[flæt hɛd]
十字頭的　　　　　一字頭的

| skru | screw——轉動螺絲 |

【說明】英文裡，有些字可以同時當動詞或名詞
使用，例如：

●screw [skru] 轉動螺絲（動詞）
●screw [skru] 螺絲（名詞）

●hammer [`hæmɚ] 用鐵鎚敲打（動詞）
●hammer [`hæmɚ] 鐵鎚（名詞）

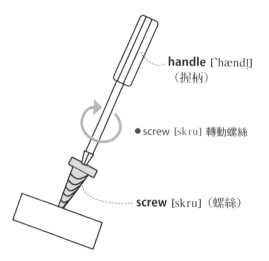

handle [ˋhændḷ]
（握柄）

●screw [skru] 轉動螺絲

screw [skru]（螺絲）

screw **with a screwdriver**
（用螺絲起子轉動螺絲）

●with＋某物／利用某物為工具

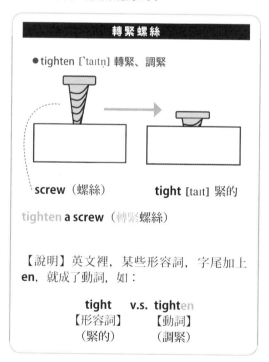

轉緊螺絲

●tighten [ˋtaɪtṇ] 轉緊、調緊

screw（螺絲）　　　**tight** [taɪt] 緊的

tighten **a screw**（轉緊螺絲）

【說明】英文裡，某些形容詞，字尾加上 **en**, 就成了動詞, 如：

tight	v.s.	**tight**en
【形容詞】		【動詞】
（緊的）		（調緊）

轉鬆螺絲

●loosen [ˋlusṇ] 轉鬆、調鬆

screw（螺絲）　　　**loose** [lus]（鬆的）

loosen **a screw**（轉鬆螺絲）

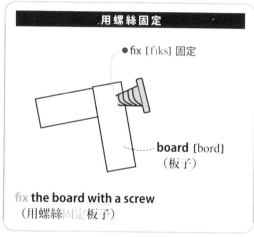

用螺絲固定

●fix [fɪks] 固定

board [bord]
（板子）

fix **the board with a screw**
（用螺絲固定板子）

3　　　　　　　　　MP3 14-03

老虎鉗

pincer pliers
[ˋpɪnsɚ ˋplaɪɚz]

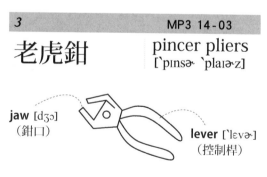

jaw [dʒɔ]
（鉗口）

lever [ˋlɛvɚ]
（控制桿）

pul　pull out **a nail**——拔除釘子

● pull out [pʊl aʊt] 拔除

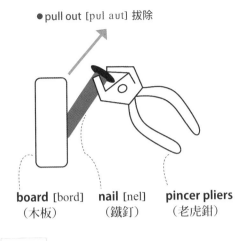

board [bord]　**nail** [nel]　**pincer pliers**
（木板）　　（鐵釘）　　　（老虎鉗）

kʌt　cut a wire——剪鐵絲

● cut [kʌt] 剪、切、割

wire [waɪr]
（鐵絲）

cut a wire with pincer pliers
（用老虎鉗剪鐵絲）

● with＋某物／使用某物為工具

kɝl　curl a wire——弄彎鐵絲

● curl [kɝl] 弄彎

wire [waɪr]
（鐵絲）

---

curl a wire with pincer pliers
（用老虎鉗弄彎鐵絲）

● with＋某物／使用某物為工具

繩子　rope [rop]

一條**繩子**：a line [laɪn] of rope

一綑**繩子**：a bundle [ˈbʌndl] of rope

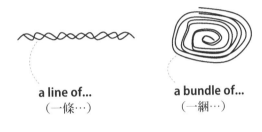

a line of...　　　　**a bundle of...**
（一條…）　　　　　（一綑…）

taɪ　tie the ends of the rope together
　　　——用繩子兩端打結

● end [ɛnd] 結尾
● together [təˈgɛðɚ] 一起

---

tie（打成結）的其他用法

1 打蝴蝶結

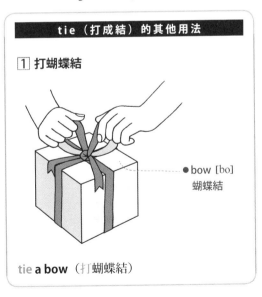

● bow [bo]
蝴蝶結

tie a bow（打蝴蝶結）

---

② 打領帶結

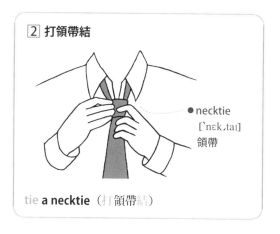

- necktie
  [ˋnɛk͵taɪ]
  領帶

tie a necktie （打領帶結）

ʌnˋtaɪ　untie the knot in the rope——解開
繩結

- untie [ʌnˋtaɪ]
  解開

knot [nɑt]
繩結

ræp　wrap rope around something——
用繩子綁住某物

- wrap [ræp]
  纏繞、綑

bag [bæg]
袋子

wrap rope around a bag （用繩子綁住袋子）
- wrap A around [əˋraʊnd] B ／用 A 圈狀似地纏繞在
  B 上

補充：跳繩・拔河

- jump [dʒʌmp] 跳躍

jump rope （跳繩）

- tug of war [tʌg ɑv wɔr] 拔河

play tug of war （玩拔河）
- play [ple] 玩 （遊戲）

5　　　　　　　　　　　　MP3 14-05

梯子　　　　ladder
　　　　　　　　[ˋlædɚ]

爬上梯子・爬下梯子

top step [tɑp stɛp] （最頂層的臺階）

- climb up [klaɪm ʌp]
  爬上

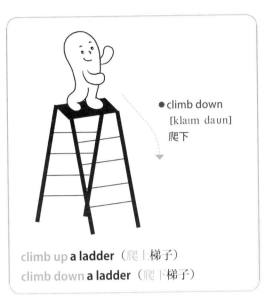

- climb down
  [klaɪm daʊn]
  爬下

climb up **a ladder**（爬上梯子）
climb down **a ladder**（爬下梯子）

fall down
[fɔl daʊn]
（跌落）

fall down **the ladder**（跌落梯子）
- fall down＋某處／跌落某處

hold　hold the ladder──扶住梯子

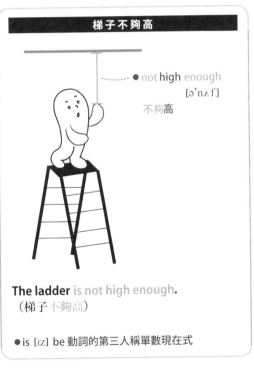

- not high enough
  [ə`nʌf]
  不夠高

The ladder is not high enough.
（梯子不夠高）

- is [ɪz] be 動詞的第三人稱單數現在式

- hold [hold]
  扶住、支撐

hold **the ladder for someone**
（幫某人扶住／撐住梯子）

- for＋名詞／為了…

hold（扶住、支撐）的相似用法

- support [sə`port]
支撐重量、支持住

walking stick
[`wɔkɪŋ stɪk]
拐杖

support the body with a walking stick
（用拐杖支撐身體）

- body [`bɑdɪ] 身體

6

MP3 14-06

油漆

paint
[pent]

一桶油漆：a bucket [`bʌkɪt] of paint

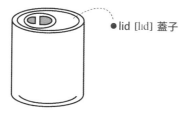

- lid [lɪd] 蓋子

| draɪ | wait for the paint to dry——等油漆乾 |

- wait for 某物 to... ／等待某物…

| spre | spray paint——噴油漆 |

---

door [dor]（門）

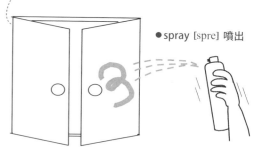

- spray [spre] 噴出

spray **paint on the door**（噴油漆在門上）
- on＋某物／在某物上

| pent | paint——刷油漆 |

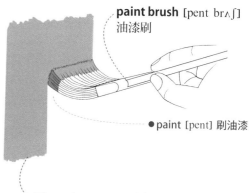

paint brush [pent brʌʃ]
油漆刷

- paint [pent] 刷油漆

The paint is wet.（油漆未乾）
- wet [wɛt] 濕的

| mɪks | mix the preferred colors——調配喜歡的顏色 |

- preferred [prɪ`fɝd] 喜歡的、偏好的
- color [`kʌlɚ] 顏色

---

preferred：喜歡的各種事物

喜歡的**類型**：preferred style [staɪl]

喜歡的**漫畫**：preferred comic [`kɑmɪk]

喜歡的**女性**：preferred woman [`wʊmən]

喜歡的**男性**：preferred man [mæn]

---

kʌm the paint comes off——油漆脫落
（掉漆）（原形：come off）

---

come off：（原本附著的東西）脫落

● come off／
脫落、掉色

The lipstick comes off. （口紅脫落／脫妝）

The stain comes off. （汙漬脫落）

The color of clothes comes off.
（衣服顏色脫落／掉色）

● lipstick [`lɪp͵stɪk] 口紅
● stain [sten] 污漬
● the color of＋某物／某物的顏色
● clothes [kloz] 衣服

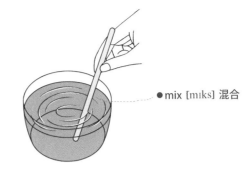

● mix [mɪks] 混合

mix sandstone and cement （混合砂石和水泥）

● mix A and B／混合 A 和 B
● sandstone [`sænd͵ston] 砂石
● cement [sɪ`mɛnt] 水泥

stɝ stir the paint evenly——把油漆攪拌
均勻
● evenly [`ivənlɪ] 均勻地

---

daɪ`lut dilute paint——稀釋油漆

———— **dilute：稀釋各種物品** ————

dilute whiskey [`hwɪskɪ]
（稀釋威士忌）

dilute juice [dʒus]
（稀釋果汁）

dilute fertilizer [`fɝtl͵aɪzɚ]
（稀釋肥料）

---

mɪks mix two colors of paint——混合兩
種顏色的油漆

6 油漆 工具材料 14

1   MP3 15-01

鉛筆

pencil
[`pɛnsḷ]

—— 各類文具 ——

尺：ruler [`rulɚ]

膠水：glue [glu]

膠帶：tape [tep]

立可白：whiteout [`hwaɪt͵aʊt]

釘書機：stapler [`steplɚ]

迴紋針：paper clip [`pepɚ klɪp]

蝴蝶夾：butterfly clips
[`bʌtɚ͵flaɪ klɪps]

便條紙：memo pad [`mɛmo pæd]

資料夾：project folder
[prə`dʒɛkt `foldɚ]

筆記本：notebook [`not͵bʊk]

鉛筆的計量單位

一支**鉛筆**：a pencil

一打**鉛筆**：a dozen [`dʌzn̩] pencils

一盒**鉛筆**：a box [baks] of pencils

● shaft [ʃæft]（筆）桿

● lead [lɛd]（筆）芯

—— "鉛筆"的相關字 ——

自動鉛筆：mechanical pencil
[mə`kænɪkḷ `pɛnsḷ]

色鉛筆：colored pencil
[`kʌlɚd `pɛnsḷ]

鉛筆盒：pencil box
[`pɛnsḷ baks]

削鉛筆器：pencil sharpener
[`pɛnsḷ `ʃarpnɚ]

raɪt   write——寫字

hold [hold] **a pencil**
（握鉛筆）

● write／寫

write with a pencil（用鉛筆寫字）
write with a pen（用原子筆寫字）

● with＋某物／用某物為工具

用橡皮擦擦除

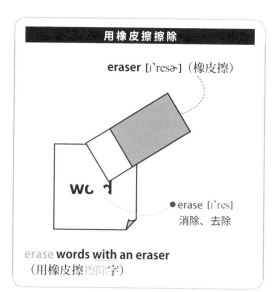

eraser [ɪ`resɚ]（橡皮擦）

● erase [ɪ`res]
消除、去除

erase words with an eraser
（用橡皮擦擦除字）

`ʃɑrpn̩` sharpen a pencil——削鉛筆

sharpen：削尖、使…變尖銳

● sharpen [`ʃɑrpn̩]
削尖

knife [naɪf]
（刀片）

sharpen **a pencil with a knife**
（用刀片削鉛筆）

sharpen **a pencil with a pencil sharpener**
（用削鉛筆器削鉛筆）

● pencil sharpener [`pɛnsl̩ `ʃɑrpn̩ɚ] 削鉛筆器

`brokən` the pencil lead is broken——鉛筆筆
芯斷掉（原形：be broken）

● lead [lɛd] 筆芯、鉛

● broken
[`brokən]
斷掉的

2   MP3 15-02

原子筆   pen
             [pɛn]

各種筆類

水性原子筆：water-based pen
[`wɔtɚ‚best pɛn]

中性原子筆：neutral pen [`njutrəl pɛn]

油性原子筆：oil-based pen [ɔɪl best pɛn]

鋼筆：fountain pen [`faʊntɪn pɛn]

nib [nɪb] 筆尖

`kʌvɚ` cover the words with whiteout ——
用立可白塗掉字

—— 立可白・立可帶 ——

立可白：whiteout [`hwaɪt‚aʊt]

立可帶：correction tape [kə`rɛkʃən tep]

"使用立可白" 3步驟

1 搖一搖

● shake [ʃek]
搖動

shake **the whiteout** （搖一搖立可白）

                     2 原子筆

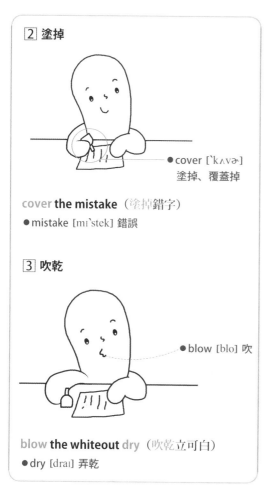

② 塗掉

- cover [`kʌvɚ]
  塗掉、覆蓋掉

cover the mistake（塗掉錯字）
- mistake [mɪ`stek] 錯誤

③ 吹乾

- blow [blo] 吹

blow the whiteout **dry**（吹乾立可白）
- dry [draɪ] 弄乾

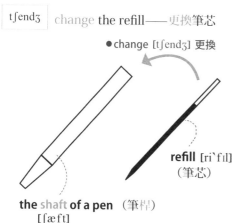

tʃendʒ　change the refill——更換筆芯

- change [tʃendʒ] 更換

refill [ri`fɪl]
（筆芯）

the **shaft** of a **pen**（筆桿）
[ʃæft]

尺　　　ruler
[`rulɚ]

一把**尺**：a ruler

兩把**尺**：two rulers

各種測量工具

三角尺：triangle [`traɪæŋgl]

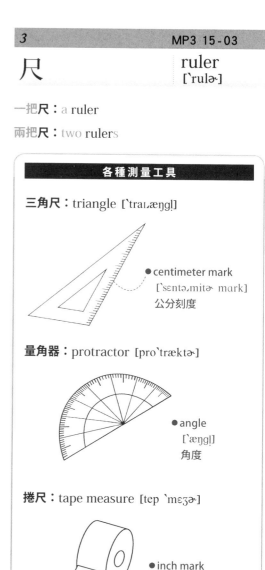

- centimeter mark
  [`sɛntəˌmitɚ mark]
  公分刻度

量角器：protractor [pro`træktɚ]

- angle
  [`æŋgl]
  角度

捲尺：tape measure [tep `mɛʒɚ]

- inch mark
  [ɪntʃ mark]
  英吋刻度

drɔ　draw a straight line——畫出直線

- straight [stret] 直的
- line [laɪn] 線條

draw：畫、描繪出線條或圖案

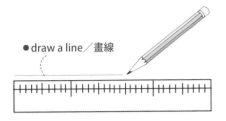

● draw a line／畫線

draw **a straight line** <u>with</u> **a ruler**（用尺畫直線）

ｄｒａｗ（畫、描繪）的其他用法

① 畫刪除線

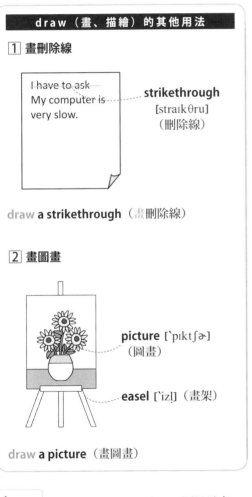

I have to ask
My computer is
very slow.

strikethrough
[straɪkθru]
（刪除線）

draw **a strikethrough**（畫刪除線）

② 畫圖畫

picture [`pɪktʃɚ]
（圖畫）

easel [`izl]（畫架）

draw **a picture**（畫圖畫）

[`mɛʒɚ] measure the length——測量長度
● length [lɛŋθ] 長度

---

measure：測量（長度、大小、重量）

● measure [`mɛʒɚ] 測量

170cm

height
[haɪt]
（高度）

measure **one's height**（量身高）
measure **one's temperature**（量體溫）
measure **one's weight**（量體重）
● temperature [`tɛmprətʃɚ] 溫度
● weight [wet] 重量

圓規
compass
[`kʌmpəs]

拉開・合攏 圓規

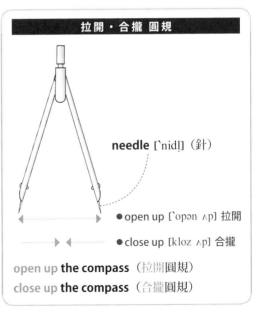

needle [`nidl]（針）

● open up [`opən ʌp] 拉開

● close up [kloz ʌp] 合攏

open up **the compass**（拉開圓規）
close up **the compass**（合攏圓規）

---

drɔ	draw a circle——畫圓
	●circle [`sɝkḷ] 圓
`rotet	rotate the compass——轉動圓規

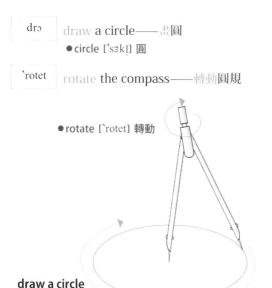

●rotate [`rotet] 轉動

draw a circle
（畫圓）

5　　　　　　　　　　　　MP3 15-05

剪刀

scissors
[`sɪzɚz]

一把**剪刀**：a pair [pɛr] of scissors

| kʌt | cut paper——剪紙 |

---

cut：剪、割、切

1 剪刀「剪」

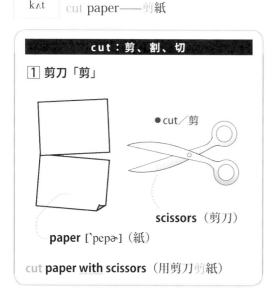

●cut／剪

scissors（剪刀）

paper [`pepɚ]（紙）

cut **paper with scissors**（用剪刀剪紙）

---

utility knife [ju`tɪlətɪ naɪf]
（美工刀）

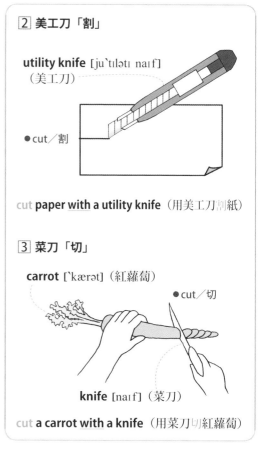

●cut／割

cut **paper with a utility knife**（用美工刀割紙）

3 菜刀「切」

carrot [`kærət]（紅蘿蔔）

●cut／切

knife [naɪf]（菜刀）

cut **a carrot with a knife**（用菜刀切紅蘿蔔）

補充：推出刀片‧收回刀片

●push out [puʃ aut]
向外推出

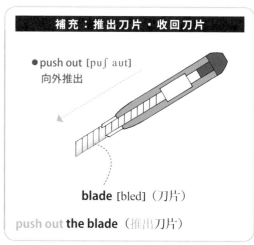

blade [bled]（刀片）

push out **the blade**（推出刀片）

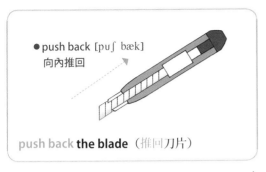

- push back [puʃ bæk]
  向內推回

push back **the blade** （推回刀片）

膠帶

tape
[tep]

一綑膠帶：a roll [rol] of tape

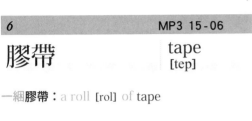

- tape dispenser
  [tep dɪ`spɛnsɚ]
  膠帶台

| pul | pull out tape——拉開膠帶 |

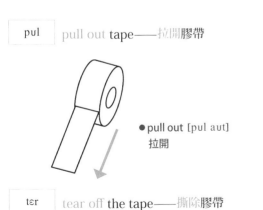

- pull out [pul aut]
  拉開

| tɛr | tear off the tape——撕除膠帶 |

- tear off [tɛr ɔf] 撕除

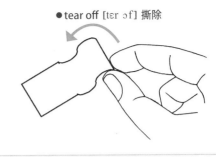

seal [sil] （封條）

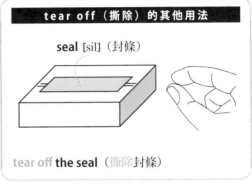

tear off **the seal** （撕除封條）

| tep | tape——黏貼膠帶 |

用膠帶封箱

cardboard box [`kard‚bord baks]
（厚紙箱）

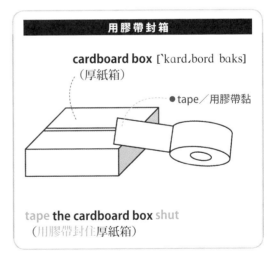

- tape／用膠帶黏

tape **the cardboard box shut**
（用膠帶封住厚紙箱）

釘書機

stapler
[`steplɚ]

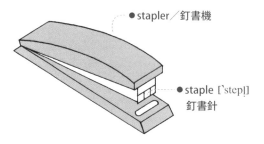

● stapler／釘書機

● staple [`stepl̩]
　釘書針

---

pul | pull out the staple——拔除釘書針

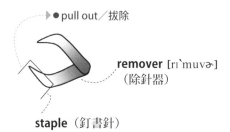

▶ ● pull out／拔除

remover [rɪ`muvɚ]
（除針器）

staple（釘書針）

---

fil | fill with staples——裝入釘書針

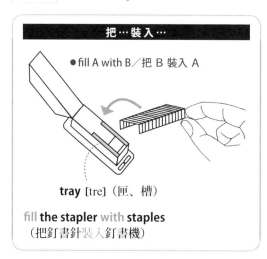

把…裝入…

● fill A with B／把 B 裝入 A

tray [tre]（匣、槽）

fill the stapler with staples
（把釘書針裝入釘書機）

`stepl̩ | staple papers——釘住紙張

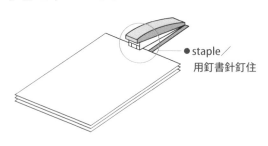

● staple／
　用釘書針釘住

staple papers together（把紙張釘在一起）

● staple...together／把…用釘書針釘在一起
● together [tə`gɛðɚ] 一起

---

staple（用釘書針釘住）的相似用法

1 釘住圖釘

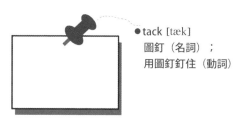

● tack [tæk]
　圖釘（名詞）；
　用圖釘釘住（動詞）

tack papers（用圖釘釘住紙張）

2 別住迴紋針

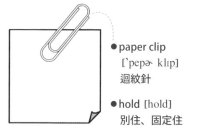

● paper clip
　[`pepɚ klɪp]
　迴紋針

● hold [hold]
　別住、固定住

hold papers together with a paper clip
（用迴紋針把紙張別在一起）

橡皮筋

rubber band
[ˈrʌbɚ bænd]

strɛtʃ

stretch out a rubber band——拉開、拉長橡皮筋

● stretch out／延長開來

taɪ

tie up with a rubber band——用橡皮筋綁住

---

tie up：捆住、束住、綁住

cloudless day baby
[ˈklaʊdlɪs de ˈbebɪ]
（晴天娃娃）

● tie up [taɪ ʌp]
束住、綁住

tie up the neck with a rubber band
（用橡皮筋把脖子捆住／束住）

● neck [nɛk] 脖子
● with a rubber band／用橡皮筋，with 是介係詞，代表使用的工具

---

tie up（束住、綁住）的其他用法

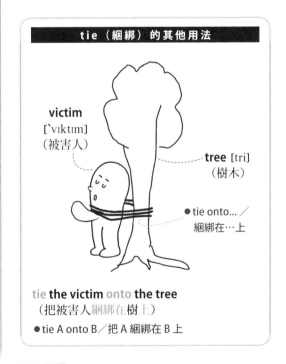

old newspapers
[old ˈnjuz,pepɚz]
（舊報紙）

● tie up／綑綁

rope [rop]
（繩子）

tie up old newspapers with a rope
（用繩子綑綁舊報紙）

● with a rope／用繩子

---

tie（綑綁）的其他用法

victim
[ˈvɪktɪm]
（被害人）

tree [tri]
（樹木）

● tie onto... ／
綑綁在…上

tie the victim onto the tree
（把被害人綑綁在樹上）

● tie A onto B／把 A 綑綁在 B 上

ʌnˈtaɪ

untie the rubber band——解開橡皮筋

---

tɪ

tie up one's hair into a bundle──
把頭髮束成一束

- tie up...into... ／把…束成…
- bundle [`bʌndl] 束、捆

- tie up ／
束住、綁住

tie up one's hair with a rubber band
（用橡皮筋束頭髮）

tie up into a bundle（束成一束）的其他用法

- tie up ／
束住、綁住

- paper [`pepɚ]
紙張

tie up papers into a bundle
（把紙張束成一束）

9　　　　　　　MP3 15-09

印章　stamp
[stæmp]

印章盒：stamp box [stæmp bɑks]

stæmp　　stamp──蓋印章

"蓋印章" 3步驟

1 打開印泥

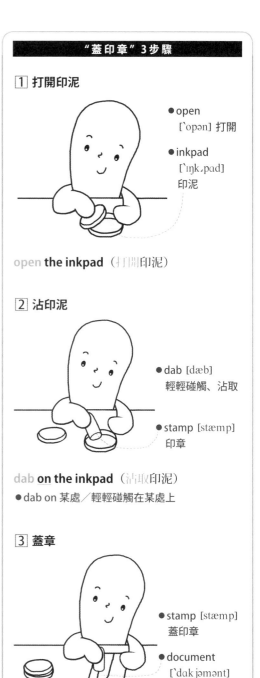

- open
[`opən] 打開

- inkpad
[`ɪŋk͵pæd]
印泥

open the inkpad （打開印泥）

2 沾印泥

- dab [dæb]
輕輕碰觸、沾取

- stamp [stæmp]
印章

dab on the inkpad （沾取印泥）

- dab on 某處／輕輕碰觸在某處上

3 蓋章

- stamp [stæmp]
蓋印章

- document
[`dɑkjəmənt]
文件

stamp the document （蓋印章在文件上）

清除印章殘留的印泥

brush [brʌʃ]（刷子）

洋王
印明

●clean [klin] 清潔

clean **the stamp with a brush**
（用刷子清潔印章）

kɑrv　carve **a stamp**——刻印章

carving knife [ˋkɑrvɪŋ naɪf]（彫刻刀）

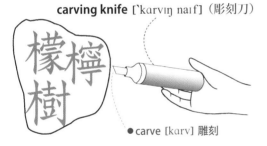

●carve [kɑrv] 雕刻

carve **a word** [wɝd]（刻字）
carve **one's name** [nem]（刻名字）

10	MP3 15-10

名片

business card
[ˋbɪznɪs kɑrd]

名片夾：business card **case** [kes]

一張名片：a business card

hænd　hand over **the business card**——遞
出名片

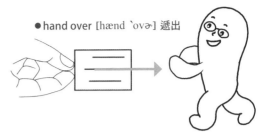

●hand over [hænd ˋovɚ] 遞出

rɪˋsiv　receive **the business card**——收下
名片

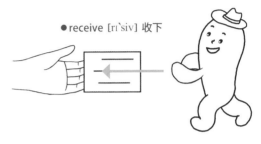

●receive [rɪˋsiv] 收下

ɪksˋtʃendʒ　exchange **business cards**——交
換名片

●exchange [ɪksˋtʃendʒ] 交換

1   MP3 16-01

桌子

table
['tebl]

● Lazy Susan
['lezɪ 'suzn̩]
餐桌轉盤

dining chair ['daɪnɪŋ tʃɛr]
（餐椅）

【說明】**table** ['tebl] 泛指一般的**桌子**，而
desk [dɛsk] 是指**有抽屜、通常用來寫字或
工作用的桌子**。

各種桌子

employee
[ˌɛmplɔɪ'i]
（職員）

supervisor
[ˌsupɚ'vaɪzɚ]
（上司）

● desk [dɛsk]
書桌、辦公桌

lover ['lʌvɚ]（情侶）

●dining table
['daɪnɪŋ 'tebl]
餐桌

●table ['tebl]
一般的桌子

●tabletop ['tebl̩ˌtɑp]
（桌面）

補充：旋轉餐桌轉盤

Lazy Susan ['lezɪ 'suzn̩]（餐桌轉盤）

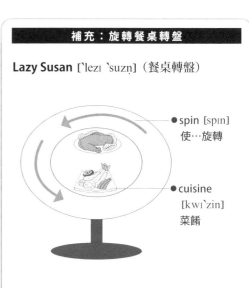

●spin [spɪn]
使…旋轉

●cuisine
[kwɪ'zin]
菜餚

spin the Lazy Susan（旋轉餐桌轉盤）

打開抽屜・關上抽屜

drawer [`drɔɚ]
（書桌、櫥櫃的）抽屜

- pull out
  [pul aut]
  打開、拉出

- push in
  [puʃ ɪn]
  關上、推回

pull out **the drawer**（打開抽屜）

push in **the drawer**（關上抽屜）

set | set the dining table——在餐桌上擺上餐具
- set [sɛt] 使某物就定位

put | put the food——擺上食物（上菜）

端菜上桌

- put [put] 擺放

serve [sɝv]（端、服侍）

food （食物）　　table （桌子）

put （擺放）　　on

put the food on the table
（在桌子上放上食物；端菜上桌）
- on＋某物／在某物之上

klɪn | clean up the dishes——收拾碗盤餐具
- the dishes [dɪʃɪz] 用過的碗盤餐具
  （注意，dish 要用複數形）

--- **c l e a n　u p：收拾、清理乾淨** ---

clean up **the bedroom**（清理房間）
clean up **the desktop**（收拾桌面）
clean up **the drawer**（清理抽屜）
- bedroom [`bɛd.rum] 房間、臥室
- desktop [`dɛsktɑp] 桌面
- drawer [`drɔɚ] 抽屜

椅子

chair
[tʃɛr]

拉出椅子・靠回椅子

- pull away
  [pul ə`we]
  拉出、拉開

- from the table／
  從桌子

- push back
  [puʃ bæk]
  靠回、推回

- to the table／
  往、到桌子

pull a chair away from the table
（從桌子拉出椅子）

push a chair back to the table
（把椅子靠回桌子）

sit   sit in a chair——坐在椅子上

"坐在…之上" 的用法

sit in／sit on...：坐在…之上

- sofa [`sofə]
  沙發

sit **on the sofa**（坐在沙發上）

- rotating chair
  [`rotetɪŋ tʃɛr]
  旋轉椅

sit **in the rotating chair**（坐在旋轉椅上）

- cushion
  [`kuʃən]
  坐墊

sit **on the cushion**（坐在坐墊上）

- beach chair
  [bitʃ tʃɛr]
  海灘椅

sit **on the beach chair**（坐在海灘椅上）

get　get up from the chair──從椅子起身

"從…起身"的用法

get up＋from（介係詞）...： 從…起身

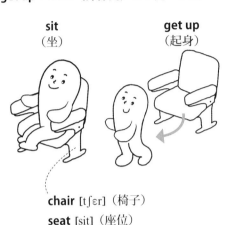

sit
（坐）　　　　　**get up**
　　　　　　　（起身）

chair [tʃɛr]（椅子）

seat [sit]（座位）

get up from **the chair**（從椅子起身）

get up from **the seat**（從座位起身）

補充：其他特殊座椅

1 搖椅：rocking chair [`rɑkɪŋ tʃɛr]

●rock [rɑk] 搖動

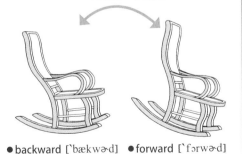

●**backward** [`bækwɚd]
向後

●**forward** [`fɔrwɚd]
向前

rock the rocking chair（搖動搖椅）

---

2 有遮陽傘的座位：chair with a sunshade

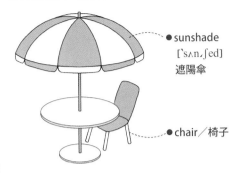

●sunshade
[`sʌnˌʃed]
遮陽傘

●chair／椅子

sit in the chair with a sunshade
（坐在有遮陽傘的椅子上）

●with a sunshade／附有遮陽傘，with 是介係
詞，表示某物具有的特質

---

lin　lean back against the chair──把背
靠在椅子上
●back [bæk] 背部

lean against [lin ə`gɛnst] **...**
（倚靠在…上）

lean back against **the beach chair**
（把背靠在海灘椅上）
●lean 某物 against 某處／倚靠某物於某處

---

laɪ　lie down on the sofa──躺在沙發上

lie down [laɪ daʊn] （躺臥）

● lie down + on 某處／躺臥在某處上

補充：各種沙發

沙發： sofa [`sofə]

一張沙發： a sofa

一組沙發： a set [sɛt] of sofas

單人沙發： single [`sɪŋgl] sofa

雙人沙發： double [`dʌbl] sofa

---

3 MP3 16-03

床
bed
[bɛd]

● **雙人床：** double bed [`dʌbl bɛd]

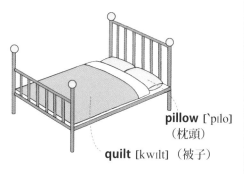

pillow [`pɪlo]
（枕頭）

quilt [kwɪlt] （被子）

● **雙層床：** bunk bed [bʌŋk bɛd]

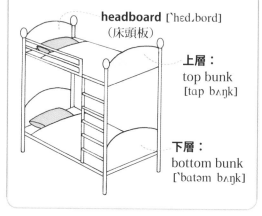

headboard [`hɛd͵bord]
（床頭板）

上層：
top bunk
[tɑp bʌŋk]

下層：
bottom bunk
[`bɑtəm bʌŋk]

"床" 的種類

● **單人床：** single bed [`sɪŋgl bɛd]

desk lamp
[dɛsk læmp]
（檯燈）

sheet
[ʃit]
（床單）

起床・賴床

at six o'clock [ə`klɑk] （在六點鐘）

● get up
[gɛt ʌp]
起床

---

16 桌椅寢具 3 床

172

● stay in bed [ste ɪn bɛd]
賴床

【說明】**stay** [ste] 是**保持在某種狀態**。而 **stay in bed** 就是指「保持在床上、賴在床上」的意思。

| laɪ | lie in bed and sleep——躺在床上睡覺 |

● 動詞＋ and ＋動詞／…並…。and 是連接詞

sleep [slip]
（睡覺）

● lie in bed／躺在床上, in 是介係詞, 表示在…裡面

| go | go to bed——上床 |

上床・下床

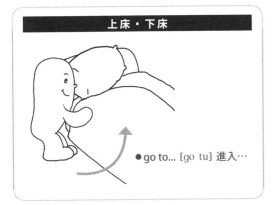

● go to... [go tu] 進入…

● get out of... [gɛt aut ɑv]
離開…

go to bed（上床）
get out of bed（下床）

| tɔs | toss and turn in bed——在床上翻來覆去 |

● toss [tɔs] 翻身
● turn [tɜn] 翻轉

| laɪ | lie in bed——躺在床上 |

lie（躺、躺下）的其他用法

● lie down
[laɪ daun]
躺臥

lie down on the sofa（躺臥在沙發上）

● lie down ＋ on 某處／躺臥於某處

| sɪk | be sick in bed——臥病在床 |

●be sick／生病

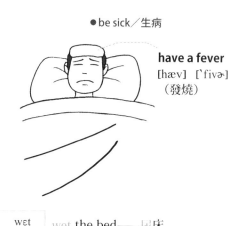

have a fever
[hæv] [`fivɚ]
（發燒）

| wet | wet the bed——尿床

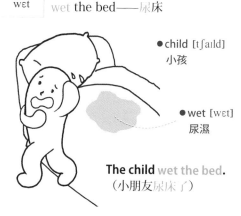

●child [tʃaɪld]
小孩

●wet [wɛt]
尿濕

The child wet the bed.
（小朋友尿床了）

【說明】**wet**（尿濕）的動詞三態皆為 wet
[wɛt]。上述句子的主詞雖是第三人稱單數，但
wet 是**過去式**，因此字尾不須加上 s。

---

4   MP3 16-04

枕頭

pillow
[`pɪlo]

一個**枕頭**：a pillow

兩個**枕頭**：two pillows

枕頭大戰、丟枕頭：pillow fight
[`pɪlo faɪt]

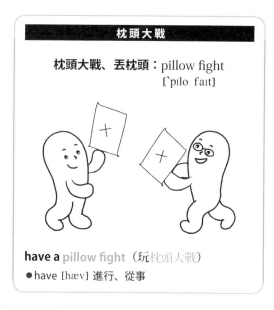

have a pillow fight（玩枕頭大戰）
●have [hæv] 進行、從事

| slip | sleep while resting on the pillow
——枕著枕頭睡覺

●sleep／睡覺

rest [rɛst]（枕、擱置）

【說明】**while** [hwaɪl]（**當…的時候**）連接兩個
主詞相同的子句時，可以**省略 while 子句的主
詞**，並將動詞字尾加上 **ing**。

I sleep while I rest   v.s.   I sleep while resting
  【不省略主詞】   【省略主詞】

| pæk | pack the pillow into the pillowcase
——把枕頭裝進枕頭套

●pillowcase [`pɪlo͵kes] 枕頭套

裝上・拆下 枕頭套

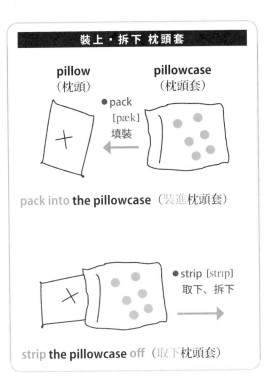

pillow (枕頭)　**pillowcase** (枕頭套)

● pack [pæk] 填裝

pack into **the pillowcase** (裝進枕頭套)

● strip [strip] 取下、拆下

strip **the pillowcase** off （取下枕頭套）

lin　lean one's back against the pillow
——把背倚靠在枕頭上

● back [bæk] 背部

靠著靠墊

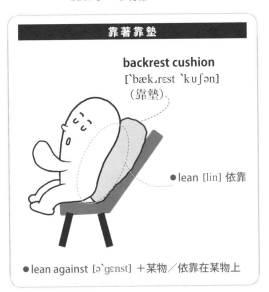

backrest cushion [`bæk͵rɛst `kuʃən] (靠墊)

● lean [lin] 依靠

● lean against [ə`gɛnst] ＋某物／依靠在某物上

---

fold   fold the quilt——折疊被子

fold（折疊）的其他用法

fold：將攤平的東西折疊變小

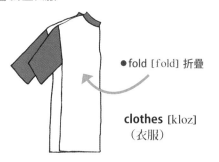

① 折疊衣服

- fold [fold] 折疊

clothes [kloz]
（衣服）

fold **the clothes** （折疊衣服）

② 折疊手帕

handkerchief [`hæŋkɚˌtʃɪf]（手帕）

fold **the handkerchief** （折疊手帕）

lift   lift up the quilt——掀開被子

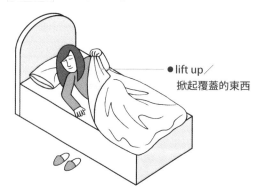

- lift up／
  掀起覆蓋的東西

補充：打開窗簾

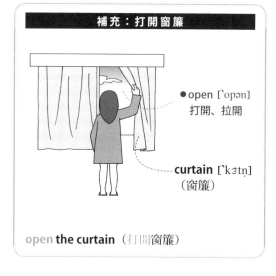

- open [`opən]
  打開、拉開

- **curtain** [`kɝtṇ]
  （窗簾）

open **the curtain** （打開窗簾）

kɪk   kick the quilt off——踢掉被子

kick：踢

- **ball** [bɔl]（球）

- kick [kɪk] 踢

kick **the ball** （踢球）

`kʌvɚ   cover with a quilt——蓋被子

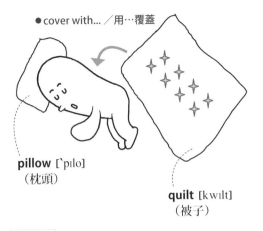

● cover with... ／用…覆蓋

pillow [`pɪlo]
（枕頭）

quilt [kwɪlt]
（被子）

| ʌn`fold | unfold the quilt——攤開被子 |

unfold：攤開折疊起來的物品

● unfold [ʌn`fold] 攤開

unfold **a map** （攤開地圖）

unfold **the newspaper** （攤開報紙）

● map [mæp] 地圖

● newspaper [`njuz͵pepɚ] 報紙

5 被子

桌椅
寢具

16

1　　　　　　　　　　MP3 17-01

掃把　　broom
[brum]

常見清潔用品

雞毛撢子：feather duster
[`fɛðɚ `dʌstɚ]

掃把：broom [brum]

畚箕：dustpan [`dʌst‚pæn]

吸塵器：vacuum cleaner
[`vækjuəm `klinɚ]

洗碗精：dishwasher liquid
[`dɪʃ‚waʃɚ `lɪkwɪd]

菜瓜布：scrubber [`skrʌbɚ]

洗衣精：laundry detergent
[`lɔndrɪ dɪ`tɝdʒənt]

漂白水：bleach [blitʃ]

| swip | sweep the floor——清掃地面 |

broomstick [`brum‚stɪk]
（帚柄）

● sweep [swɪp] 掃除

trash [træʃ]（垃圾）

floor [flor]（地面、地板）

sweep the floor with a broom
（用掃把清掃地面）

● with＋某物／用某物為工具

"掃地" 2步驟

1 掃進畚箕

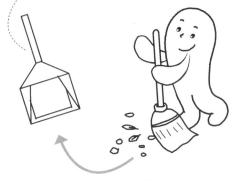

dustpan [`dʌst‚pæn]（畚箕）

● sweep into... ／掃入…

sweep the trash into the dustpan
（把垃圾掃入畚箕）

● sweep A into B／把 A 掃入 B

2 倒掉垃圾

● dump out
[dʌmp aut]
傾倒出

trash can
[træʃ kæn]
（垃圾桶）

dump out the trash in the dustpan
（倒掉畚箕裡的垃圾）

● ...in 某處／某處裡的…

| raɪd |

ride a broom——騎掃把

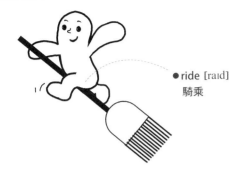

● ride [raɪd]
　騎乘

---

ride（騎乘）的其他用法

1 騎大象

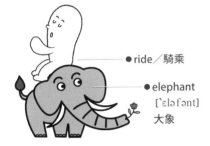

● ride／騎乘

● elephant
　[ˋɛləfənt]
　大象

ride **an elephant**（騎大象）

2 騎坐肩膀

lick the ice cream
[lɪk]　　[aɪs krim]
（舔冰淇淋）

● shoulder [ˋʃoldɚ]
　肩膀

ride **on Dad's shoulder**（騎在爸爸的肩膀上）

● ride on 某處／騎在某處上

拖把　　mop
　　　　　　[mɑp]

| mɑp |

mop the floor——用拖把拖地

● floor [flor] 地板

mop [mɑp]（拖把）

bucket [ˋbʌkɪt]
（水桶）

● mop [mɑp] 用拖把拖擦

| ˋdrɪpɪŋ |

the mop is dripping——拖把正在滴
水（原形：be dripping）

handle [ˋhændl] 握把

● drip [drɪp]（液體）滴下
● be dripping／正在滴下

---

drip（滴下、滴落）的相似用法

1 滴口水

drip saliva（滴口水）

- saliva [sə`laɪvə] 口水

2 流汗、滴汗

drip sweat
（滴汗）

- sweat [swɛt]
  汗、汗水

3 流鼻涕

have a runny nose
（有鼻涕＝流鼻涕）

- runny [`rʌnɪ] 水流動的
- nose [noz] 鼻子

4 流眼淚

shed tears（流眼淚）

- tear [tɪr] 眼淚

---

sok	soak up the water——吸除水分

soak up（吸除）的其他用法

standing water
[`stændɪŋ `wɔtɚ]
（積水）

- soak up [sok ʌp] 吸除

soak up the water with a mop
（用拖把吸除水分）

- with＋某物／利用某物為工具

---

rɪŋ	wring out the mop——擰乾拖把

wring out（擰乾）的相似用法

- cow
  [kaʊ]
  母牛

- milk
  [mɪlk]
  擠…奶

milk a cow（擠牛奶）
squeeze out juice（榨出果汁）

- squeeze [skwiz] 擠、榨
- juice [dʒus] 果汁

3 吸塵器 vacuum cleaner
[ˈvækjuəm ˈklinɚ]

一台**吸塵器**：a vacuum cleaner

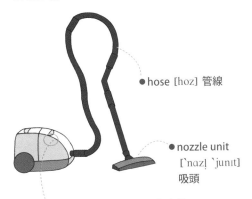

● hose [hoz] 管線

● nozzle unit
[ˈnɑzl ˈjunɪt]
吸頭

● dust bag [dʌst bæg] 集塵袋

| put |

put away the vacuum cleaner——
收起**吸塵器**

---

put away（收拾）的其它用法

clothes [kloz]　　closet [ˈklɑzɪt]
（衣服）　　　　（衣櫃）

put away　　　　into
（收拾）　　　　（進…）

put **the clothes** away **into** the closet
（把衣服收回衣櫃）

put **the books** away **into** the bookshelf
（把書收回書櫃）

● book [buk] 書
● bookshelf [ˈbukˌʃɛlf] 書櫃

| sʌk |

suck up the dust——吸除灰塵

clean [klin]（打掃）

● suck up
[sʌk ʌp]
吸入

vacuum cleaner
（吸塵器）

dust [dʌst]（灰塵）

suck up the dust with a vacuum cleaner
（用**吸塵器**吸除灰塵）

● with＋某物／利用某物為工具

| klin |

clean with a vacuum cleaner——用
吸塵器打掃

---

4 抹布 rag／cloth
[ræg]　[klɔθ]

| torn |

the rag is torn——抹布破洞（原形：
be torn）

某物＋be torn（某物是破損的、破洞的）

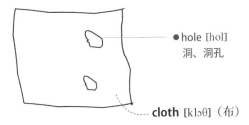

● hole [hol]
洞、洞孔

cloth [klɔθ]（布）

The cloth is torn.（布料是破洞的）

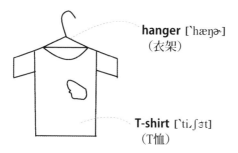

hanger [ˋhæŋɚ]
（衣架）

T-shirt [ˋti͵ʃɝt]
（T恤）

The T-shirt is torn. （T恤是破損的）

waɪp   wipe with a rag——用抹布擦拭

painting [ˋpentɪŋ]（畫）

●wipe [waɪp] 擦拭

wipe **the painting with a rag** （用抹布擦拭畫）
●with＋某物／用某物為工具

rɪŋ   wring out the rag——擰乾抹布

●wring out [rɪŋ aʊt]
擰乾

1 MP3 18-01

信件

letter
[ˈlɛtɚ]

一封信：a letter

一疊信：a stack [stæk] of letters

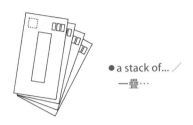

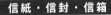

● a stack of... ／
　一疊…

信紙 · 信封 · 信箱

● 信紙：stationery [ˈsteʃənˌɛrɪ]

 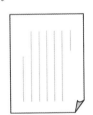

write horizontally
[raɪt ˌhɑrəˈzɑntl̩ɪ]
（橫式書寫）

write vertically
[raɪt ˈvɝtɪkl̩ɪ]
（直式書寫）

● 信封：envelope [ˈɛnvəˌlop]

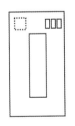 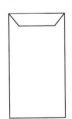

front side
[frʌnt saɪd]
（正面）

back side
[bæk saɪd]
（背面）

● 信箱：mailbox [ˈmelˌbɑks]

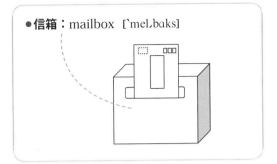

信封各處名稱

● stamp [stæmp] 郵票

Lemon Tree

Mr. Chen

● addressee [ˌædrɛˈsi] 收件人

● postal code [ˈpostl̩ kod]
　= zip code [zɪp kod] 郵遞區號

| raɪt | write a letter——寫信 |

"寫信" 3步驟

1 寫信

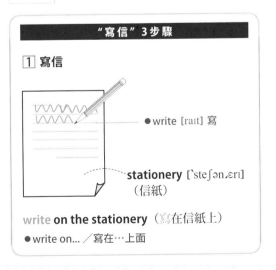

● write [raɪt] 寫

stationery [ˈsteʃənˌɛrɪ]
（信紙）

write on the stationery（寫在信紙上）

● write on... ／寫在…上面

2 折信

- fold [fold] 折疊

fold the stationery （折信紙）

3 放入信封

- put into [put `ɪntu] 放入

envelope [`ɛnvə,lop]
（信封）

put into the envelope （放入信封）

- put into... ／放入…

---

giv | give to the counter clerk in the post office——交給郵局櫃臺人員

clerk [klɝk] （辦事員）

- give to... ／交給…

counter [`kauntɚ] （櫃檯）

give the letter to the counter clerk in the post office
（把信件交給郵局的櫃臺人員）

- give A to B ／把 A 交給 B

---

we | weigh the letter——秤重信件

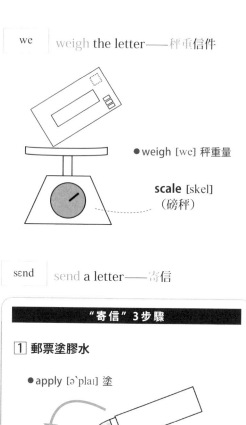

- weigh [we] 秤重量

scale [skel]
（磅秤）

---

sɛnd | send a letter——寄信

"寄信" 3 步驟

1 郵票塗膠水

- apply [ə`plaɪ] 塗

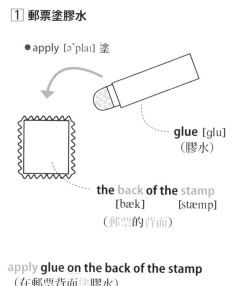

glue [glu]
（膠水）

the back of the stamp
[bæk]   [stæmp]
（郵票的背面）

apply glue on the back of the stamp
（在郵票背面塗膠水）

- on＋某處／在某處上面
- the back of＋某物／某物的背部

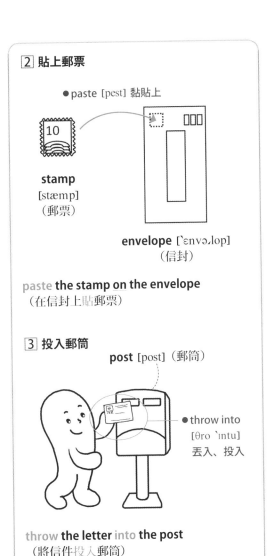

② 貼上郵票

● paste [pest] 黏貼上

stamp
[stæmp]
（郵票）

envelope [`ɛnvəˌlop]
（信封）

paste the stamp on the envelope
（在信封上貼郵票）

③ 投入郵筒

post [post]（郵筒）

● throw into
[θro `ɪntu]
丟入、投入

throw the letter into the post
（將信件投入郵筒）

● throw A into B／將 A 丟入 B

信件的寄送方式

● 一般**郵件**：regular mail [`rɛgjələ mel]

● 快捷**郵件**：express mail [ɪk`sprɛs mel]

● 掛號**郵件**：registered mail
[`rɛdʒɪstəd mel]

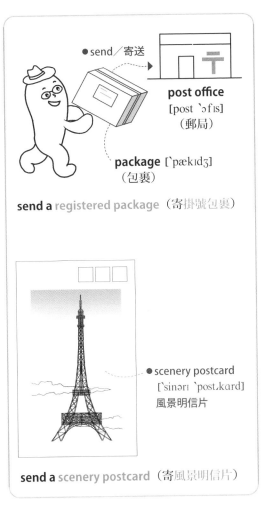

● send／寄送

post office
[post `ɔfɪs]
（郵局）

● **package** [`pækɪdʒ]
（包裹）

send a registered package （寄掛號包裹）

● **scenery postcard**
[`sinərɪ `postˌkɑrd]
風景明信片

send a scenery postcard （寄風景明信片）

rɪ`siv	receive a letter——收信
tɛr	tear open the seal of an envelope ——拆封信件封口

● seal [sil] 封口
● envelope [`ɛnvəˌlop] 信封

封起封口・拆封封口

seal up the seal（封起封口）
[sil ʌp]

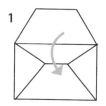

1   **2**

seal up **the seal of an envelope**
（封起信件封口）

tear open the seal（拆封封口）
[tɛr `opən]

1   **2**

tear open **the seal of an envelope**
（拆封信件封口）

---

2   MP3 18-02

郵票   stamp
                 [stæmp]

一張**郵票**：a stamp

兩張**郵票**：two stamps

- 5 dollar stamp
  [faɪv `dɑlə stæmp]
  5元郵票

---

pest   paste a stamp——貼郵票

rip   rip off a stamp——撕除郵票

- rip off [rɪp ɔf]
  撕除

kə`lɛkt   collect stamps——收集郵票

---

collect（收集）的其他用法

collect **information**（收集資訊）
- information [ˌɪnfəˈmeʃən] 資訊

collect **celebrity peripheral merchandise**
（收集明星周邊商品）
- celebrity [sɪˈlɛbrətɪ] 明星、名人
- peripheral [pəˈrɪfərəl] 相關的
- merchandise [ˈmɝtʃənˌdaɪz] 商品

- T-shirt [ˈtiˌʃɝt] T恤

---

3   MP3 18-03

電子郵件   e-mail
                 [iˈmel]

電子郵件的相關字

收件匣：inbox [`ɪnbɑks]

寄件匣：outbox [`aut͵bɑks]

草稿：draft [dræft]

收件人：receiver [rɪ`sivə]

主旨：subject [`sʌbdʒɪkt]

垃圾郵件：junk mail [dʒʌŋk mel]
　　　　　＝spam [spæm]

附加檔案：attached file [ə`tætʃt faɪl]

raɪt　write an e-mail——撰寫電子郵件

rɪ`plaɪ　reply to an e-mail——回覆電子郵件

—— reply to...（回覆某訊息）的用法 ——

reply to **a message**（回覆留言）
reply to **a love letter**（回覆情書）

● message [`mɛsɪdʒ] 訊息
● love letter [lʌv `lɛtə] 情書

—— 補充：reply to someone（回覆某人）——

reply to a friend（回覆朋友）
reply to one's boyfriend（回覆男朋友）
reply to one's girlfriend（回覆女朋友）

● friend [frɛnd] 朋友
● boyfriend [`bɔɪ͵frɛnd] 男朋友
● girlfriend [`gɜl͵frɛnd] 女朋友

kəm`poz　compose a new e-mail——建立新郵件
　　　　　● new [nju] 新的

—— compose（寫、創作）的其他用法 ——

compose **a poem**（寫詩）
compose **a melody**（作曲）

● poem [`poɪm] 詩
● melody [`mɛlədɪ] 旋律、曲子

sɛnd　send an e-mail——傳送電子郵件

rɪ`siv　receive an e-mail——接收電子郵件

send
（傳送）

receive
（接收）

—— send（傳送）·receive（接收）——

send **a congratulating e-mail**
（傳送祝賀電郵）
receive **a congratulating e-mail**
（接收祝賀電郵）

send **a satellite signal**
（傳送衛星訊號）
receive **a satellite signal**
（接收衛星訊號）

● congratulating [kən`grætʃə͵letɪŋ] 祝福的
● satellite [`sætḷ͵aɪt] 衛星
● signal [`sɪgnḷ] 訊號

[`fɔrwəd] forward an e-mail——轉寄電子郵件

- send [sɛnd]
  傳送

- forward [`fɔrwəd] 轉寄、轉送

[dɪ`lit] delete an e-mail——刪除電子郵件

delete（刪除）的其他用法

- delete [dɪ`lit] 刪除

I have to ask—
My computer is
very slow.

article [`ɑrtɪkḷ]
（文章）

delete **part of an article**（刪除部分的文章）
delete **junk mail**（刪除垃圾郵件）
delete **software**（刪除軟體）
delete **website**（刪除網站）

- part [pɑrt] 一部分
- junk mail [dʒʌŋk mel] 垃圾郵件
- software [`sɔftˌwɛr] 電腦軟體
- website [`wɛbˌsaɪt] 網站

1 MP3 19-01

樹木
tree
[tri]

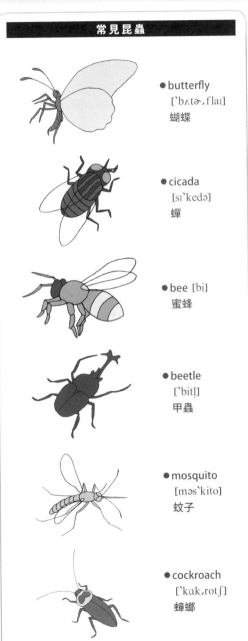

常見昆蟲

- butterfly
  [`bʌtɚˏflaɪ]
  蝴蝶

- cicada
  [sɪ`kedə]
  蟬

- bee [bi]
  蜜蜂

- beetle
  [`bitl̩]
  甲蟲

- mosquito
  [məs`kito]
  蚊子

- cockroach
  [`kɑkˏrotʃ]
  蟑螂

klaɪm climb the tree——爬樹

- trunk
  [trʌŋk] 樹幹

- climb
  [klaɪm] 攀爬

rɪ`læks cool down and relax under the tree
shade——在樹蔭下乘涼

- cool down [kul daʊn] 使…涼快
- relax [rɪ`læks] 休息

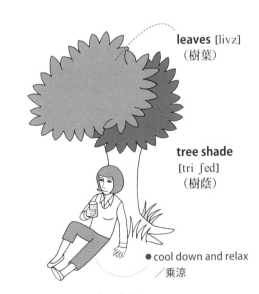

leaves [livz]
（樹葉）

tree shade
[tri ʃed]
（樹蔭）

- cool down and relax
  ／乘涼

- under [`ʌndɚ] 在…之下

water（澆水、灌溉）的用法

- water [`wɔtə] 澆水

watering pot
[`wɔtərɪŋ pɑt]
（澆花壺）

- tulip [`tjuləp] 鬱金香

water the flowers（替花澆水）

- flower [`flauə] 花朵

補充：餵予食物、施予肥料

1 餵飼料

puppy [`pʌpɪ]
（小狗）

- feed [fid]
餵食

dog food [dɔg fud]
（狗飼料）

feed the puppy with dog food
（餵食小狗飼料）
- feed 某對象 with 某物／以某物餵食某對象

2 餵奶

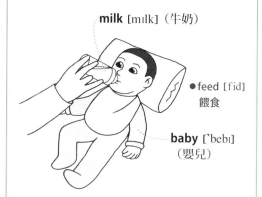

milk [mɪlk]（牛奶）

- feed [fid]
餵食

baby [`bebɪ]
（嬰兒）

feed the baby with milk（餵食嬰兒牛奶）

3 施肥

sunflower [`sʌn͵flauə]
（向日葵）

- apply [ə`plaɪ]
放、鋪在表面

fertilizer [`fɝtl͵aɪzə]（肥料）

apply fertilizer to flowers
（對花朵施予肥料）
- flower [`flauə] 花朵
- apply 某物 to 某對象／把某物放在某對象上

tʃɑp | chop down **the tree**——砍樹

axe [æks]
（斧頭）

● chop down [tʃɑp daʊn] 砍下

gro | grow **a tree**——種植樹木

● grow
[gro] 種植

farmland
[ˈfɑrmˌlænd]
（農田）

grow **rice** on **farmland**（在農田種稻米）
● on＋某處／在某處上
● rice [raɪs] 稻米

trɪm | trim **the tree**——修剪樹木

rose [roz]（玫瑰）

● trim [trɪm] 修剪花木

thorn [θɔrn]（刺）

trim **the flower**（修剪花朵）

花 | flower [ˈflaʊɚ]

一束花：
a bunch [bʌntʃ] of flowers

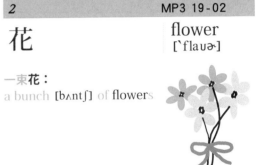

cherry blossom viewing：賞櫻

賞櫻：cherry blossom viewing
[ˈtʃɛrɪ ˈblɑsəm ˈvjuɪŋ]

cherry blossoms bloom [blum]
（櫻花盛開）

smɛl　smell the fragrance of flowers——
聞花的味道

●smell／聞

●the fragrance [`fregrəns] of 某物／某物的香味

補充：各種物品的香味

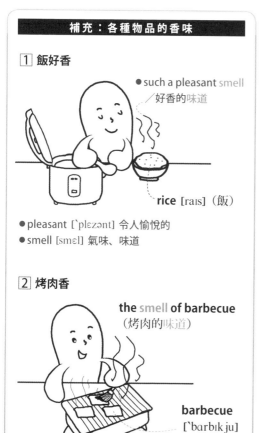

1 飯好香

●such a pleasant smell
／好香的味道

rice [raɪs]（飯）

●pleasant [`plɛzənt] 令人愉悅的
●smell [smɛl] 氣味、味道

2 烤肉香

the smell of barbecue
（烤肉的味道）

barbecue
[`bɑrbɪkju]
（烤肉）

---

3 香水香

the fragrance of perfume（香水的香味）

●perfume [`pɝfjum] 香水

a pleasant fragrance

---

pɪk　pick flowers——摘花

sunflower [`sʌn,flauɚ]
（向日葵）

●pick [pɪk] 摘取

---

gɪv　give flowers——送花

●give [gɪv] 贈送

I give flowers to someone I like.
（我送喜歡的人花）
- give 某物 to 某人／送某物給某人
- someone I like／我喜歡的某人

`ˋwɪðɚ` the flowers wither——花凋謝

rose [roz]（玫瑰）

- wither [ˋwɪðɚ]
掉落、凋謝

flower petal
[ˋflauɚ ˋpɛtl]
（花瓣）

- 某物＋wither／某物凋謝、枯萎

`əˋrendʒ` arrange flowers——插花

arrange flowers（插花）

【說明】arrange flowers 是指「為了觀賞，而將花卉草木經過特殊造型或擺放」。例如：arrange daisies [ˋdezɪz]（**插雛菊**），arrange lilies [ˋlɪlɪz]（**插百合花**）。

海洋　ocean
[ˋoʃən]

flot　float on the ocean——漂流在海上

- float [flot]
漂浮、漂流

life preserver
[laɪf prɪˋzɝvɚ]（游泳圈）

- on the ocean／在海洋上，on 是表示位置的介係詞

swɪm　swim in the ocean——在海裡游泳

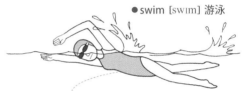

- swim [swɪm] 游泳

swimwear [ˋswɪm͵wɛr]（泳衣）

- in the ocean／在海洋裡，in 是表示位置的介係詞

draund　drowned in the ocean——在海洋溺斃

溺水

Help!（救命）

- drowning
[draunɪŋ] 溺水

drowning in the ocean（在海洋溺水）

[krɔs] cross the ocean——橫渡海洋

cruise ship [kruz ʃɪp]（郵輪）

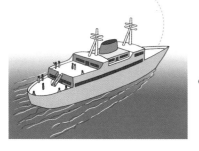

● cross／
橫渡

take the cruise ship to cross **the ocean**
（搭郵輪橫渡海洋）

● take [tek]＋交通工具／搭乘交通工具
● to... ／為了…

風平浪靜・波濤洶湧

wave [wev]（海浪）

● calm [kɑm] 平靜的、平穩的

calm **waves**（海浪平靜）

● turbulent [`tɝbjələnt] 洶湧的

turbulent **waves**（海浪波濤洶湧）

[ˌovɚˋluk] overlook the ocean——眺望海洋

star [stɑr]（星星）

moon [mun]（月亮）

● overlook
[ˌovɚˋluk]
眺望

overlook **the stars**（眺望星星）
overlook **the scenery**
（眺望風景）

● scenery [`sinərɪ] 風景

[pəˋlutɪd] the seawater is polluted——海水遭
受污染（原形：be polluted）

● seawater [`siˌwɔtɚ] 海水

―― **be polluted**（遭受污染）**的其他用法** ――

1 某物＋be polluted：某物遭受污染

The rice is polluted.（米遭受污染）
The river is polluted.（河川遭受污染）
The vegetables are polluted.
（蔬菜遭受污染）

● rice [raɪs] 稻米
● river [`rɪvɚ] 河川
● vegetable [`vɛdʒətəbl] 蔬菜

● 單數主詞＋is polluted／…被汙染
● 複數主詞＋are polluted／…被汙染

2 be polluted＋because of＋原因：
因為某原因而遭受污染

be polluted because of radioactive substances
（因為放射性物質而遭受污染）

---

be polluted because of **liquid waste**
（因為廢水而遭受污染）

be polluted because of **heavy metals**
（因為重金屬而遭受污染）

- radioactive [ˌredɪoˈæktɪv] 放射性的
- substance [ˈsʌbstəns] 物質
- liquid [ˈlɪkwɪd] 液體
- waste [west] 廢棄物
- heavy metal [west`mɛtl] 重金屬

s˞f　surf the ocean——在海洋衝浪

- surf [s˞f] 衝浪

surfboard [ˈs˞fˌbord] （衝浪板）

漲潮・退潮

- fall [fɔl] 退下

seashore [ˈsɪʃor] （海岸）

The tide falls. （退潮）

海水倒灌

wave [wev] （海浪）

- overflow [ˌovəˈflo] 氾濫、溢出

The sea overflows. （海水倒灌）

山　　　　　　　mountain
　　　　　　　　[ˈmauntn̩]

wɔk　walk on the mountain trail——行走山路

- walk on... ／走在…上
- trail [trel] 小路

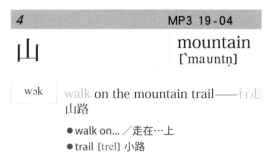

- rise [raɪz] 漲高

tide [taɪd] （潮水）

The tide rises. （漲潮）

---

two mountains（兩座山）

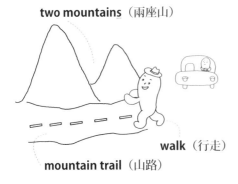

walk（行走）

mountain trail（山路）

ʳʌn run into a landslide——遭遇山崩

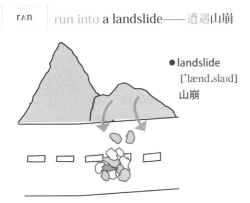

● landslide
['lænd‚slaɪd]
山崩

● run into＋名詞／遭逢、經歷某困境

klaɪm climb the mountain——爬山

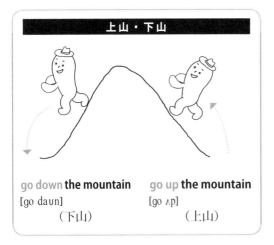

上山・下山

go down the mountain　**go up the mountain**
[go daʊn]　　　　　　　[go ʌp]
（下山）　　　　　　　　（上山）

kəˈnɛktɪd the mountain trail isn't connected
——山路不通
（原形：be not connected）

be not connected（不相通）的相似用法

1 路不通

● not connected／不相通

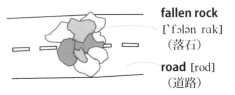

fallen rock
['fɔlən rɑk]
（落石）

road [rod]
（道路）

The road isn't connected because of fallen rocks.
（因為落石，道路不通）
● because of＋名詞／因為…

2 水管堵塞

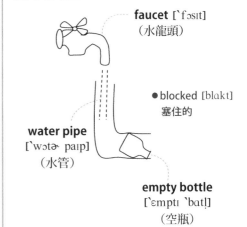

faucet ['fɔsɪt]
（水龍頭）

● blocked [blɑkt]
塞住的

water pipe
['wɔtɚ paɪp]
（水管）

empty bottle
['ɛmptɪ 'bɑtḷ]
（空瓶）

The water pipe is blocked because of the empty bottle.
（因為空瓶，水管堵塞）

ˈɛntɚ enter the mountain——進入山裡

---進入山區---

drive into the mountain area
（開車進入山區）

walk into the mountain area
（徒步進入山區）

- drive [draɪv] 駕駛　● area [ˋɛrɪə] 區域
- walk [wɔk] 走路　● into... ／進入…裡

| hæv | have a mountain accident——遇到山難 |

---accident（意外）的相關字---

accident [ˋæksədənt] 是「**事故、意外**」，
例如 mountain accident（**山難**）。其他相關字：

- 罹難者：victim [ˋvɪktɪm]
- 飛機、船隻遭遇危急時發出的求救信號：SOS
- 鐵達尼號船難事件：Titanic shipwreck event
  [taɪˋtænɪk ˋʃɪpˏrɛk ɪˋvɛnt]

5　　　　　　　　MP3 19-05

太陽
sun
[sʌn]

| 日出・日落 |

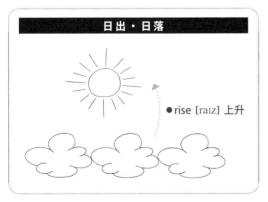

● rise [raɪz] 上升

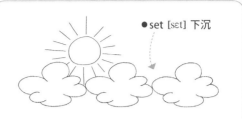

● set [sɛt] 下沉

The sun is rising.（太陽正在昇起）
The sun is setting.（太陽正在下沉）
- 主語＋be 動詞＋動詞 ing ／主語正在…

| pɪrsiz | the rays of the sun pierce——陽光穿透 |

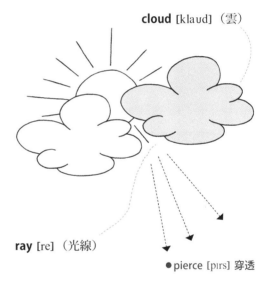

cloud [klaʊd]（雲）

ray [re]（光線）

● pierce [pɪrs] 穿透

The rays of the sun pierce through the clouds.
（陽光穿透雲層）
- through [θru] ＋地點／穿過某地點

The rays of the sun pierce into the bedroom.
（陽光穿透入房間）
- into＋地點／進到某地點

| ɪnˋdʒɔɪ | enjoy the sun——曬太陽 |

sun [sʌn]（太陽）

●**sunglasses**
[ˋsʌnˏglæsɪz]
太陽眼鏡

sunbathe [ˋsʌnˏbeð]（做日光浴）

---

enjoy：享受風、光、熱等

① 曬太陽

●**fan** [fæn]
扇子

enjoy **the sun**（享受太陽＝曬太陽）

② 吹風

●**electric fan** [ɪˋlɛktrɪk fæn]
電扇

enjoy **the wind** [wɪnd]（享受風＝吹風）

---

③ 取暖

●**fire source** [faɪr sors] 火源

enjoy **the warmth** [wɔrmθ]
（享受溫暖＝取暖）

---

aut　the sun is out──出太陽

cloudy [ˋklaʊdɪ]
（多雲）

The sun is out.
（出太陽）

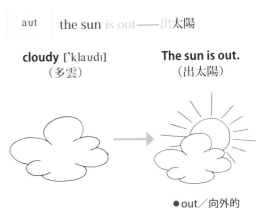

●out／向外的

【延伸學】

The moon is out.（月亮出來）

blɑk　hold a parasol to block the sun──
撐傘遮陽

●hold [hold] 握住
●parasol [ˋpærəˏsɔl] 陽傘

---

block the sun（遮陽、擋太陽）的相似用法

block [blɑk]（擋住、抵擋）可用於表達**遮陽、擋太陽**。而它的相關字 **shade** [ʃed]（遮蔽），則可用於表達**躲太陽**。例如：

1 帽子遮陽

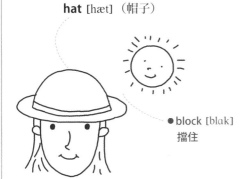

hat [hæt]（帽子）

● block [blɑk]
擋住

block the sun **with a hat**（用帽子遮陽）
● with／表示工具的介係詞

2 窗簾遮陽

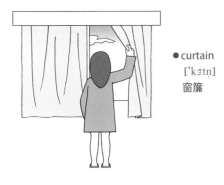

● curtain
['kɝtn̩]
窗簾

block the sun **with curtains**（用窗簾遮陽）
● with／表示工具的介係詞

3 樹下躲太陽

● shade [ʃed] 遮蔽住光線

under the tree
['ʌndɚ]　[tri]
（在樹下）

shade oneself **under the tree**
（在樹下躲太陽）
● under +地點／在某地點下

月亮
moon
[mun]

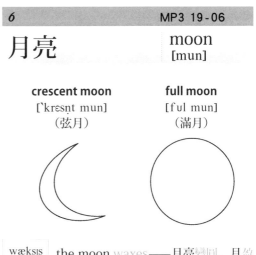

crescent moon
['krɛsn̩t mun]
（弦月）

full moon
[fʊl mun]
（滿月）

wæksɪs　the moon waxes——月亮變圓、月盈
（原形：wax）

● wax [wæks] 月亮變圓、月盈

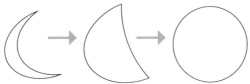

● wane [wen] 月亮虧缺

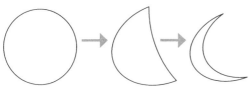

The moon wanes. （月亮虧缺）

blak	block the moon——遮住月亮

moon （月亮）　　　　dark cloud
[dɑrk klɑuд]
（烏雲）

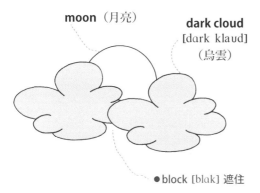

● block [blɑk] 遮住

The dark clouds block the moon.
（烏雲遮住月亮）

ˌovə˙ˈluk	overlook the moon——眺望月亮

補充：賞月

enjoy [ɪnˈdʒɔɪ] the moon （賞月）

a bright orb of moon （一輪明月）
[braɪt ɔrb]

pomelo [ˈpaməlo]
（柚子）

moon cake
[mun kek]
（月餅）

補充：流星

shooting star [ˈʃutɪŋ star] （流星）

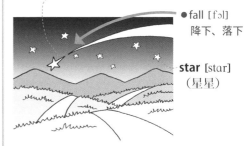

● fall [fɔl]
降下、落下

star [star]
（星星）

A shooting star has fallen. （流星降落了）

● 單數主詞＋has fallen／…降落下來了，「has
＋過去分詞」是現在完成式的用法

7　　　　　　　　　　　　MP3 19-07

雲　　　　　　　　　　cloud
　　　　　　　　　　　[klauд]

白雲・烏雲

白雲：white cloud
[hwaɪt klaʊd]

烏雲：dark cloud
[dɑrk klaʊd]

無雲・多雲

cloudless **sky** [ˋklaʊdlɪs skaɪ] （無雲的天空）

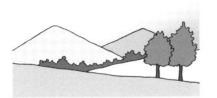

cloudy **sky** [ˋklaʊdɪ skaɪ] （多雲的天空）

pail｜ the clouds pile up──雲層堆積

●pile up
[paɪl ʌp]
重疊起來

ˋskætɚ｜ the clouds scatter──雲散去

── **scatter** （分散、散開）的其他用法 ──

The fog scatters.（霧散去）
The smoke scatters.（煙散去）
●fog [fɑg] 霧
●smoke [smok] 煙

雨

rain
[ren]

常見災害

●地震：earthquake [ˋɝθˏkwek]

terrible [ˋtɛrəbḷ]
（可怕的）

●颱風：typhoon [taɪˋfun]

strong [strɔŋ]
（強勁的）

● **海嘯**：tsunami [tsu`nami]

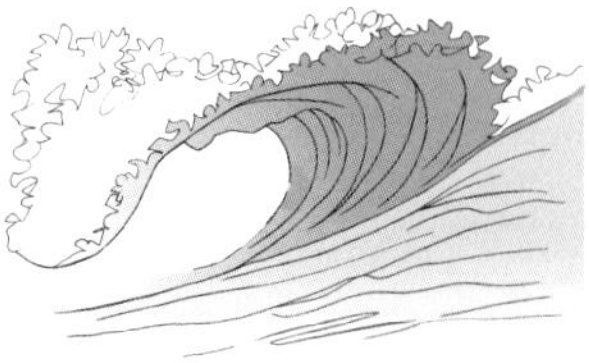

terrifying [`tɛrə,faɪɪŋ]（令人恐懼的）

● **暴風雪**：snowstorm [`sno,stɔrm]
＝blizzard [`blɪzɚd]

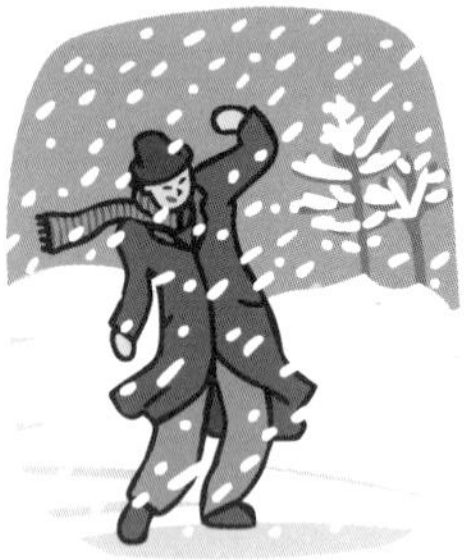

violent [`vaɪələnt]（猛烈的）

● **火災**：fire accident [faɪr `æksədənt]

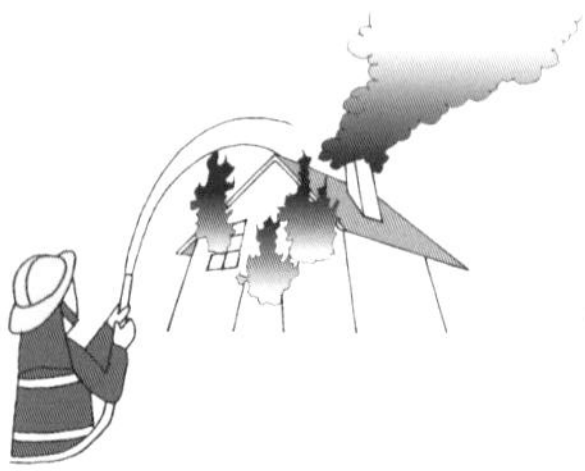

dangerous [`dendʒərəs]（危險的）

stapt | the rain has stopped——雨停了（原形：have stopped）

stop：自然現象停止

The wind has stopped.（風停了）

The thundershowers have stopped.（雷陣雨停了）

● thundershower [`θʌndɚ,ʃauɚ] 雷陣雨

● 單數主詞＋has stopped

● 複數主詞＋have stopped

ren | rain——下雨

下雨・下雪

It is raining.（正在下雨）

It is snowing.（正在下雪）

snowman [`sno,mæn]（雪人）

● snow [sno] 下雪

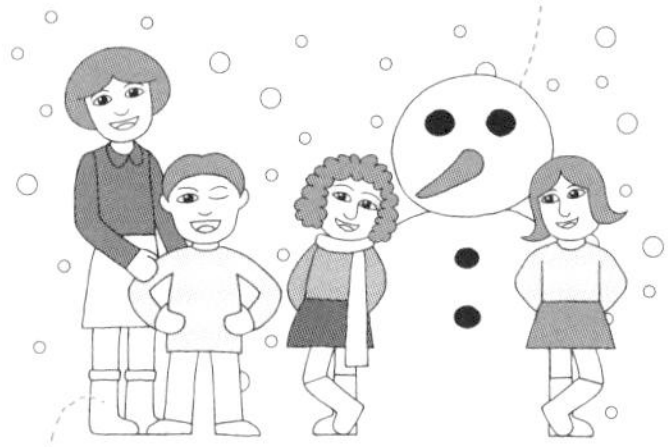

● boot [but] 長靴

打雷・閃電

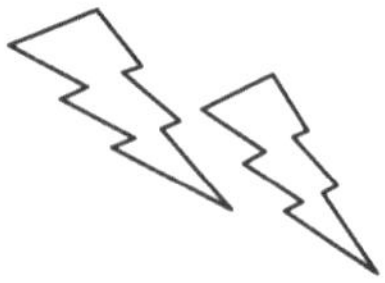

● thunder [`θʌndɚ] 雷；打雷

It is thundering.（正在打雷）

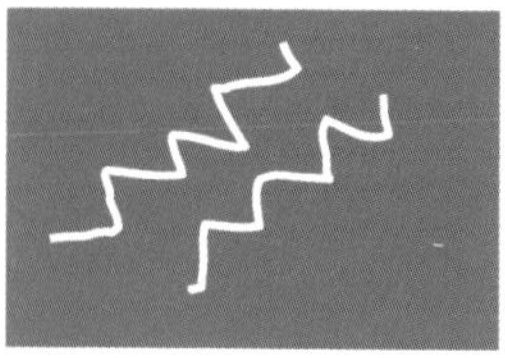

● lightning [`laɪtnɪŋ] 閃電

The lightning flashes.（閃電閃過＝閃電）

● flash [flæʃ] 閃爍、掠過

blɑk	block the rain——擋雨

block：擋住、阻擋住

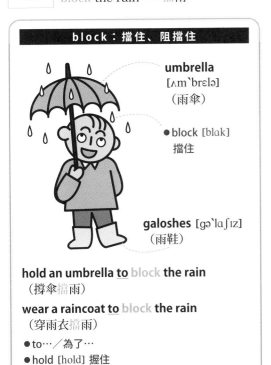

umbrella
[ʌmˋbrɛlə]
（雨傘）

●block [blɑk]
擋住

galoshes [gəˋlaʃɪz]
（雨鞋）

hold an umbrella <u>to</u> block the rain
（撐傘擋雨）

wear a raincoat <u>to</u> block the rain
（穿雨衣擋雨）

●to…／為了…
●hold [hold] 握住
●wear [wɛr] 穿
●raincoat [ˋrenˏkot] 雨衣

sokt	be soaked by the rain——被雨淋濕

rain（下雨）

●be soaked [bi sokt]
被淋濕

●be soaked by…／因…被浸濕、淋濕

əˋvɔɪd	avoid the rain——躲雨

avoid
[əˋvɔɪd]
（躲避）

under the eaves [ivz]
（屋簷下）

avoid the rain <u>under the eaves</u>
（在屋簷下躲雨）

●under＋地點／在某地點之下

9	MP3 19-09

風

wind
[wɪnd]

bloz	the wind blows——風吹 （原形：blow [blo]）

寒風‧涼風

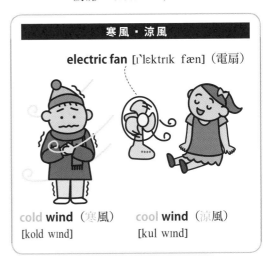

electric fan [ɪˋlɛktrɪk fæn]（電扇）

cold wind（寒風）
[kold wɪnd]

cool wind（涼風）
[kul wɪnd]

| ɔf |

blow off the hat——吹飛、吹落帽子

hat [hæt]（帽子）

●blow off／
吹走、吹落

The wind blows off the hat.（風吹飛帽子）

●單數主詞＋blows off／…吹落

---

blow off（吹飛、吹落）的其他用法

rooftop [ˈrufˌtɑp]（屋頂）　　**tile** [taɪl]（瓦片）

●blow off／
吹走、吹飛

The strong wind blows off the tiles.
（強風吹飛瓦片）

●strong [strɔŋ] 強勁的

| draɪ |

blow the clothes dry——吹乾濕衣服

●blow...dry／吹乾…

wet clothes
[wɛt kloz]
（濕衣服）

The wind blows the wet clothes dry.
（風吹乾濕衣服）

| əˋpɑrt |

blow apart the clouds——吹散雲

●blow apart／吹散、吹開

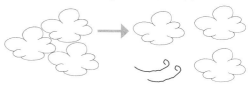

The clouds pile up.　　**blow apart the clouds**
（雲朵堆疊）　　　　　　　（吹散雲朵）

●pile up [paɪl ʌp] 重疊起

The wind blows apart the clouds.（風吹散雲）

---

apart（分開地）的其他用法

●break apart [brek əˋpɑrt]
打散開來

egg yolk [ɛg jok]
（蛋黃）

break apart **the egg yolk**（打散蛋黃）

---

daʊn

blow down the tree——吹倒樹

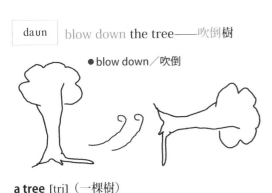

● blow down／吹倒

a tree [tri]（一棵樹）

The wind blow**s** down **the tree.**（風吹倒樹）

down（向下地）的其他用法

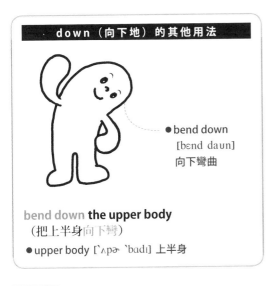

● bend down
[bɛnd daʊn]
向下彎曲

bend down **the upper body**
（把上半身向下彎）
● upper body [`ʌpɚ `badɪ] 上半身

ʌp

blow up the skirt——吹起裙擺

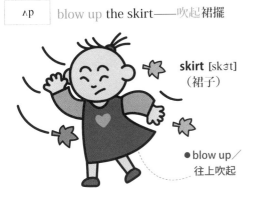

skirt [skɝt]
（裙子）

● blow up／
往上吹起

The wind blow**s** up **the skirt.**（風吹起裙擺）

blow up（吹起）的其他用法

dust [dʌst]（灰塵）　　leaf [lif]（葉子）

● blow up／往上吹起

The wind blow**s** up **the dust.**（風捲起灰塵）
The wind blow**s** up **leaves.**（風捲起葉子）

● leaves [livz] 葉子，leaf 的複數形

風沙吹進眼睛

● blow into／吹進

sand [sænd]
（風沙、沙塵）

The wind blow**s** sand into **the eyes.**
（風把沙塵吹進眼睛）

● blow A into B／把 A 吹進 B
● eye [aɪ] 眼睛

205

9 風 大自然 19

雪

snow
[sno]

降雪：snowfall [`sno,fɔl]

打雪仗・堆雪人

have a snowball fight（打雪仗）
- have [hæv] 進行
- snowball [`sno,bɔl] 雪球
- fight [faɪt] 戰爭

- snowman [`sno,mæn] 雪人

make a snowman（做雪人＝堆雪人）
- make [mek] 做、製作

---

melt（融化、使融化）的其他用法

1 柏油融化

- heat [hit] 熱、熱度

asphalt [`æsfɔlt]（柏油）

The heat will melt the asphalt.
（熱會融化柏油）
- will＋原形動詞／將會…，will 是助動詞，表示未來式

2 雪人融化

- melt／融化

The snowman will melt.（雪人會融化）

---

stɑpt	the snow has stopped——雪停了 （原形：have stopped）
δεr	there is heavy snow——下大雪 ●heavy [`hɛvɪ] 大量的
θɪk	the snow is thick——積雪深厚 （原形：be thick）
mɛlt	the snow has melted——雪融化了 （原形：have melted）

| ski | ski——滑雪 |

- ski [ski] 滑雪

snowboard [`sno,bord]（滑雪板）

1　　　　　　　　　　　　MP3 20-01

刨冰

shaved ice
[ʃevd aɪs]

kætʃ　catch shaved ice——盛接刨冰

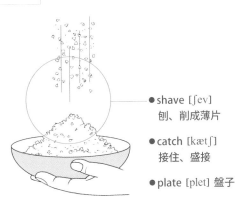

- shave [ʃev]
  刨、削成薄片
- catch [kætʃ]
  接住、盛接
- plate [plet] 盤子

catch shaved ice with a plate（用盤子盛接刨冰）

- …＋with某物／用某物做…

`kʌvɚ　cover with jam——淋上果醬

- scoop [skup] 湯匙

- cover with…
  ／淋上…

- jam [dʒæm]
  果醬

cover shaved ice with jam
（在刨冰上淋上果醬）

cover shaved ice with mango sauce
（在刨冰上淋上芒果醬）

- cover [`kʌvɚ] 覆蓋上、淋上
- mango sauce [`mæŋgo sɔs] 芒果醬

---

cover（淋醬汁）的相似用法

- pour [por] 倒、淋

- soy sauce
  [sɔɪ sɔs]
  醬油

- fish cuisine
  [fɪʃ kwɪ`zin]
  魚料理

pour soy sauce over fish cuisine
（在魚料理上，淋上醬油）

pour soy sauce over dumplings
（在水餃上，淋上醬油）

- dumpling [`dʌmplɪŋ] 水餃

put　put ingredients——放上配料

- put [put] A on B／
  把 A 放在 B 之上

- ingredient
  [ɪn`gridɪənt]
  ＝topping
  [`tɑpɪŋ]
  配料

put ingredients on shaved ice
＝**put toppings on shaved ice**
（在刨冰上放上配料）

put（擺放）的相似用法

put [pʊt] 放、擺放

A
B

put **A** on **B**（放A在B之上）

1

put **one's hands** on **one's knees**
（把手放在膝蓋上）
● knee [niː] 膝蓋

2

● put [pʊt]
擺放

put **the dish** on **a plate**（把菜放在盤子上）
● dish [dɪʃ] 菜餚　　● plate [plet] 盤子

3

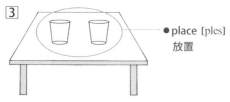

● place [ples]
放置

place **the cup** on **a table**（把杯子放在桌上）
● cup [kʌp] 杯子　　● table [ˋtebl̩] 桌子

4

● rest [rɛst]
擱置、支撐

rest **one's head** on **a pillow**（把頭枕在枕頭上）
● pillow [ˋpɪlo] 枕頭

mɪks　mix shaved ice and ingredients——
混合刨冰和配料

…and…：…和…

【二者】A and B：A 和 B

groom　and　**bride**
[grum]　　　　[braɪd]
（新郎）　（和）　（新娘）

【三者】A and B and C：A 和 B 和 C

scissors　and　**rock**　and　**paper**
[ˋsɪzɚz]　　　[rɑk]　　　[ˋpepɚ]
（剪刀）　（和）　（石頭）　（和）　（布）

mix（混合）的其他用法

1

mix **black** and **white** （混合黑色和白色）

black	white	gray
[blæk]	[hwaɪt]	[gre]
（黑）	（白）	（灰）

2

mix **ketchup** and **soy sauce**
（混合番茄醬和醬油）

ketchup	and	soy sauce
[ˋkɛtʃəp]		[sɔɪ sɔs]
（番茄醬）	（和）	（醬油）

3

mix **two different colors of paint**
（混合兩種顏色的油漆）

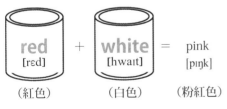

red	+	white	=	pink
[rɛd]		[hwaɪt]		[pɪŋk]
（紅色）		（白色）		（粉紅色）

- different [ˋdɪfərənt] 不同的
- paint [pent] 油漆

冰棒　　popsicle
[ˋpɑpsəkəl]

lɪk　　lick a popsicle——舔冰棒

lick：用舌頭舔

- lick [lɪk] 舔
- lollipop
[ˋlɑlɪˌpɑp]
棒棒糖

lick **a lollipop** （舔棒棒糖）

- lick
[lɪk]
舔

- kitten [ˋkɪtn̩] 小貓

lick **someone's hand** （舔某人的手）

---

mɛlts　　the popsicle melts——冰棒融化
（原形：melt [mɛlt]）

- melt [mɛlt] 融化

- ice cream [ˋaɪs krim]
冰淇淋

The ice cream melts. （冰淇淋融化）

209　　　　　　　　　　　　2 冰棒　冰品飲料 20

【說明】主詞（ice cream）是**第三人稱、單數、現在式**時，動詞（melt）**字尾需加上 s**。

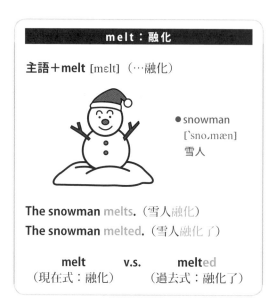

melt：融化

主語＋melt [mɛlt]（…融化）

- snowman [`sno,mæn] 雪人

The snowman melts.（雪人融化）
The snowman melted.（雪人融化 了）

melt	**v.s.**	**melt**ed
（現在式：融化）		（過去式：融化了）

冰淇淋

ice cream
[`aɪs krim]

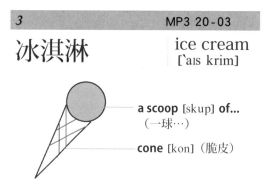

a scoop [skup] **of...**
（一球…）

cone [kon]（脆皮）

skup　scoop out the ice cream——挖取冰淇淋

- scoop [skup] 挖取（動詞）；挖勺（名詞）

用挖勺（scoop）挖取

- scoop [skup] 挖勺

use a scoop to scoop out **the ice cream**
（用挖勺挖取冰淇淋）

use a spoon to scoop out **the ice cream**
（用湯匙挖取冰淇淋）

- use A to... ／使用 A 去做…
- spoon [spun] 湯匙

---

drɑp　the ice cream will drop——冰淇淋會掉下來

- drop [drɑp] 掉落

The ice cream has dropped.
（冰淇淋已經掉下來了）

- has／助動詞 have 的第三人稱單數現在式
- dropped [drɑpt]／drop（掉落）的過去分詞

drop	**v.s.**	**has drop**ped
【現在式】		【主詞為第三人稱單數的
（掉下來）		現在完成式】
		（已經掉下來了）

put　put into the cone——放在脆皮上

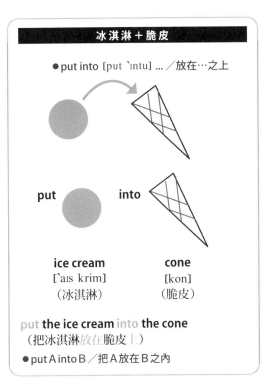

冰淇淋＋脆皮

● put into [put `ɪntu] ... ／放在…之上

put　　　into

ice cream　　　cone
[`aɪs krim]　　　[kon]
（冰淇淋）　　　（脆皮）

put the ice cream into the cone
（把冰淇淋放在脆皮上）

● put A into B ／把 A 放在 B 之內

---

take out...from...：從…取出

● take out [tek aʊt] 取出

glass [glæs]（杯子）

take out　　　from
（取出）　　　（從）

take out ice cubes from the glass
（從杯子取出冰塊）

【說明】**from** 是**介係詞**，**from ＋物品、位置、地點**（從…）

冰塊　ice cube
[aɪs kjub]

一塊**冰塊**：an ice cube

兩塊**冰塊**：two ice cubes

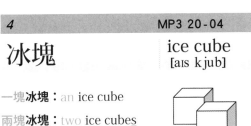

【提醒】**ice cube**（冰塊）的發音是**母音** [aɪ] **開頭**，冠詞要用**an**。

tek	take out ice cubes——取出冰塊

mek	make ice cubes——製作冰塊

● ice cube tray
[aɪs kjub tre]
製冰盒

make ice cubes with the ice cube tray
（用製冰盒製作冰塊）

● …with＋某物／利用某物…

friz	ice cubes freeze up——冰塊凝固

put	put ice cubes——加冰塊

put...into...：放入到…

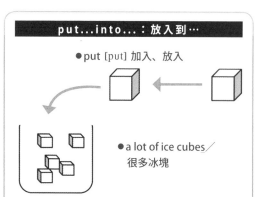

- put [pʊt] 加入、放入
- a lot of ice cubes／很多冰塊

put (放入) **into** (到…)

put ice cubes **into beer** （放冰塊到啤酒裡）
put ice cubes **into juice** （放冰塊到果汁裡）
- beer [bɪr] 啤酒
- juice [dʒus] 果汁

【說明】into 是**介係詞**，into＋物品、位置、地點 （到…）

【補充】各種茶類：

紅茶：black tea [blæk ti]
綠茶：green tea [grin ti]
烏龍茶：oolong tea [ˋulɔŋ ti]
花草茶：herbal tea [ˋɝbḷ ti]

por | pour hot water——注入熱水

pour （注入、倒入）的用法

1

- pour [por] 注入、倒入
- **teacup** [ˋti͵kʌp] （茶杯）

pour tea **into a teacup** （把茶倒入茶杯）
- pour A into B／把 A 倒入 B

2

- pour [por] 注入、倒入
- **bowl** [bol] （碗）

pour hot water **into a bowl** （把熱開水注入碗）
- hot water [hɑt ˋwɔtɚ] 熱水

ˋsevɚ | savor tea——品味茶

---

5 | MP3 20-05

茶、茶葉 tea、tea leaves
[ti] [ti livz]

leaf （單數）‧ leaves （複數）

- tea leaves
  [ti livz]
  茶葉

make tea **from tea leaves** （用茶葉泡茶）
- ...from＋某材料／由某材料…

sɝv serve tea to the guest——招待客人喝茶

- guest [gɛst] 客人

"倒茶"給客人

- pour [por] 倒入、注入
- kettle [`kɛtl̩] 茶壺

pour **tea for the guest**（倒茶給客人）

- pour...for 某人／倒…給某人，for 表示動作的對象

【說明】

- serve [sɝv] 提供某物給某人、招待某物給某人。
- pour [por] 純粹指倒入、注入液體。

mɛk make tea——沖泡茶

- make [mɛk] 沖泡

make **coffee**（沖泡咖啡）
make **instant coffee**（沖泡即溶咖啡）

- instant coffee [`ɪnstənt `kɔfɪ] 即溶咖啡

make（沖泡）的其他用法

- tea bag [ti bæg] 茶包

make **tea with a tea bag**（用茶包泡茶）

6 MP3 20-06

咖啡 coffee [`kɔfɪ]

咖啡的種類

低咖啡因咖啡：low caffeine coffee
[lo `kæfin]

不含咖啡因咖啡：caffeine-free coffee

即溶咖啡：instant coffee
[`ɪnstənt]

咖啡伴侶

一匙奶精：
a spoon of creamer
[`krimɚ]

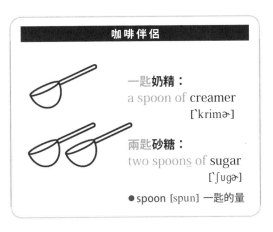

兩匙砂糖：
two spoons of sugar
[`ʃugɚ]

- spoon [spun] 一匙的量

`ɔrdɚ order coffee——點咖啡

order（點餐）的其他用法

- sushi [`suʃɪ] 壽司
- counter [`kauntɚ] 櫃檯

order **sushi at the counter** （在櫃檯點壽司）

- at＋地點／在某處

mek　make coffee——沖泡咖啡

por　pour coffee——倒入咖啡

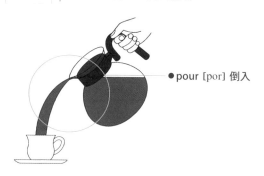

- pour [por] 倒入

bru　brew coffee——烹煮咖啡

具有"烹調"意思的詞彙

烹調、製作、做出等，英文常用下列幾個詞彙。

- sunny-side-up egg
[`sʌnɪ saɪd ʌp ɛg]
荷包蛋

fry [fraɪ] **a sunny-side-up egg** （煎荷包蛋）
cook **rice** [kʊk raɪs] （煮飯）
make **jam** [mek dʒæm] （做果醬）
stew **pork** [stju pork] （燉豬肉）
steam **fish** [stim fɪʃ] （蒸魚）
barbecue **meat** [`bɑrbɪkju mit] （烤肉）
stir-fry **vegetables** [`stɜˌfraɪ `vɛdʒətəblz]
（拌炒青菜）

tek　take out coffee——外帶咖啡

eighty percent full：八分滿

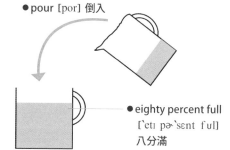

- pour [por] 倒入

- eighty percent full
[`etɪ pɚ`sɛnt fʊl]
八分滿

pour **until eighty percent full**
（倒到八分滿為止）

【說明】until [ən`tɪl] ...（到…為止），例如：

until here （到這裡為止）
until tomorrow （到明天為止）

stɜ　stir coffee——攪拌咖啡

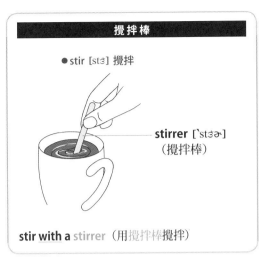

攪拌棒

- stir [stɜ] 攪拌

stirrer [`stɜ˞]
（攪拌棒）

stir with a stirrer （用攪拌棒攪拌）

| trit | treat someone to coffee——請人喝咖啡 |

treat （請客、款待） 的其他用法

- treat [trit]
  請客、款待

1 **treat＋某人＋to＋某物**：以某物款待某人

treat someone to **lunch** （請某人吃午餐）

treat someone to **dinner** （請某人吃晚餐）

- lunch [lʌntʃ] 午餐
- dinner [`dɪnə˞] 晚餐

2 **treat myself to＋某物**：以某物款待自己

treat myself to **a sports car** （買跑車給自己）

treat myself to **a brand-name bag**
（買名牌包給自己）

- sports car [spɔrts kɑr] 跑車
- brand-name [brænd nem] 知名的

酒　　wine
[waɪn]

一杯酒：a glass [glæs] of wine

一瓶酒：a bottle [`bɑtl̩] of wine

- corkscrew
  [`kɔrk͵skru]
  開瓶器

【說明】 **corkscrew** （開瓶器） 專指**開軟木塞的開瓶器**，而 **bottle opener** [`bɑtl̩ `opənə˞] 泛指開瓶器。

酒量

酒量好：hold one's liquor

酒量不好：be unable to hold one's liquor

宿醉：hangover [`hæŋ͵ovə˞] （名詞）

- hold [hold] 支撐住
- liquor [`lɪkə˞] 酒精性飲料
- be unable [ʌn`ebl̩] to... ／無法…、不能…

| drɪŋk | drink wine——喝酒 |

- drink [drɪŋk] 喝

- drink too much
  ／喝太多

喝各式各樣的酒

● red wine
[rɛd waɪn]
紅酒

● white wine
[hwaɪt waɪn]
白酒

drink a glass of red wine （喝一杯紅酒）
drink a glass of white wine （喝一杯白酒）

drink a shot of brandy [ˋbrændɪ]
（喝一小杯白蘭地）
drink a shot of whisky [ˋhwɪskɪ]
（喝一小杯威士忌）
drink a shot of sorghum liquor [ˋsɔrgəm ˋlɪkɚ]
（喝一小杯高粱酒）

● shot [ʃɑt] 一小杯，酒精飲料的量詞

dr∧ŋk ｜ be drunk——喝醉

drunk （喝醉的）的其他用法

drunk [dr∧ŋk] （**喝醉的**）是**形容詞**，用法如下：

He is drunk. （他喝醉）
● 某人＋be 動詞＋drunk／某人喝醉

a drunk **person** [ˋpɝsn̩] （喝醉的人）
a drunk **driver** [ˋdraɪvɚ]
（喝醉的駕駛人）
drunk **driving** [ˋdraɪvɪŋ]
（醉醺醺的開車＝酒駕）
● drunk＋名詞／喝醉的…

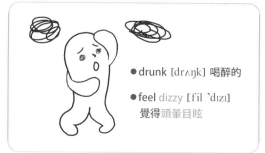

● drunk [dr∧ŋk] 喝醉的

● feel dizzy [fil ˋdɪzɪ]
覺得頭暈目眩

por ｜ pour wine——倒酒

● pour [por]
倒入、注入

blɛnd ｜ blend a cocktail——調製雞尾酒
● cocktail [ˋkɑkˌtel] 雞尾酒

bru ｜ brew fruit wine——釀造水果酒

hæv ｜ have wine with side dishes——喝酒配小菜

● side dish
[saɪd dɪʃ]
小菜

ɪkˋsɛpt ｜ accept an alcohol test——接受酒測

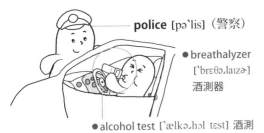

police [pə`lis] (警察)

● breathalyzer
['brɛθə‚laɪzə]
酒測器

● alcohol test ['ælkə‚hɔl tɛst] 酒測

---

accept（接受）的其他用法

accept **an award**（接受獎項）

accept **support**（接受援助）

accept **the challenge**（接受挑戰）

● award [ə`wɔrd] 獎項　● support [sə`port] 援助

● challenge ['tʃælɪndʒ] 挑戰

| kwɪt | quit drinking——戒酒 |

● quit＋動詞 ing／戒除…

| tost | toast someone——敬某人酒 |

● toast [tost] 敬酒

敬酒・乾杯

英文 **toast** [tost] 的意思是**為了慶祝某事，互相舉杯敬酒**。而 **bottoms up** ['batəmz ʌp] 字面上的意思是「杯底朝上」，指的就是**乾杯、喝光**。

● toast [tost] 敬酒

● beer [bɪr] 啤酒

● bottoms up
['batəmz ʌp]
一飲而盡、乾杯

| draɪv | drink and drive——喝酒開車 |

喝酒不開車

要表達「**動詞 and 動詞**」的**否定式**時，要在動詞前面加上 **not to**。

【例】

drink and drive → **not to drink and drive**
　　　【肯定】　　　　　　　　　　【否定】
　（喝酒開車）　　　　　　　　（喝酒不開車）

果汁

juice
[dʒus]

果汁的種類

濃縮**果汁**：condensed **juice**
　　　　　　　[kən`dɛnst]

現榨的**果汁**：freshly-squeezed **juice**
　　　　　　　　['frɛʃlɪ skwizd]

| drɪŋk | drink juice——喝果汁 |

- drink [drɪŋk] 喝

- a glass of juice
[glæs]　[dʒus]
一杯果汁

ɪnˋdʒɛst　ingest vitamin C——攝取維他命C

- vitamin [ˋvaɪtəmɪn] 維他命

---
ingest：攝取

ingest **calcium** [ˋkælsɪəm]（攝取鈣質）

ingest **protein** [ˋprotiɪn]（攝取蛋白質）

---

skwiz　squeeze juice——榨果汁

---
squeeze（榨出、擠出）的相似用法

- wring out
[rɪŋ aut]
擰乾

wring out **a cloth**（擰乾抹布）

- cloth [klɔθ] 抹布

- cow [kau]
母牛

- milk
[mɪlk]
擠…的奶

milk **a cow**（擠牛奶）

---

daɪˋlut　dilute with water——以水稀釋

---

dilute：稀釋

- dilute [daɪˋlut] 將濃度變薄

100%　　　　50%

dilute **condensed juice**（稀釋濃縮果汁）

dilute **condensed juice** with water
（用水稀釋濃縮果汁）

- condensed [kənˋdɛnst] 濃縮的
- with＋某物／用某物、用某種方式

dilute **whiskey**（稀釋威士忌）

dilute **whiskey** with water（用水稀釋威士忌）

- whiskey [ˋhwɪskɪ] 威士忌

牛奶　　milk
[mɪlk]

bru　brew powdered milk——泡奶粉

- powdered [ˋpaudəd] 粉末狀的

---
brew（沖泡）的相似用法

1 沖泡奶粉（混和奶粉與熱水）

- brew [bru] 沖泡

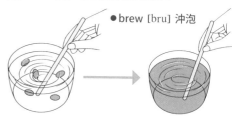

brew **powdered milk**（沖泡奶粉）

- powdered [ˋpaudəd] milk／奶粉

---

② 混合水彩

●mix [mɪks] 使…融合

mix two watercolors（混合兩種水彩）
●watercolor [ˋwɑtɚˏkʌlɚ] 水彩

③ 把蛋打勻

●whip [hwɪp] 攪打

whip an egg evenly（把蛋打勻）
●egg [ɛg] 蛋
●evenly [ˋivənlɪ] 均勻地

liv　leave a milk mustache——留下牛奶鬍
　　●mustache [ˋmʌstæʃ] 八字鬍

●milk mustache
　[mɪlk ˋmʌstæʃ]
　牛奶鬍

（喝一杯牛奶後，
嘴巴四周不小心留
下的牛奶痕跡）

補充：scratch mark（刮痕）

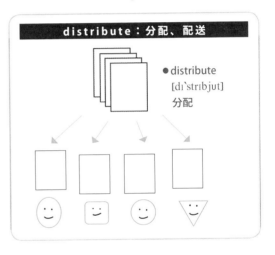

scratch mark
[skrætʃ mɑrk]
（刮痕）

disc [dɪsk]
（光碟片）

scratch marks on the disc（光碟片上的刮痕）
●on＋某物／在某物上

dɪˋstrɪbjut　distribute milk——配送牛奶
　　　　　＝allocate [ˋæləˏket] milk

distribute：分配、配送

●distribute
　[dɪˋstrɪbjut]
　分配

distribute（分配）的其他用法

●a stack of...
　[stæk]
　一疊…
●newspaper
　[ˋnjuzˏpepɚ]
　報紙

distribute newspapers（分送報紙）

219

9 牛奶　冰品飲料　20

- conference
  [ˋkɑn fərəns]
  會議
- handout
  [ˋhændaut]
  講義

distribute handouts （分發講義）

hit   heat up milk——加熱牛奶

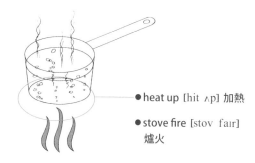

- heat up [hit ʌp] 加熱
- stove fire [stov faɪr]
  爐火

heat up water （把水加熱）

rɪˋfrɪdʒəˏret   refrigerate milk——冷藏牛奶

1　MP3 21-01

口香糖　chewing gum／gum
[tʃuɪŋ gʌm]　[gʌm]

口香糖的計量詞

一片**口香糖**：a piece [pis] of gum

一條**口香糖**：a stick [stɪk] of gum

一包**口香糖**：a pack [pæk] of gum

- ●a piece of...　●a stick of...　●a pack of...
- ／一片⋯　　／一條⋯　　／一包⋯

| tʃu | chew gum——嚼口香糖 |

- ●chew
  [tʃu] 咀嚼

| blo | blow bubbles with chewing gum
——用口香糖吹泡泡 |

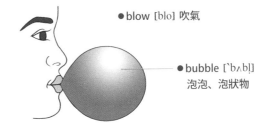

- ●blow [blo] 吹氣

- ●bubble [ˋbʌbl]
  泡泡、泡狀物

| stɪk | chewing gum sticks to one's butt
——口香糖黏到屁股 |

- ●butt [bʌt] 屁股

被口香糖黏到

- ●stick [stɪk] 黏到

Chewing gum sticks to one's clothes.
（口香糖黏到衣服）

Chewing gum sticks to one's shoe.
（口香糖黏到鞋子）

- ●stick to... ／黏到⋯
- ●clothes [kloz] 衣服
- ●shoe [ʃu] 鞋子

2　MP3 21-02

餅乾　cookie
[ˋkʊkɪ]

餅乾的計量詞

一塊**餅乾**：one cookie

一桶**餅乾**：a jar [dʒɑr] of cookies

一包**餅乾**：a bag [bæg] of cookies

- ●one...　●a jar of...　●a bag of...
- ／一塊⋯　／一桶⋯　　／一包⋯

bek | bake cookies——烘烤餅乾

it | eat cookies——吃餅乾

3 MP3 21-03

洋芋片 potato chip
[pə`teto tʃɪp]

一片**洋芋片**：one potato chip

一包**洋芋片**：a bag [bæg] of potato chips

一罐**洋芋片**：a can [kæn] of potato chips

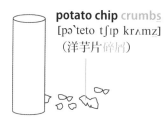

potato chip crumbs
[pə`teto tʃɪp krʌmz]
（洋芋片碎屑）

ter | tear open the foil of the can——撕開罐子上的鋁箔紙

【提醒】**tear**（撕）的**動詞三態變化**是 **tear** [tɛr]（現）– **tore** [tor]（過）– **torn** [torn]（過分），此為不規則變化，要特別注意。

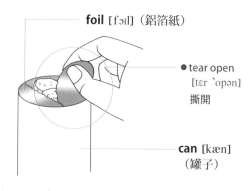

foil [fɔɪl]（鋁箔紙）

- tear open
[tɛr `opən]
撕開

can [kæn]
（罐子）

por | pour out potato chips——倒出洋芋片

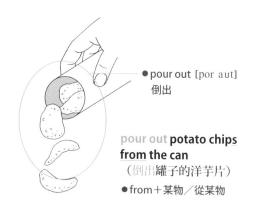

- pour out [por aut]
倒出

pour out potato chips from the can
（倒出罐子的洋芋片）

- from＋某物／從某物

4 MP3 21-04

布丁 pudding
['pudɪŋ]

skup | scoop up pudding——挖起布丁

scoop up
（挖起）

scoop up a spoonful
['spun,ful]
（挖取一匙）

scoop up pudding with a spoon
（用湯匙挖布丁）

● scoop up …with某物／用某物挖起…
● spoon [spun] 湯匙

∫ek | shake the pudding out of the cup
——將布丁倒出杯子

● shake 某物 out of 某處／搖動某物，使
離開某處

倒扣布丁

● upside down
[`ʌp`saɪd daʊn]
上下顛倒地

saucer [`sɔsɚ]（小盤子）

put **the pudding** upside down（倒扣布丁）

put **the pudding** upside down **on a saucer**
（倒扣布丁在小盤子上）

● on 某物／在某物上

4 布丁　各式零嘴　21

1　　　　　　　　　　　MP3 22-01

鹽　　　　salt
[sɔlt]

一匙鹽：a spoonful of salt
[ˋspun͵ful]

●a spoonful of... ／一匙…

[ˋsɛpə͵ret] separate lumped salt——分開結塊的鹽

●lumped [lʌmpt] 成塊狀的

---

separate（分開）‧harden（結塊）

separate [ˋsɛpə͵ret]（使…分開）

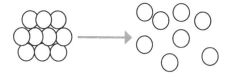

I separate lumped salt.（我分開鹽塊）
I separate lumped sugar.（我分開糖塊）

●lumped [lʌmpt] 成塊狀的　●sugar [ˋʃugɚ] 糖

【說明】

separate [ˋsɛpə͵ret]（使…分開）是及物動詞。及物動詞後面必須有受詞，所以是主詞＋及物動詞＋受詞。

harden [ˋhɑrdn]（結塊、變硬）

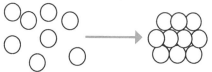

The salt hardens.（鹽巴結塊）
The sugar hardens.（糖結塊）

●hardens [ˋhɑrdnz] harden 的第三人稱單數現在式

【說明】

harden [ˋhɑrdn]（結塊、變硬）是不及物動詞。不及物動詞後面不須有受詞，所以是主詞＋不及物動詞。

| [sprɛd] | spread salt——塗抹鹽 |

| [mek] | make pickled foods——製作醃漬物 |

●pickled [ˋpɪkḷd] 醃漬的

| [ˋsprɪŋkḷ] | sprinkle salt——灑鹽 |

●sprinkle [ˋsprɪŋkḷ] 灑上

sprinkle salt over the roast chicken
（在烤雞上撒鹽）

●sprinkle＋某物＋over... ／灑某物在…上方
●roast chicken [rost ˋtʃɪkɪn] 烤雞

| [æd] | add salt——加鹽 |

●add [æd] 添加

●hot water
[hɑt ˋwɔtɚ]
熱水

add salt into the hot water（在熱水裡加鹽）

●add＋某物＋into... ／加某物到…裡

加太多調味料

add too much ...（加入過多的…）

add too much sugar [`ʃugɚ]（加太多糖）
add too much pepper [`pɛpɚ]（加太多胡椒）
add too much vinegar [`vɪnɪgɚ]（加太多醋）
add too much soy sauce [sɔɪ sɔs]（加太多醬油）

It tastes so bad.
（好難喝）

● tastes [tests] 嚐起
來，taste 的第三
人稱單數現在式

2

granulated sugar
[`grænjəˌletɪd `ʃugɚ]

砂糖的相關字

一顆方糖：a sugar cube [`ʃugɚ kjub]

煮糖水：boil sugar water [`ʃugɚ `wɔtɚ]

灑糖粉：sprinkle powdered sugar
[`paudɚd `ʃugɚ]

● boil [bɔɪl] 煮沸
● sprinkle [`sprɪŋkl] 灑、撒

● two sugar cubes
[tu `ʃugɚ kjubz]
兩顆方糖

æd　　add sugar——加糖

加糖・不加糖

表達**否定**時，常在動詞前加上 **do not**。

【例】

add...　　**v.s.**　　**do not add...**
【肯定】　　　　　　　　【否定】
（添加…）　　　　　　　（不添加…）

add sugar（加糖）

do not **add sugar** = don't **add sugar**（不加糖）

● do not [du nɑt] 常縮寫為 don't [dont]

3

pepper
[`pɛpɚ]

pord　　the pepper can't be poured out——
胡椒粉倒不出來

● poured [pord] 是 pour 的過去分詞
● be 動詞＋動詞過去分詞／被動式

`sprɪŋkl　　sprinkle pepper——灑胡椒粉

sprinkle（灑調味料）的其他用法

sprinkle [`sprɪŋkl] **A on B**（在 A 上面，灑上 B）

● cheese powder
[tʃiz `paudɚ]
起司粉

● pizza [`pitsə]
披薩

225

2 砂糖｜3 胡椒粉　（調味醬料）22

sprinkle **cheese powder** on **the pizza**
（灑起士粉，在披薩上面）

● spaghetti
[spə`gɛtɪ]
義大利麵

sprinkle **pepper** on **the spaghetti**
（灑胡椒粉，在義大利麵上面）

dip　dip into **pepper**——沾胡椒粉

dip into（沾調味料）的其他用法

dip [dɪp] **A** into **B**（把 A 沾浸到 B 裡）

nigirizushi
[nigiri`zuʃɪ]
（握壽司）

● dip [dɪp]
沾、浸

dip **nigirizushi** into **soy sauce**
（沾浸握壽司到醬油裡＝把握壽司沾上醬油）
● soy sauce [sɔɪ sɔs] 醬油

醋　　　vinegar
[`vɪnɪgɚ]

nak　knock over a bottle of vinegar——
打翻一瓶醋

● a bottle [`batl] of…／一瓶…

● knock over [nak `ovɚ]
倒翻、打翻

æd　add a few drops of **vinegar**——滴上
幾滴醋

● a few [fju] 少量的幾個
● drop [drap] 一滴

add（加調味料）的其他用法

add [æd] **A** into **B**（加入 A，在 B 之中）

● vinegar
[`vɪnɪgɚ]
醋

● soup [sup]
湯

add **vinegar** into **the soup**（在湯裡，加醋）

- a few drops／幾滴
- hot pot [hɑt pɑt] 火鍋

add **a few drops of vinegar** into **the hot pot**
（在火鍋裡，加幾滴醋）

---

2 挖取：scoop up [skup ʌp]

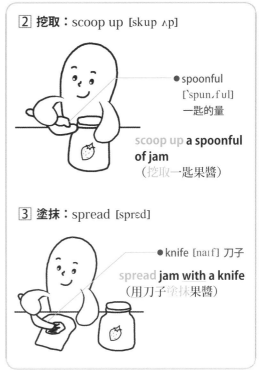

- spoonful [ˋspun͵ful] 一匙的量

scoop up a spoonful of jam
（挖取一匙果醬）

3 塗抹：spread [sprɛd]

- knife [naɪf] 刀子

spread jam with a knife
（用刀子塗抹果醬）

果醬
jam
[dʒæm]

一瓶**果醬**：a jar [dʒɑr] of jam

一匙**果醬**：a spoonful [ˋspun͵ful] of jam

【補充】**jam** [dʒæm] 除了有**果醬**的意思外，還有**擁擠、阻塞**的意思，例如：**traffic jam** [ˋtræfɪk dʒæm]（**交通擁塞、塞車**）。

"塗抹果醬" 3步驟

1 打開：open [ˋopən]

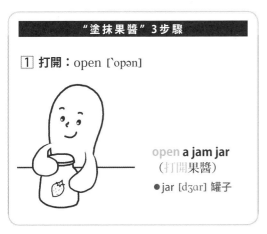

open a jam jar
（打開果醬）

- jar [dʒɑr] 罐子

蕃茄醬
ketchup
[ˋkɛtʃəp]

put   put the ketchup bottle upside down
——倒扣番茄醬的瓶子

- bottle [ˋbɑtl̩] 瓶子

upside down （顛倒）的其他用法

【說明】

upside down [ˋʌpˋsaɪd daʊn]（顛倒）的詞性有**副詞、形容詞**。上述 **put... upside down**（顛倒地放），是副詞用法，upside down修飾動詞（put [put] 放置）。作為形容詞時，用法是：**主詞＋be 動詞＋upside down**（…是顛倒的），例如：

- upside down
  [`ʌp`saɪd daʊn]
  顛倒的

bottle [`bɑtl̩]（瓶子）

The bottle is upside down.（瓶子是顛倒的）

- upside down
  [`ʌp`saɪd daʊn]
  顛倒的

The painting on the wall is upside down.
（牆上的畫是顛倒的）

- painting [`pentɪŋ] 畫
- wall [wɔl] 牆壁

dip   dip into ketchup——沾蕃茄醬

- a saucer [`sɔsɚ] of ketchup ／一碟蕃茄醬

薯條沾蕃茄醬

- cola [`kolə] 可樂
- French fries
  [frɛntʃ fraɪz] 薯條
- burger [`bɝgɚ]
  漢堡

dip **French fries** into **ketchup**（薯條沾蕃茄醬）
- dip A into B／把 A 沾浸到 B 裡

---

7   MP3 22-07

山葵醬   wasabi sauce
               [wə`sɑbɪ sɔs]

put   put wasabi sauce——放上山葵醬

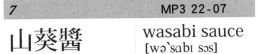

put [put]（放上）

- sashimi [sɑ`ʃimɪ] 生魚片
- nigirizushi [nigiri`zuʃi] 握壽司

put wasabi sauce on sashimi
（放山葵醬，在生魚片上）

miks   mix wasabi sauce with soy sauce
        ——用醬油調山葵醬

- soy sauce [sɔɪ sɔs] 醬油

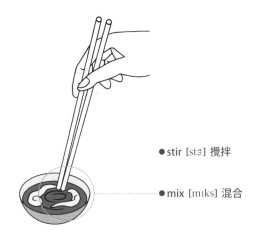

- stir [stɝ] 攪拌
- mix [mɪks] 混合

mix：混合

white [hwaɪt]	black [blæk]	gray [gre]

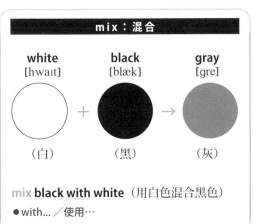

（白） ＋ （黑） → （灰）

mix **black with white**（用白色混合黑色）

- with... ／使用…

tʃok   choke on wasabi sauce——被山葵醬嗆到

choke [tʃok]
（嗆到、噎到）

— choke on...（被…嗆到、噎到）的其他用法 —

I **choke on a fish bone.**
（我被魚刺噎到）

I **choke on a konjac jelly**
（我被蒟蒻果凍噎到）

- fish bone [fɪʃ bon] 魚刺
- konjac jelly [`konjæk`dʒɛlɪ] 蒟蒻果凍

補充：迴轉壽司

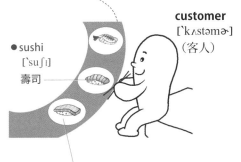

- conveyor belt [kən`veɚ bɛlt] 運轉輸送帶

customer [`kʌstəmɚ]（客人）

- sushi [`suʃɪ] 壽司

- small plate [smɔl plet] 小盤子

【圖】**迴轉壽司**（conveyor-belt sushi [kən`veɚ bɛlt `suʃɪ]）是指將**壽司**（sushi [`suʃɪ]）裝在**小盤子**（small plate [smɔl plet]），並放在**輸送帶**（conveyor belt [kən`veɚ bɛlt]）送至客人面前，讓客人**依喜好**（according to preference [ə`kɔrdɪŋ tu `prɛfərəns]）**選取**（select [sə`lɛkt]）的壽司店。

1 MP3 23-01

水果

fruit
[frut]

baɪ buy fruit——買水果

水果的形容用語

切片的**水果**：sliced [slaɪst] fruit

新鮮的**水果**：fresh [frɛʃ] fruit

沒有瑕疵的**水果**：flawless [ˋflɔlɪs] fruit

當季的**水果**：seasonal [ˋsizn̩əl] fruit

● fruit stand [frut stænd]
水果攤

buy fruit at a fruit stand
（在水果攤買水果）

---

skup scoop out the fruit flesh——挖出果肉
● flesh [flɛʃ]（果實的）果肉

---

s c o o p （挖取）的用法

scoop **a spoonful of** jam （挖取一匙果醬）

scoop **rice with** rice ladle （用飯杓挖飯）

● spoonful [ˋspun͵ful] 一匙的量
● jam [dʒæm] 果醬
● ladle [ˋledl̩] 杓子

---

pɛr pare off the fruit rind——削除、
剝除果皮＝peel off [pil ɔf] the fruit
rind

---

fruit （水果）的剖面圖

果核：
fruit pit
[pɪt]

果肉：
fruit flesh [flɛʃ]

果皮：fruit rind
[raɪnd]

---

spɪt spit out the fruit seeds——吐出水果籽
● seed [sid] 籽

...out （…出來）的其他用法

take out **keys** （拿出鑰匙）

squeeze out **ketchup**
（擠出番茄醬）

● squeeze [skwiz] 擠壓
● ketchup [ˋkɛtʃəp] 番茄醬

---

graɪnd grind fruit to a pulp——把水果研磨
成果泥
● pulp [pʌlp] 果泥

---

we weigh fruit——秤重水果

補充：「重量、高度、強度」等詞彙

heavy [ˋhɛvɪ]　weight [wet]
（重的）　　（重量）

high [haɪ]　height [haɪt]
（高的）　　（高度）

strong [strɔŋ]　strength [strɛŋθ]
（強的）　　（強度）

The height **of Taipei 101 is 510 meters.**
（101大樓的高度是510公尺）

● the height of... ／…的高度
● meter [ˋmitɚ] 公尺

---

rɪd	get rid of the fruit rind——去除果皮
rɪd	get rid of the fruit pit——去除果核
pɪk	pick fruit in the orchard——在果園摘水果

●orchard [ˋɔrtʃəd] 果園

skwiz	squeeze fruit juice——榨果汁

●juice [dʒus] (水果）汁液

現榨果汁真好喝！

freshly-squeezed fruit juice（現榨的果汁）
[ˋfrɛʃlɪ skwizd]

apple juice（蘋果汁）
[ˋæpl]

orange juice（柳橙汁）
[ˋɔrɪndʒ]

The freshly-squeezed **fruit juice is so delicious!**
（現榨的果汁很好喝！）

●delicious [dɪˋlɪʃəs] 美味的

---

kʌt	cut fruit——切水果

---

cut（切、切斷）的其他用法

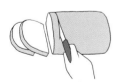

●cut [kʌt] 切、切斷

cut bread [brɛd]（切麵包）

cut meat [mit]（切肉）

【補充】**cut**（切、切斷）的「現在式、過去式、過去分詞」都是cut，是**三態同形**。其他三態同形的動詞還有：**put**（放置）、**set**（設定）、**cost**（花費）等。

---

gro	grow fruit——種植水果

水果的計算單位

一種**水果**：a kind [kaɪnd] of fruit

一盤**水果**：a plate [plet] of fruit

一籃**水果**：a basket of fruit
[ˋbæskɪt]

一箱**水果**：a box of fruit
[baks]

【圖】**four kinds of fruit**（四種水果）

---

dɪˋspoz	dispose of the fruit rind——丟棄果皮
it	eat fruit everyday——天天吃水果

吃各種水果

●tangerine
[ˋtændʒəˏrin]
橘子

eat a tangerine [ˋtændʒəˏrin]（吃橘子）
eat a guava [ˋgwɑvə]（吃芭樂）
eat cherries [ˋtʃɛrɪz]（吃櫻桃）

cherry
【單數】

cherries
【複數】

---

it	eat fruit after meals——飯後吃水果

●meal [mil] 用餐

---

1 水果　食物　23

補充：時間介係詞「at、before」

take the train at eight every morning
（在每天早上 8 點搭火車）
- train [tren] 火車

wash hands before meals
（在用餐前洗手）

└─●faucet [ˋfɔsɪt] 水龍頭

---

put | put the fruit into a carton——將水果放入紙箱

- carton [ˋkɑrtn̩] 紙箱

put...into... （放…到…）的其他用法

put **A** into **the fridge**（把A放入冰箱）
put **A** into **a bag**（把A放入袋子）
put **A** into **the mouth**（把A放入嘴巴）

- fridge [frɪdʒ] 冰箱
- bag [bæg] 袋子
- mouth [mauθ] 嘴巴

put... into... [put ˋɪntu]
（放入…到…）

ɪksˋpɔrt | export fruit——外銷水果

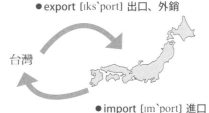

- export [ɪksˋpɔrt] 出口、外銷

台灣

- import [ɪmˋpɔrt] 進口

trænsˋpɔrt | transport fruit——運送水果

陸・海・空 運送方式

以陸運運送： transport by land [lænd]
以海運運送： transport by sea [si]
以空運運送： transport by air [ɛr]

---

2   MP3 23-02

蔬菜   vegetable
              [ˋvɛdʒətəbl̩]

一把蔬菜：a bundle of vegetables
        ＝a handful of vegetables

- a bundle [ˋbʌndl̩] of
  ＝a handful [ˋhændfəl] of
  一把

vegetable（蔬菜）的相關字

有機蔬菜：organic vegetables
[ɔr`gænɪk]

溫室蔬菜：greenhouse vegetables
[`grin͵haʊs]

- carrot
  [`kærət]
  紅蘿蔔

- vegetable
  [`vɛdʒətəbl]
  蔬菜

【說明】vegetable（蔬菜）是可數名詞，常用**複數形**。

baɪ	buy vegetables——買蔬菜
waʃ	wash vegetables with salt water——用鹽水洗菜
spre	spray pesticides——噴灑農藥

- pesticide [`pɛstɪ͵saɪd] 農藥、殺蟲劑

spray：噴灑

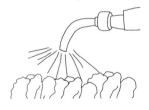

- spray
  [spre] 噴灑

spray **pesticides on vegetables**
（在蔬菜上噴灑農藥）

spray **water in front of the gate**
（在大門前面噴灑水）

- spray...on＋某物／噴撒…在某物上
- in front of [ɪn frʌnt ɑv] ...／在…前面
- gate [get] 大門

spray（噴灑）的其他用法

spray（噴灑、噴塗）這個字也常用在化妝品上，例如：spray **lotion** [`loʃən]（噴灑化妝水）、spray **perfume** [`pɝfjum]（噴灑香水）等。

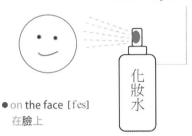

- lotion [`loʃən] 化妝水

- on the face [fes]
  在臉上

spray **lotion on the face**（噴化妝水在臉上）
spray **perfume on the neck**
（噴香水在脖子上）
- neck [nɛk] 脖子

spray（噴灑）的相似字

spread [sprɛd] **rumors**：散布傳言

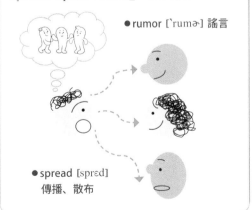

- rumor [`rumɚ] 謠言

- spread [sprɛd]
  傳播、散布

| pɪk | pick vegetables——摘採蔬菜 |

pick（摘採）的其他用法

●flower [`flauə] 花

pick **a flower**（採花）

●mushroom [`mʌʃrum] 香菇

pick **a mushroom**（採香菇）

●cut [kʌt] 切

●kitchen knife [`kɪtʃɪn naɪf] 菜刀

cut with a kitchen knife（用菜刀切）

●...with＋某工具／利用某工具做…

gro　grow vegetables——種植蔬菜

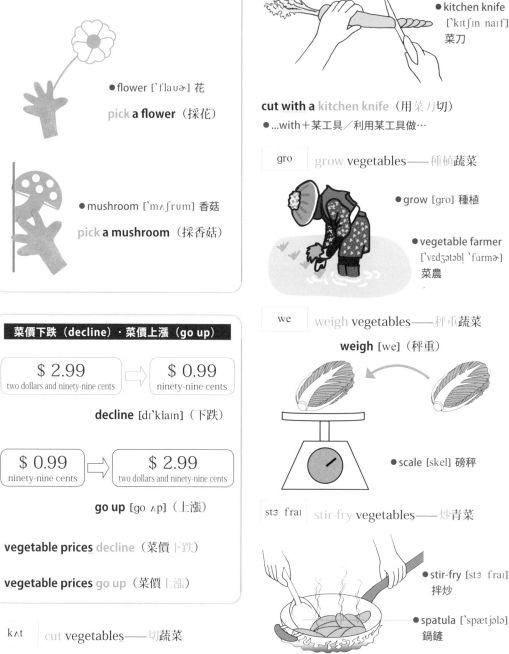

●grow [gro] 種植

●vegetable farmer [`vɛdʒətəbḷ `farmɚ] 菜農

we　weigh vegetables——秤重蔬菜

weigh [we]（秤重）

●scale [skel] 磅秤

菜價下跌（decline）・菜價上漲（go up）

$ 2.99 two dollars and ninety-nine cents	⇒	$ 0.99 ninety-nine cents

decline [dɪ`klaɪn]（下跌）

$ 0.99 ninety-nine cents	⇒	$ 2.99 two dollars and ninety-nine cents

go up [go ʌp]（上漲）

vegetable prices decline（菜價下跌）

vegetable prices go up（菜價上漲）

kʌt　cut vegetables——切蔬菜

stɝ fraɪ　stir-fry vegetables——炒青菜

●stir-fry [stɝ fraɪ] 拌炒

●spatula [`spætjələ] 鍋鏟

烹調蔬菜的方法

stir-fry **vegetables**（炒青菜）

eat raw **vegetables**（吃生的蔬菜）

preserve **vegetables**（醃漬蔬菜）

boil **vegetables**（燙青菜）

- raw [rɔ] 生的
- preserve [prɪˋzɝv] 用鹽醃漬
- boil [bɔɪl] 水煮、氽燙

dɪˋlɪvɚ deliver **organic vegetables** to one's home——宅配有機蔬菜

宅配・快遞

宅配：deliver to one's home（動詞）

宅配：home-delivery [hom dɪˋlɪvərɪ]（名詞）

快遞、快捷：express [ɪkˋsprɛs]

補充：各種寄送方式

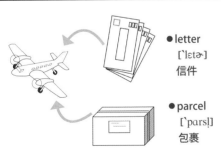

- letter
  [ˋlɛtɚ]
  信件

- parcel
  [ˋpɑrsḷ]
  包裹

- 普通郵件：
  first-class mail＝regular [ˋrɛgjələ] mail
- 掛號郵件：registered [ˋrɛdʒɪstɚd] mail
- 快捷郵件：express [ɪkˋsprɛs] mail
- 國際快捷郵件：
  express mail international

肉   meat
[mit]

各種肉類

羊肉：mutton [ˋmʌtn̩]	**雞肉**：chicken [ˋtʃɪkɪn]
牛肉：beef [bif]	**豬肉**：pork [pork]

- cow [kaʊ] 牛

- chicken [ˋtʃɪkɪn] 雞

- pig [pɪg] 豬

瘦肉：lean meat [lin mit]	**肉絲**：meat julienne [mit ˏdʒulɪˋɛn]
肥肉：fatty meat [ˋfætɪ mit]	**絞肉**：minced meat [mɪnst mit]

ˋbɑrbɪkju barbecue meat——烤肉
＝roast [rost] meat

- barbecue [`bɑrbɪkju]
（在戶外）烤

smoke [smok]（煙）

barbecue grill
[`bɑrbɪkju grɪl]
（烤網）

肉類的烹調方法

燉**滷肉**：stew [stju] braised meat
醃**肉**：preserve [prɪ`zɝv] meat
烤**肉**：barbecue／roast meat
炸**肉**：deep-fry [dip fraɪ] meat

- braised meat [brezd mit] 滷肉

- deep-fry [dip fraɪ]
油炸

fried shrimp tempura
[fraɪd ʃrɪmp `tɛmpurə]
（炸蝦天婦羅）

deep-fry **tempura**（炸天婦羅）

---

pɪk ʌp | pick up with chopsticks——用筷子挾起

- chopstick [`tʃɑp,stɪk] 筷子

- pick up [pɪk ʌp]
挾取

side dish [saɪd dɪʃ]
（小菜）

---

stju | stew meat——燉肉

bɝnt | the meat is burnt——肉燒焦
（原形：be burnt）

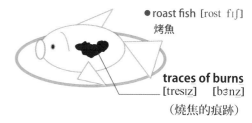

- roast fish [rost fɪʃ]
烤魚

traces of burns
[tresɪz] [bɝnz]
（燒焦的痕跡）

The roast fish is burnt.（烤魚燒焦）

- burnt [bɝnt] 燒焦的

kʌt | cut meat——切肉

切薄片・切厚片

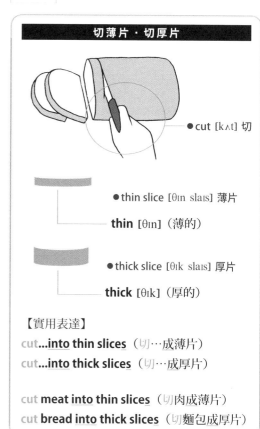

- cut [kʌt] 切

- thin slice [θɪn slaɪs] 薄片

thin [θɪn]（薄的）

- thick slice [θɪk slaɪs] 厚片

thick [θɪk]（厚的）

【實用表達】

cut **...into thin slices**（切…成薄片）
cut **...into thick slices**（切…成厚片）

cut **meat into thin slices**（切肉成薄片）
cut **bread into thick slices**（切麵包成厚片）

魚
fish
[fɪʃ]

魚的構造圖

一尾魚：a fish   兩尾魚：two fish

魚鰭：fish fin
   [fɪʃ fɪn]
魚鱗：fish scale
    [fɪʃ skel]

魚刺：
fish bone
[fɪʃ bon]

魚皮：fish skin [fɪʃ skɪn]

魚腥味：fishy smell [`fɪʃɪ smɛll]

【提醒】fish（魚）的**複數型**可寫成 **fish** 或 **fishes**，但 fishes 較少使用。

---

fraɪ fry a fish——煎魚

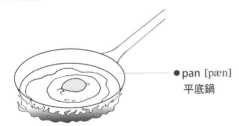

● pan [pæn]
平底鍋

fry fish with a pan（用平底鍋煎魚）
● with＋…／使用…作為工具

steam fish with a microwave（用微波爐蒸魚）
● steam [stim] 蒸煮
● microwave [`maɪkro‚wev] 微波爐

eat Chinese cuisine with chopsticks
（用筷子吃中式料理）
● cuisine [kwɪ`zin] 菜餚
● chopstick [`tʃɑp‚stɪk] 筷子

---

nɛt net fish——撈魚

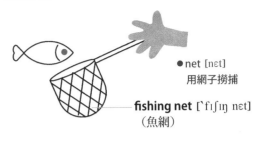

● net [nɛt]
用網子撈捕

fishing net [`fɪʃɪŋ nɛt]
（魚網）

net fish with a fishing net（用魚網撈魚）

海鮮
seafood
[`si‚fud]

帶殼類海鮮

螃蟹：crab [kræb] 蛤蜊：clam [klæm]
蝦子：shrimp [ʃrɪmp]

---

men`ten maintain freshness——保持鮮度

pil peel off the shells——剝除外殼

剝除蝦殼

● peel off [pil ɔf]＝shell [ʃɛl] 剝除、剝殼

shrimp [ʃrɪmp]
（蝦子）

shrimp shell [ʃrɪmp ʃɛl]
（蝦殼）

peel off shrimp shells＝shell shrimp
（剝除蝦殼）

剝開蛤蜊

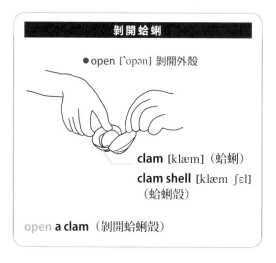

- open [`opən] 剝開外殼

clam [klæm]（蛤蜊）

clam shell [klæm ʃɛl]（蛤蜊殼）

open **a clam**（剝開蛤蜊殼）

rɪd | get rid of fishy smell——去除腥味

- ginger [`dʒɪndʒɚ] 薑

get rid of **fishy smell with ginger**（用薑去除腥味）

kʊk | cook seafood——烹調海鮮

- hot pot [hɑt pɑt] 火鍋

cook（烹調）的其他用法

- fried vegetables [fraɪd `vɛdʒətəblz] 炒青菜

cook **vegetables**（烹調青菜）

- sunny-side-up egg [`sʌnɪ saɪd ʌp ɛg] 荷包蛋

cook **an egg**（烹調雞蛋）

6 MP3 23-06

蛋   egg [ɛg]

egg（蛋）的構造圖

一顆蛋：an egg

蛋殼：eggshell [`ɛg͵ʃɛl]

蛋黃：egg yolk [jok]

蛋白：egg white [hwaɪt]

"蛋料理"的種類

蛋花：egg flower

荷包蛋：sunny-side-up egg
[ˋsʌnɪ saɪd ʌp]

茶葉蛋：tea egg

半熟蛋：half-cooked egg
[hæf kʊkt]

全熟蛋：well-cooked egg
[wɛl kʊkt]

---

pil   peel shells——剝殼

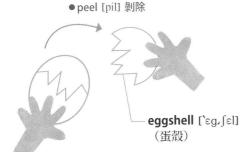

●peel [pil] 剝除

eggshell [ˋɛgˏʃɛl]
（蛋殼）

peel eggshell（剝蛋殼）

---

krʌʃ   crush an egg——壓碎蛋

●crush [krʌʃ] 壓碎、壓壞

egg（蛋）

---

crush（壓碎、壓扁）的其他用法

●empty can
[ˋɛmptɪ kæn]
空罐

●crush [krʌʃ]
壓扁

crush an empty can（壓扁空罐）

---

kræk   crack open an egg——敲開蛋

---

crack open（使…裂開）的相似用法

crack open 的意思是**敲擊，使…分裂開**，而
shatter [ˋʃætɚ] 是**打碎、擊碎**。這兩個詞彙
的用法如下：

1

●crack open
[kræk ˋopən]
敲擊，使…分裂開

crack open an egg（打蛋、敲開蛋）

2

●window
[ˋwɪndo]
窗戶

●shatter
[ˋʃætɚ]
打碎、擊碎

shatter a window（敲碎窗戶）

---

6 蛋   食物

3

● shatter [`ʃætɚ]
打碎、擊碎

shatter a watermelon（敲碎西瓜）

【補充】打西瓜是日本的一種**遊戲**（**game** [gem]），日本人到海邊**戲水**（**play water** [ple `wɔtɚ]）時經常會玩。遊戲**規則**（**rules** [rulz]）是由蒙眼者根據周遭的人對於西瓜位置的提示，走到自己心中所想的位置後，再用棒子用力**敲破**（**shatter**）西瓜。

● blindfold
　[`blaɪnd,fold]
　蒙住、遮住

● stick
　[stɪk]
　棒子

● watermelon
　[`wɔtɚ,mɛlən] 西瓜

補充："做…料理"的用法

【說明】**make** [mek]（**做、製作**）泛指做出任何料理，所以**煎荷包蛋**也可以說 **make a sunny-side-up egg**。make 的其他用法如下：

make **a cake**（做蛋糕）

● cake [kek] 蛋糕

make **salad**（做沙拉）
make **fried rice**（做炒飯）

● fried rice
　[fraɪd raɪs] 炒飯

【補充】**stew** [stju]（**熬煮**）專指煎煮中藥，並非一般的**油煎**（**fry**）烹調方式。例如：

stew **herbal medicine**（熬煮草藥）
● herbal medicine [`ɝbl `mɛdəsṇ] 草藥

---

fraɪ 　fry a sunny-side-up egg——煎荷包蛋

● sunny-side-up egg
　[`sʌnɪ saɪd ʌp ɛg]
　荷包蛋

le 　lay eggs——產下蛋

● lay [le]
生產

● hen [hɛn] 母雞

A hen lays **eggs.**（雞生蛋）

hatch：孵蛋

hatch [hætʃ] **eggs**
（孵蛋）

boil | boil **an** egg——水煮蛋

boil：用熱水水煮

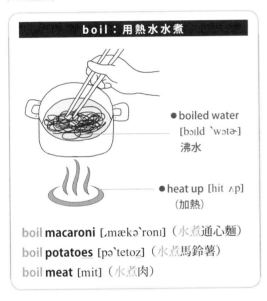

● boiled water
[bɔɪld `wɔtɚ]
沸水

● heat up [hit ʌp]
（加熱）

boil **macaroni** [ˌmækə`ronɪ]（水煮通心麵）
boil **potatoes** [pə`tetoz]（水煮馬鈴薯）
boil **meat** [mit]（水煮肉）

---

7 | MP3 23-07

米飯

rice
[raɪs]

一碗**飯**：a bowl [bol] of rice

a bowl of...
（一碗…）

半碗**飯**：half [hæf] a bowl of rice

half a bowl of...
（半碗…）

fɪl | fill **a bowl** with rice——盛入一碗飯

"盛飯" 3步驟

1 打開：open [`opən]

open the electric rice cooker（打開電鍋）

● electric rice cooker
[ɪ`lɛktrɪk raɪs `kukɚ]
電鍋

2 挖取：scoop out [skup aʊt]

scoop out rice
（挖出飯）

● rice ladle [raɪs `ledl] 飯杓

3 盛裝：fill [fɪl]

fill a bowl with rice
（盛裝一碗飯）

● fill A with B／用 B 填
滿 A

---

7 米飯　食物　23

"洗米煮飯" 3步驟

1 測量：measure [`mɛʒɚ]

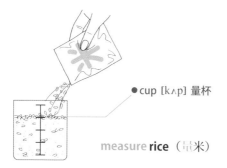

● cup [kʌp] 量杯

measure rice（量米）

2 清洗：wash [waʃ]

● cloudy water
[`klaʊdɪ `wɔtɚ]
混濁不清的水

wash rice（洗米）

3 烹煮：cook [kʊk]

● steam [stim]
冒出熱氣

cook rice（煮飯）

【說明】cook（烹煮）這個字泛指烹煮任何菜餚。例如：

cook porridge [`pɔrɪdʒ]（煮粥）
cook noodles [`nud!z]（煮麵）

---

wɛl dʌn | the rice is well-done——飯煮好了
（原形：be well-done）

it | eat rice——吃飯

● eat [it] 吃

preserved plum
[prɪ`zɚvd plʌm]
（醃梅子）

嘴角有飯粒

● grains of rice
[grenz] [raɪs]
飯粒

Some grains of rice **are at the corner of the mouth.**（在嘴角有一些飯粒）
● grain [gren] 穀粒
● mouth [maʊθ] 嘴巴
● at the corner [`kɔrnɚ] of... ／在…的角落

ə`nʌðɚ | fill another bowl with rice——再盛一碗飯

再一碗 · 再一杯

● another bowl [ə`nʌðɚ bol] 再一碗

● rice [raɪs]
米飯

- another glass [ə`nʌðɚ glæs]
再一杯
- beer [bɪr]
啤酒

8 ｜ MP3 23-08

麵條
noodle
['nudḷ]

| rol | roll out noodles——桿麵條

- roll out [rol aut]
桿動、推桿

| stɝ | stir noodles——攪拌麵條

- stir [stɝ] 攪拌

chopsticks
['tʃɑp͵stɪks]
（筷子）

pot [pɑt]
（鍋子）

【說明】使用 **chopstick（筷子）**時是 "兩隻" 筷子，所以常用複數形 **chopsticks**。其他常用複數形的名詞，例如：**gloves** [glʌvz]（**手套**）、**shoes** [ʃuz]（**鞋子**）、**socks** [sɑks]（**襪子**）等。

---

stir（攪拌）的其他用法

stir **natto**
（攪拌納豆）

- stringy ['strɪŋɪ] 牽絲的
- natto [nɑto] 納豆

【說明】

納豆（natto）是一種由**黃豆（soy bean [sɔɪ bin]）**製成，在日本常見的發酵食物。日本人吃納豆時，通常會加入**醬油（soy bean sauce [sɔs]）**和**芥末（wasabi [wə`sɑbɪ] sauce）**調味，並加以**攪拌（stir）**；攪拌後會變**牽絲狀（stringy）**，牽絲越多，有益健康的酵素也越多。

9 ｜ MP3 23-09

麵包
bread
[brɛd]

甜的**麵包**：sweet bread
[swit]

鹹的**麵包**：savory bread
['sevə·rɪ]

| baɪ | buy bread——買麵包

在麵包店：at the bakery

- bakery ['bekərɪ] 麵包店
- at＋地點／在某地

choose **bread**
（挑選麵包）

●choose [tʃuz] 選擇

clip up **bread**
（夾起麵包）

●clip up [klɪp ʌp] 夾起

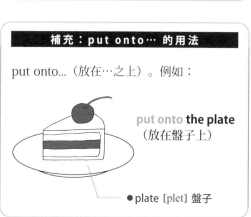

put onto **the tray**
（放到托盤上）

●tray [tre] 托盤

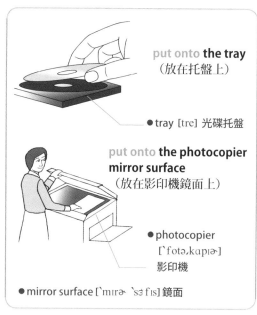

put onto **the tray**
（放在托盤上）

●tray [tre] 光碟托盤

put onto **the photocopier mirror surface**
（放在影印機鏡面上）

●photocopier
[ˋfotə͵kɑpɪɚ]
影印機

●mirror surface [ˋmɪrɚ ˋsɝfɪs] 鏡面

kəmˋprɛs compress bread——擠壓麵包

●compress [kəmˋprɛs] 擠壓、壓迫

●squashed
[skwɑʃt]
被壓扁的

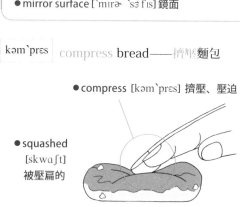

補充：put onto… 的用法

put onto…（放在…之上）。例如：

put onto **the plate**
（放在盤子上）

●plate [plet] 盤子

compress（擠壓）的相似字

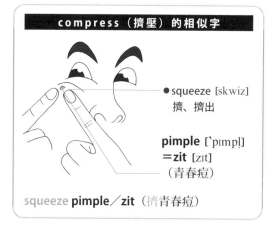

●squeeze [skwiz]
擠、擠出

pimple [ˋpɪmpl̩]
＝**zit** [zɪt]
（青春痘）

squeeze **pimple／zit**（擠青春痘）

| pil | peel off a piece of **bread**——剝一塊麵包 |

---

a piece of（一塊、一片、一張）的用法

a piece of（一塊、一片、一張）是表示物品的計量單位。例如：**a piece of** cheese [tʃiz]（一塊起司）、**a piece of** pizza [`pitsə]（一片披薩）、**a piece of** paper（一張紙）等。

● a piece of…／一塊…

---

peel off（剝下）的其他用法

● peel off [pil ɔf] 剝離、剝除

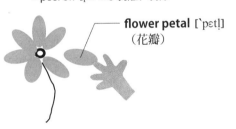

flower petal [`pɛtl]（花瓣）

peel off flower petals one by one
（一片片剝除花瓣）

● one by one [wʌn baɪ wʌn] 一個接著一個

土司

bread／toast
[brɛd]   [tost]

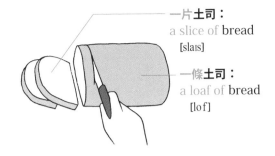

一片土司：
a slice of bread
[slaɪs]

一條土司：
a loaf of bread
[lof]

【說明】英文的 **bread** 泛指**所有的麵包**，包含白土司。而 **toast** 是指烘烤過的土司。

| tost | toast——烤土司＝make toast |

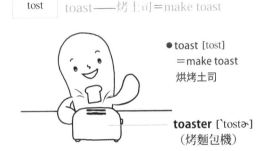

● toast [tost]
＝make toast
烘烤土司

toaster [`tostə]
（烤麵包機）

toast／make toast **with a toaster**
（用烤麵包機烤土司）

● …with某物／利用某物…

| sprɛd | spread butter——塗奶油 |

● butter [`bʌtə] 奶油

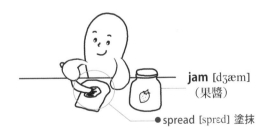

jam [dʒæm]
（果醬）

● spread [sprɛd] 塗抹

spread **jam on bread**（在土司上塗抹果醬）

● spread A on B／塗 A 在 B 之上

| kʌt | cut off bread crust——切除土司邊 |

- bread crust [krʌst]
  土司邊

11 　　　　　　　　MP3 23-11

蛋糕

cake
[kek]

一整個**蛋糕**：a whole [hol] cake

- strawberry
  [`strɔberɪ]
  草莓
- sponge cake
  [spʌndʒ]
  海綿蛋糕

一塊**蛋糕**：a piece [pis] of cake

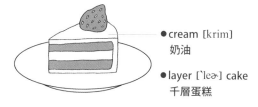

- cream [krim]
  奶油
- layer [`leɚ] cake
  千層蛋糕

put 　put candles——放上蠟燭

- candle [`kændl̩]
  蠟燭
- put [put] 放、放置

put candles <u>on a cake</u>（在蛋糕上放蠟燭）
- put A on B ／放 A 在 B 之上

kʌt 　cut a cake——切蛋糕

- birthday cake
  [`bɝθ͵de kek]
  生日蛋糕
- cut [kʌt] 切開

kʌt 　cut into fan-shaped pieces——切成扇形

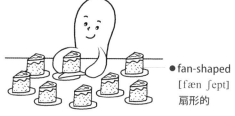

- fan-shaped
  [fæn ʃept]
  扇形的

- eight pieces of cake／八塊蛋糕

"介係詞into（變成…）" 的用法

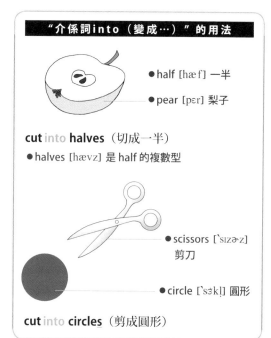

- half [hæf] 一半
- pear [pɛr] 梨子

cut into halves（切成一半）
- halves [hævz] 是 half 的複數型

- scissors [`sɪzɚz]
  剪刀

- circle [`sɝkl̩] 圓形

cut into circles（剪成圓形）

smæʃ | smash a cake——砸蛋糕

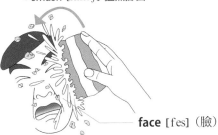

● smash [smæʃ] 猛烈擲出

face [fes] (臉)

smash **a cake onto someone's face**
(把蛋糕砸在某人臉上)

● smash A onto B／砸 A 到 B 之上

smash（猛烈擲出） 的相似字

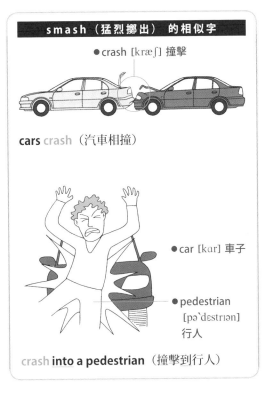

● crash [kræʃ] 撞擊

cars crash (汽車相撞)

● car [kɑr] 車子

● pedestrian
[pə`dɛstrɪən]
行人

crash **into a pedestrian** (撞擊到行人)

`ɔrdɚ | order a cake——訂購蛋糕

order（訂購） 的其他用法

order **a new book** (訂購新書)
order **a product** (訂購產品)

● product [`prɑdəkt] 產品

● pay on delivery
[pe ɑn dɪ`lɪvərɪ]
貨到付款

1 MP3 24-01

碗

bowl
[bol]

常見餐具名稱

盤子：plate [plet] 刀子：knife [naɪf]

湯匙：spoon [spun] 叉子：fork [fɔrk]

筷子：chopstick [`tʃɑpˌstɪk]

一個**碗**：a bowl

| waʃ | wash the bowl——洗碗 |

| hold | hold the bowl——拿碗 |

拿碗

● hold [hold] 拿著

both hands
[boθ hændz]
（雙手）

hold the bowl with the right hand／left hand
（用右手／左手拿碗）

hold the bowl with both hands
（用雙手拿碗）

● with＋名詞／用某種方式或工具
● right [raɪt] 右邊的
● left [lɛft] 左邊的

| nɑk | knock over the bowl——打翻碗 |

knock over（打翻）的用法

● knock over [nɑk `ovɚ] 翻轉

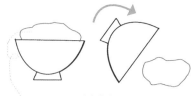

rice [raɪs]（米飯）

knock over **soy sauce**（打翻醬油）
knock over **corn soup**（打翻玉米濃湯）
knock over **ketchup**（打翻番茄醬）

● soy sauce [sɔɪ sɔs] 醬油
● corn soup [kɔrn sup] 玉米濃湯
● ketchup [`kɛtʃəp] 番茄醬

| brek | break the bowl——打破碗 |

● crack [kræk] 裂痕

● break [brek] 打破

盛飯・裝湯

● fill with rice
／盛飯

fill **the bowl with rice** （盛飯到碗裡）
- fill [fɪl] 盛裝、填滿
- fill A with B／盛裝 B 到 A 裡

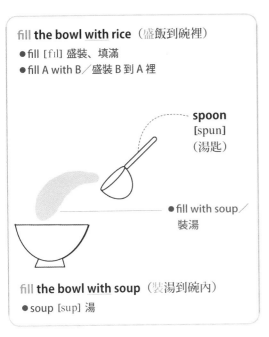

spoon
[spun]
（湯匙）

- fill with soup／裝湯

fill **the bowl with soup** （裝湯到碗內）
- soup [sup] 湯

---

stack up bowls——疊碗

- stack up [stæk ʌp] 重疊起來

- upside down
[ˋʌpˋsaɪd daun]
上下顛倒地

stack bowls upside down （倒扣著疊碗）
- stack＋某物／堆疊…

【說明】**upside down** （上下顛倒地、顛倒）是**副詞**。上述句子中，upside down 是用來**修飾動詞**（stack，重疊）。因此，stack… upside down 就是「倒著堆疊…」。

ples　place bowls——擺放碗

dining table [ˋdaɪnɪŋ ˋtebḷ] （餐桌）

- place [ples] 擺放

place **bowls on the dining table**
（在餐桌上擺放餐碗）
- on （介係詞）＋某物／在某物之上

2　　　　　　　　　　　　　MP3 24-02

盤子
plate
[plet]

一個**盤子**：a plate
一疊**盤子**：a stack [stæk] of plates

- a stack of... ／一疊…

fɪl　fill with food——盛裝菜餚
- fill with... ／用…盛裝
- food [fud] 食物

盛裝菜餚

- fill with food
／盛裝菜餚

fill **the plate** with food （盛菜到盤子裡）
- fill＋容器／盛裝在某容器

---

separate **the cake** onto **small plates**
（把蛋糕分裝在小盤子上）
- separate A onto B ／把 A 分裝在 B 上

stæk　stack up the plates——把盤子疊高

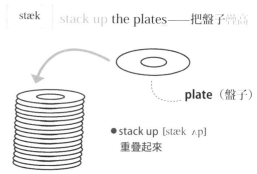

plate（盤子）

- stack up [stæk ʌp]
重疊起來

---

tʃendʒ　change the bigger plate into a
smaller plate——大盤換成小盤

onigiri [oˋnigiri]
（御飯糰）

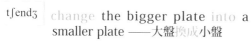

- change／改變

into

bigger **plate**
[bɪggə]
（較大的盤子）

smaller **plate**
[smɔlə]
（較小的盤子）

ˋsɛpəˌret　separate one plate into two plates
——一盤分裝為兩盤

- separate／分裝、分開

into

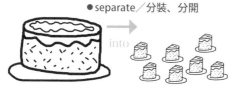

cake [kek]
（蛋糕）

small plate
（小盤子）

---

stack up（疊起）的其他用法

1 疊高衣服

30
%
off

30 percent off
[pəˋsɛnt]
（打七折）

clothes [kloz]（衣服）

stack up **the clothes** （疊高衣服）

2 疊高磚塊

- brick [brɪk] 磚塊

stack up **the bricks** （疊高磚塊）

3　　　　　　　　　　MP3 24-03

筷子
chopstick
[ˈtʃɑpˌstɪk]

一枝**筷子**：a chopstick

一雙**筷子**：a pair [pɛr] of chopsticks

一打**筷子**：a dozen [ˈdʌzn̩] chopsticks

● chopsticks rack
[ˈtʃɑpˌstɪks ræk]
置筷架

● a pair of chopsticks／一雙筷子

---

hold　　hold chopsticks──拿筷子

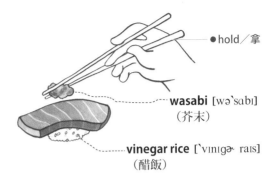

● hold／拿

wasabi [wəˈsɑbɪ]（芥末）

vinegar rice [ˈvɪnɪgɚ raɪs]（醋飯）

拿餐具・放下餐具

英語中，「**拿餐具**」、「**放下**餐具」，分別是用 **hold** [hold] 和 **put down** [pʊt daʊn] 這兩個字。

● 拿**餐具**：hold＋餐具

● 放下**餐具**：put down＋餐具

hold the spoon（拿湯匙）
hold the fork（拿叉子）
hold the cup（拿杯子）

put down the spoon（放下湯匙）
put down the fork（放下叉子）
put down the cup（放下杯子）

● spoon [spun] 湯匙
● fork [fɔrk] 叉子
● cup [kʌp] 杯子

---

pɪk　　pick up food──夾取食物

- pick up／
  夾起、拿取
- nigirizushi
  [nigiri`zuʃɪ]
  握壽司

pick up nigirizushi with chopsticks
（用筷子夾取握壽司）

- with＋某物／某物為工具

| pok | poke chopsticks into the meatballs ——把筷子戳進丸子 |

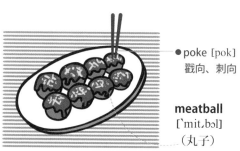

- poke [pok]
  戳向、刺向

meatball
[`mit͵bɔl]
（丸子）

補充：串丸子

- bamboo stick
  [bæm`bu stɪk]
  竹籤
- poke [pok] 戳向

poke a bamboo stick into the meatballs
（把竹籤戳進丸子）

- poke A into B／把 A 戳進 B

湯匙　spoon／soup spoon
　　　　　[spun]　　[sup spun]

一支**湯匙**：a spoon／a soup spoon

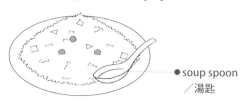

- soup spoon
  ／湯匙

| spun | spoon up soup——舀湯 |

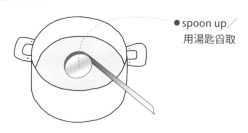

- spoon up／
  用湯匙舀取

spoon up soup（用湯匙舀湯）

---

spoon up（用湯匙舀取）的相似用法

1 挖冰淇淋

ice cream [aɪs krim]
（冰淇淋）

- scoop
  [skup]
  挖取

scoop a ball of ice cream（挖一球冰淇淋）

- a ball of... ／一球…

---

2 取水

water [`wɔtɚ]（水）

● scoop [skup]
撈取

scoop water with hands（用手撈取水）

● with＋某物／利用某物為工具
● hand [hænd] 手

補充：Goldfish scooping（撈金魚）

Goldfish
[`gold͵fɪʃ]
（金魚）

pool
[pul]
（水槽）

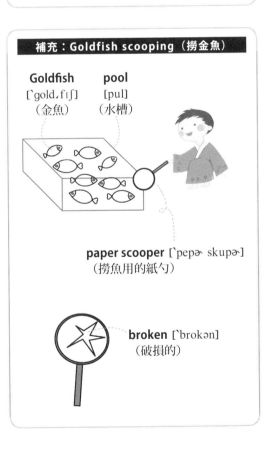

paper scooper [`pepɚ skupɚ]
（撈魚用的紙勺）

broken [`brokən]
（破損的）

【說明】**撈金魚**（Goldfish scooping [`gold͵fɪʃ skupɪŋ]）是源自日本的一種遊戲，在台灣的**夜市**（night market [naɪt `mɑrkɪt]）也常會看到。遊戲時要用薄紙所糊的**撈魚勺**（paper scooper [`pepɚ skupɚ]）來**撈取**（scoop [skup]）水槽的金魚。

叉子

fork
[fɔrk]

一支**叉子**：a fork

● fork／叉子

| rol | roll up spaghetti——捲義大利麵 |

● roll up [rol ʌp]
捲起

spaghetti
[spə`gɛtɪ]
（義大利麵）

| stæb | stab fruit with a fork——用叉子插水果 |

● with＋某物／用某物為工具

插入叉子

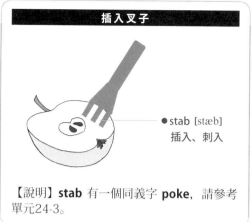

● stab [stæb]
插入、刺入

【說明】stab 有一個同義字 poke，請參考單元24-3。

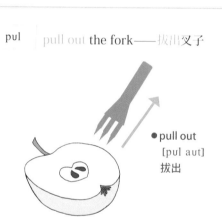

pull out the fork——拔出叉子

● pull out
[pul aut]
拔出

各種杯子

● 玻璃杯：glass [glæs]

● 馬克杯：mug [mʌg]

● 啤酒杯：beer mug
[bɪr mʌg]

● 清酒杯：sake glass
[sɑ`ke glæs]

● 茶杯：teacup
[`tiˌkʌp]

● 高腳杯：goblet
[`gɑblɪt]

6　　　　　　　MP3 24-06

杯子　　cup
[kʌp]

一個**杯子**：a cup

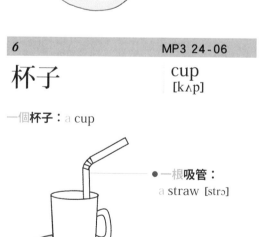

● 一根**吸管**：
a straw [strɔ]

● **杯墊**：coaster
[`kostə]

hold hold a cup——拿杯子

● hold [hold]
拿著

drɪŋk drink water——喝水

● with a straw／用吸管

water [`wɔtɚ] 水

drink water **with a straw**（用吸管喝水）
drink cola **with a straw**（用吸管喝可樂）
● drink A with B／用 B 來喝 A
● cola [`kolə] 可樂

插入吸管

straw [strɔ]（吸管）

● put [put] 放置

bottle [`batl]（瓶子）

put **a straw** in **the bottle**（把吸管放入瓶子）
● put A in B／把 A 放入 B

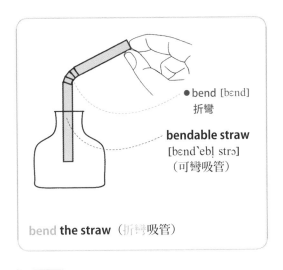

● bend [bɛnd]
折彎

bendable straw
[bɛnd`ebl strɔ]
（可彎吸管）

bend **the straw**（折彎吸管）

set set on the coaster——放在杯墊上

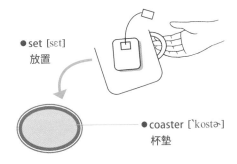

● set [sɛt]
放置

● coaster [`kostɚ]
杯墊

drɪŋk drink up the water in the cup——
喝光杯子裡的水

drink
（喝）

drink up
（喝光、飲盡）

por	pour water——倒水

• coffee [`kɔfı]
咖啡

• pour into... ／倒入…

pour water into the cup（倒水到杯子裡）

pour coffee into the cup（倒咖啡到杯子裡）

● pour A into B／倒 A 到 B 裡面

1
MP3 25-01

船 ship（大型船艦）／boat（小型船隻）
[ʃɪp]　　　　　　[bot]

一艘船：a ship

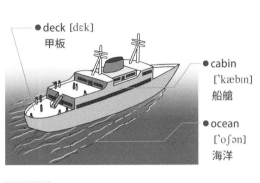

● sail [sel]
船帆

● deck [dɛk]
甲板

● cabin
[`kæbɪn]
船艙

● ocean
[`oʃən]
海洋

`loɚ　lower the sail——降下船帆

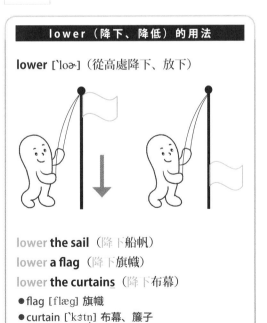

lower（降下、降低）的用法

lower [`loɚ]（從高處降下、放下）

lower the sail（降下船帆）
lower a flag（降下旗幟）
lower the curtains（降下布幕）
● flag [flæg] 旗幟
● curtain [`kɝtṇ] 布幕、簾子

tek　take a ship——乘船

life preserver：救生圈

throw out [θro aut]（丟出）

● life preserver
[laɪf prɪ`zɝvɚ]
救生圈

throw out a life preserver（丟出救生圈）

● wear [wɛr]
套上、穿上

wear a life preserver（套上救生圈）

● hold [hold]
用手抓住

hold a life preserver（抓握住救生圈）

rez　raise the sail——揚起船帆

raise（揚起、升起）的用法

raise [rez]（揚起、升起）

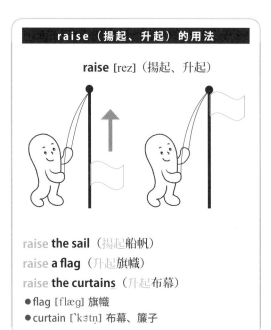

raise **the sail**（揚起船帆）
raise **a flag**（升起旗幟）
raise **the curtains**（升起布幕）
- flag [flæg] 旗幟
- curtain [`kɜtn] 布幕、簾子

`ɛntɚ | ships enter the port——船隻入港
- port [port] 港口

liv | ships leave the port——船隻出港

港口

sea gull [si gʌl]（海鷗）

port [port]
（港口）

lighthouse
[`laɪtˌhaus]（燈塔）

飛機   airplane／plane
[`ɛrˌplen]   [plen]

wet | wait for one's flight——等飛機
- flight [flaɪt] 班機

"飛機" 外觀

forepart   **center**   **back**
[`forˌpart]   [`sɛntɚ]   [bæk]
（前段） （中段） （後段）

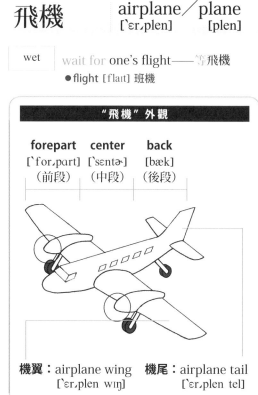

機翼：airplane wing   機尾：airplane tail
[`ɛrˌplen wɪŋ]     [`ɛrˌplen tel]

搭飛機的相關字

- airport
  [`ɛrˌport]
  機場

- luggage
  [`lʌgɪdʒ]
  行李

護照：passport [ˈpæsˌport]

機票：flight ticket [flaɪt ˈtɪkɪt]

簽證：visa [ˈvizə]

登機證：boarding pass [ˈbordɪŋ pæs]

機艙

機艙：cabin [ˈkæbɪn] ＝class [klæs]

經濟艙：economy class
[ɪˈkɑnəmɪ klæs]

商務艙：business class
[ˈbɪznɪs klæs]

頭等艙：first class
[fɝst klæs]

機位

機位：plane seat [plen sit]

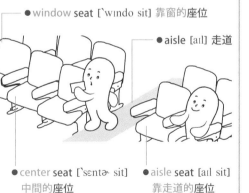

- window seat [ˈwɪndo sit] 靠窗的座位
- aisle [aɪl] 走道
- center seat [ˈsɛntɚ sit] 中間的座位
- aisle seat [aɪl sit] 靠走道的座位

ˈɛrˌsɪk　be airsick——暈機

補充：搭乘交通工具暈眩

- dizzy [ˈdɪzɪ] 頭暈的

be **carsick** [ˈkɑrˌsɪk]（暈車）

be **seasick** [ˈsiˌsɪk]（暈船）

be **airsick** [ˈɛrˌsɪk]（暈機）

lʊk　look for one's plane seat——找機位

倒下椅背・回復椅背

- lean back [lin bæk] 向後傾斜

lean back **one's seat**
（向後傾斜椅子＝倒下椅背）

- reposition [ˌripəˈzɪʃən] 回復

reposition **one's seat**
（回復椅子＝回復椅背）

tek　take an airplane——搭乘飛機

---

2 飛機　船 飛機

直達航班

- direct flight [dəˋrɛkt flaɪt] 直達航班

Taipei → **New York**

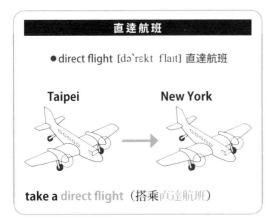

take a direct flight（搭乘直達航班）

轉機

- transfer [trænsˋfɝ] 轉機

Taipei **New York**

Hong Kong

- transfer [trænsˋfɝ] 轉機

Taipei **New York**

Hong Kong

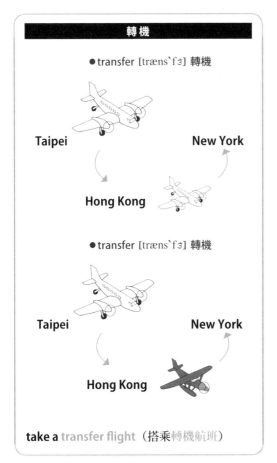

take a transfer flight（搭乘轉機航班）

gɛt | get off a plane——下飛機

teks | an airplane takes off——飛機起飛
（原形：take off）

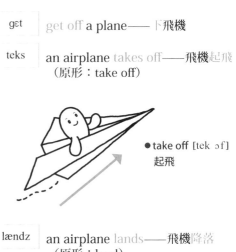

- take off [tek ɔf]
起飛

lændz | an airplane lands——飛機降落
（原形：land）

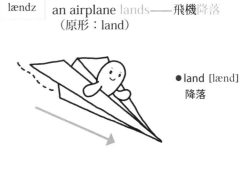

- land [lænd]
降落

1　MP3 26-01

項鍊

necklace
[ˋnɛklɪs]

strɪŋ　string up a necklace──串項鍊

thread：穿線

thread [θrɛd]（穿線）

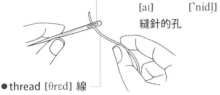

● eye of the needle
　[aɪ]　　　[ˋnidl]
　縫針的孔

● thread [θrɛd] 線

thread **a needle**（將線穿入縫針孔）

tek　take off a necklace──取下項鍊

● take off／取下

— take off（取下、拿下）的其他用法 —

take off **a watch**（取下手錶）
take off **a bracelet**（取下手環）

● take off＋某物／取下某物
● watch [wɑtʃ] 手錶
● bracelet [ˋbreslɪt] 手環

put　put on a necklace──戴項鍊

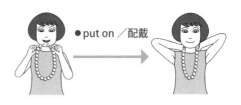

● put on ／配戴

put on（配戴）的相似用法

put on **earrings**（戴耳環）
put on **a bracelet**（戴手鐲）
● earring [ˋɪrˏrɪŋ] 耳環

● put on＋某物／配戴某物

2　MP3 26-02

戒指

ring
[rɪŋ]

單戒 · 對戒

一只**戒指**：a ring
一對**戒指**：a pair [pɛr] of rings

戒指鬆（loose）· 戒指緊（tight）

loose [lus]
（鬆的）

tight [taɪt]
（緊的）

The ring is too loose.　The ring is too tight.
（戒指太鬆）　　　　（戒指太緊）

remove **the ring**——拔下戒指

- remove [rɪ`muv] 拔除

can't remove：拔不下來

- too tight／太緊

can't remove the ring（戒指拔不下來）

can't remove the USB cord
（USB線拔不下來）

- can't [kænt] 無法…，是 cannot [`kænɑt] 的縮寫
- USB cord [kɔrd] USB 連接線

ri`siv

receive **the wedding ring**——收下婚戒

贈送（give）・收下（receive）

- give [gɪv] 贈送

gift
[gɪft]
（禮物）

give a gift（送禮）

- receive [rɪ`siv] 接受

receive a gift（收禮）

put on **a ring**——戴入戒指

- put on／戴上

put on the ring for one's lover
（為情人戴上戒指）

- lover [`lʌvə] 情人
- for＋某人／為了某人

prə`poz

propose **with a ring**——用戒指求婚

- wedding ring
  [`wɛdɪŋ rɪŋ]
  婚戒

propose [prə`poz]（求婚）

- with＋某物／用某物為工具

---

3   MP3 26-03

耳環

earring
[`ɪrˌɪŋ]

耳環 的計算量詞

一隻耳環：an earring

一副耳環：a pair of earrings
　　　　　　　[pɛr]

單邊耳環：one side of earrings
　　　　　　　[saɪd]

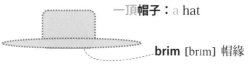

一頂**帽子**：a hat

brim [brɪm] 帽緣

耳環的耳針（stud）

go through
[go θru]
（穿過）

can't go through
[kænt go θru]
（穿不過）

The stud goes through **the piercing.**
（耳針穿過耳洞）

The stud can't go through **the piercing.**
（耳針穿不過耳洞）

- go through／穿過、通過
- can't go through／無法穿過、無法通過
- stud [stʌd] 耳針
- piercing [`pɪrsɪŋ] 耳洞

【說明】**go** 的動詞三態是不規則變化，分別是 **go** [go]（現）、**went** [wɛnt]（過）、**gone** [gɔn]。而上述句中的 **goes** [goz]（過分），則是 go 在主詞是第三人稱單數現在式的寫法。

---

put | put on earrings──戴上耳環

wɛr | wear only one earring──只戴著單邊耳環

- only [`onlɪ] 只、僅僅

帽子的功能

cover **one's face**
（遮臉）

block **the sun**
（遮陽）

wear a hat to **cover one's face**
（戴帽子蓋住臉）

wear a hat to **block the sun**
（戴帽子擋太陽）

- wear＋某物＋to... ／穿戴某物，為了…
- wear [wɛr] 穿戴
- cover [`kʌvɚ] 遮蔽
- face [fes] 臉
- block [blɑk] 阻擋
- sun [sʌn] 太陽

---

put | put on a hat──戴上帽子

- put on／戴上

斜戴帽子

- tilt [tɪlt] 使傾斜

tilt the hat（斜戴帽子）

---

4 MP3 26-04

帽子

hat ／ cap
[hæt]　[kæp]

【說明】

hat [hæt] 指有帽緣的帽子，而 **cap** [kæp] 指**沒有帽緣的帽子，類似棒球帽、鴨舌帽**。

tek　take off the hat——脫下帽子

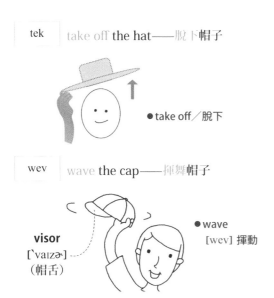

●take off／脫下

wev　wave the cap——揮舞帽子

visor
[ˋvaɪzɚ]
(帽舌)
●wave
[wev] 揮動

take off the cap and **wave it**（脫下帽子揮舞）

●動詞＋and＋動詞／…並…

【說明】**it** [ɪt] 是**代名詞**，用來表示前面已提及的事物。

5　MP3 26-05

圍巾　scarf [skɑrf]

各種保暖配件

●yarn hat
[jɑrn hæt]
毛線帽
●jacket
[ˋdʒækɪt]
外套
●trousers
[ˋtraʊzɚz]
長褲
●glove
[glʌv]
手套

ræp　wrap a scarf——圍上圍巾

wrap：圍繞、包覆

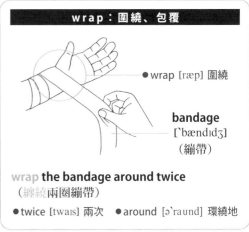

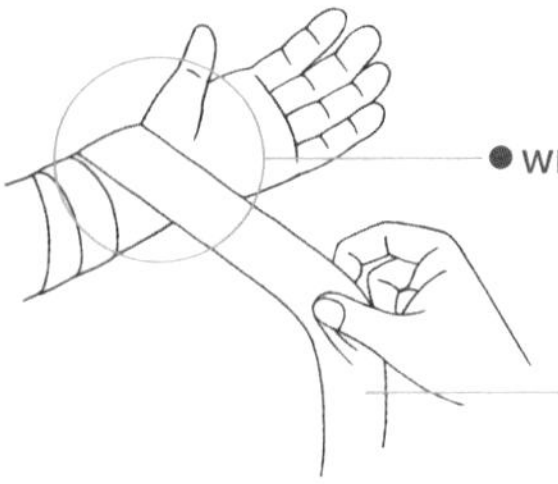
●wrap [ræp] 圍繞
bandage
[ˋbændɪdʒ]
(繃帶)

wrap **the bandage around twice**
（纏繞兩圈繃帶）

●twice [twaɪs] 兩次　●around [əˋraʊnd] 環繞地

6　MP3 26-06

手套　glove [glʌv]

tek　take off the gloves——脫下手套

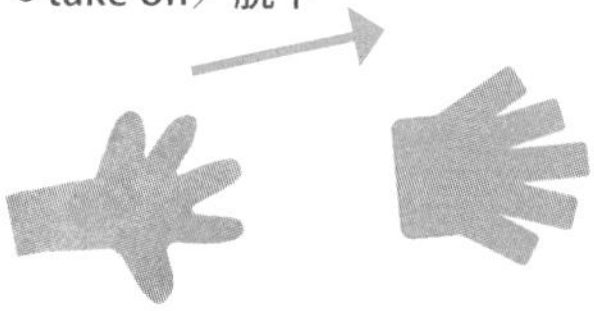
●take off／脫下

put　put on the gloves——戴上手套

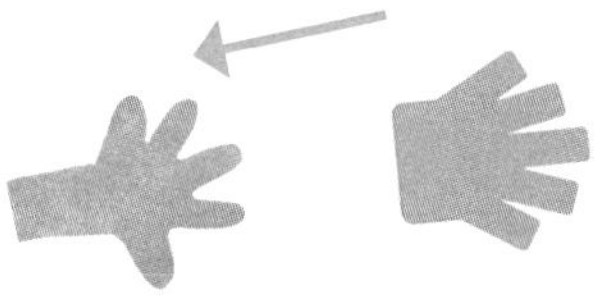
●put on／戴入

kip　keep both hands warm with gloves
——用手套保暖雙手

●both [boθ] 兩個都…
●hand [hænd] 手

keep...warm：保溫

- coffee pot [ˈkɔfɪ pɑt] 咖啡壺

keep coffee warm with a coffee pot
（用咖啡壺保溫咖啡）

keep food warm with an electric pot
（用電鍋保溫食物）

- keep 某物 warm＋with... ／用…保溫某物
- coffee [ˈkɔfɪ] 咖啡　　●food [fud] 食物
- electric pot [ɪˈlɛktrɪk pɑt] 電鍋

7　　　　　　　　　　MP3 26-07

皮帶

belt
[bɛlt]

θru　　put through the belt loop——穿過褲環

belt loop：褲子的褲環

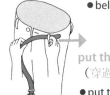

- belt loop [bɛlt lup] 褲環

put through the belt loop
（穿過褲環）

- put through... ／穿過…

take off through the belt loop（經由褲環拿下來）

- take off through... ／經由…拿下來

---

put　　put on the belt——繫上皮帶

"緊緊的" 繫著

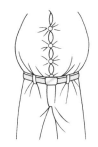

- tight [taɪt] 緊的

put the belt on tightly
（將皮帶緊緊地繫著）

tight　　v.s.　　tightly
（緊的）　　　　（緊緊地）

【說明】**tight** 是形容詞，字尾加上 **ly** 時就成為副詞 **tightly**。而副詞可用於修飾動詞。

ˈlusn　　loosen the belt——鬆開皮帶

pʌntʃ　　punch holes——打穿洞孔

hole：皮帶穿孔

- hole [hol] 洞孔

punch holes in a belt（在皮帶上打洞）

- punch holes in... ／在…打洞

---

tie **a necktie for one's husband**
（幫老公打上領帶）

●husband [ˋhʌzbənd] 老公

補充：～的方法

打領帶的方法： the way to tie a necktie

煮義大利麵的方法： the way to cook spaghetti

●the way to... ／…的方法
●way [we] 方法
●cook [kʊk] 烹煮
●spaghetti [spəˋgɛtɪ] 義大利麵

補充：縫針孔・耳洞

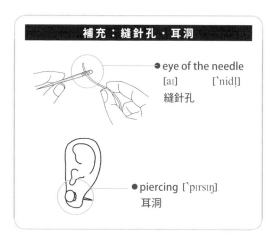

●eye of the needle
 [aɪ]　　[ˋnidl]
 縫針孔

●piercing [ˋpɪrsɪŋ]
 耳洞

8　　　　　　　　　　MP3 26-08

領帶　　necktie
[ˋnɛkˏtaɪ]

tek　take off the necktie——拿下領帶

---

tie pin：領帶夾

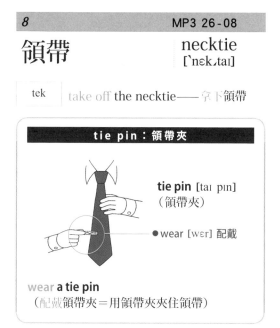

tie pin [taɪ pɪn]
（領帶夾）

●wear [wɛr] 配戴

wear **a tie pin**
（配戴領帶夾＝用領帶夾夾住領帶）

---

taɪ　tie a necktie——打上領帶

●tie [taɪ] 繫上、打上

"套入" 領帶

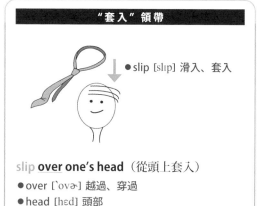

●slip [slɪp] 滑入、套入

slip **over one's head**（從頭上套入）
●over [ˋovə] 越過、穿過
●head [hɛd] 頭部

9　　　　　　　　　　MP3 26-09

眼鏡　　glasses
[ˋglæsɪz]

一副眼鏡：a pair [pɛr] of glasses

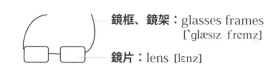

鏡框、鏡架：glasses frames
　　　　　　 [ˋglæsɪz fremz]
鏡片：lens [lɛnz]

補充：frame（框架）的用法

● the frame of a racket
[frem]　　　[`rækɪt]
球拍的外框

● digital photo frame
[`dɪdʒɪtl `foto frem]
數位相框

各種眼鏡

近視眼鏡：nearsightedness glasses
[`nɪr`saɪtɪdnɪs `glæsɪz]

老花眼鏡：presbyopia glasses
[ˌprɛzbɪ`opɪə `glæsɪz]

放入眼鏡‧拿出眼鏡

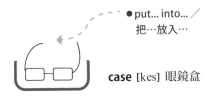

● put... into... ／
把…放入…

case [kes] 眼鏡盒

put the glasses into the case
（把眼鏡放入眼鏡盒）
● put A into B ／把 A 放入 B

● take... out of... ／
從…拿出…

take the glasses out of the case
（從眼鏡盒拿出眼鏡）
● take A out of B ／把 A 從 B 拿出來

---

waɪp	wipe the glasses——擦拭眼鏡
tek	take off the sunglasses——拿下太陽眼鏡

　　● sunglasses [`sʌnˌglæsɪz] 太陽眼鏡

put	put on the glasses——戴上眼鏡

10　　　　　　　　　　　　MP3 26-10

隱形眼鏡　contact lens
[`kɑntækt lɛnz]

---

disposable：拋棄式的

● disposable [dɪ`spozəbl] 拋棄式的

disposable contact lenses
（拋棄式隱形眼鏡）
disposable chopsticks（免洗筷子）
disposable paper cup（免洗紙杯）

● chopstick [`tʃɑpˌstɪk] 筷子
● paper cup [`pepɚ kʌp] 紙杯

配戴隱形眼鏡3步驟

1

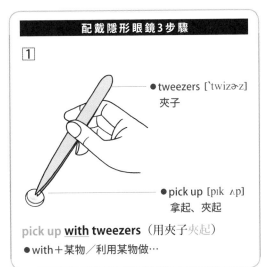

● tweezers [`twizɚz]
夾子

● pick up [pɪk ʌp]
拿起、夾起

pick up with tweezers（用夾子夾起）
● with＋某物／利用某物做…

2

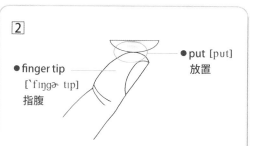

- put [put] 放置
- finger tip
  [`fɪŋgə tɪp]
  指腹

put a contact lens on one's finger tip
（把隱形眼鏡放在指腹上）

- on＋名詞／在…之上

3

put in contact lenses（戴上隱形眼鏡）

- put in [put ɪn] 配戴、戴上

補充說明：put...on

- sashimi [sɑ`ʃimɪ]
  生魚

- put [put] 放置

put the sashimi on the vinegar rice
（把生魚放在醋飯上）

- put A on B／把 A 放在 B 之上
- vinegar [`vɪnɪgə] 醋　　- rice [raɪs] 米飯

用"手指"搓洗

- scrub [skrʌb]
  搓洗

scrub with a finger（用手指搓洗）

介係詞"with"的用法

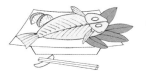

- chopstick
  [`tʃɑp,stɪk]
  筷子

eat with chopsticks（用筷子吃）
cut with a knife（用刀子切）
stab with a fork（用叉子叉）

- eat [it] 吃
- cut [kʌt] 切
- stab [stæb] 刺、戳、叉
- knife [naɪf] 刀子
- fork [fɔrk] 叉子

| rɪns | rinse the contact lenses——清洗隱形眼鏡 |

用"生理食鹽水"清洗

rinse with saline solution
（用生理食鹽水清洗）
rinse with salt water（用鹽水清洗）

- with＋某物／利用某物做…
- saline solution [`selin sə`luʃən] 生理食鹽水
- salt water [sɔlt `wɔtə] 鹽水

| rɪp | rip a contact lens——弄破隱形眼鏡 |
| faɪnd | can't find contact lenses——找不到隱形眼鏡 |

- can't [kænt] 無法、不能夠，是 cannot 的縮寫

| put | put in contact lenses——戴上隱形眼鏡 |
| `stɛrə,laɪz | sterilize contact lenses——消毒隱形眼鏡 |

umbrella
[ʌmˋbrɛlə]

● an umbrella／一把傘

| hold |

hold <u>an</u> umbrella——撐傘

替某人撐傘

hold an umbrella for someone
（替某人撐傘）

hold an umbrella for one's girlfriend
（替女朋友撐傘）

● for＋某人／替某人、為了某人

● girlfriend
[ˋgɝlˏfrɛnd]
女朋友

共撐一把傘

share <u>an</u> umbrella（共同撐一把傘）

● share [ʃɛr] 共同使用

被淋濕：be soaked

The body is soaked by the rain.
（身體被雨水淋濕）

● be 動詞＋動詞過去分詞（soaked）／被…
● by＋某物／被某物、經由某物
● body [ˋbɑdɪ] 身體
● soak [sok] 浸濕
● rain [ren] 雨、雨水

傘被風吹翻

● wind [wɪnd] 風勢

● inside-out
[ˋɪnˏsaɪd aʊt]
內外翻轉地

The wind blows the umbrella inside-out.
（風把傘吹成內外翻轉地＝傘被風吹翻）

● blows [bloz] 吹，blow [blo] 的第三人稱單數
　現在式

| fold |

fold up the umbrella——闔起傘

● fold up [fold ʌp] 闔起、收起

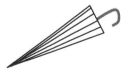

| blɑk |

block the rain——擋雨

block the sun：遮陽

● block [blɑk] 遮蔽

block the sun with an umbrella
（用傘遮陽）

block the sun with a hat
（戴帽子遮陽）

● sun [sʌn] 太陽
● hat [hæt] 帽子

---

put | put the umbrella into the bag——
把傘裝入傘套

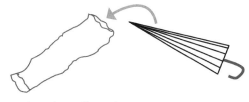

● put...into... ／把…裝入…

● bag [bæg] 袋子、套子

1　　　　　　　　MP3 27-01

化妝水

toner
[ˈtonɚ]

常見美容保養品

乳液：lotion [ˈloʃən]

眼霜：eye cream [aɪ krim]

護手霜：hand cream [hænd krim]

隔離霜：makeup base [ˈmekˌʌp bes]

防曬乳：sunblock [sʌnblɑk]

精華液：essence fluid [ˈɛsn̩s ˈfluɪd]

去角質霜：exfoliation cream
[ɛksˌfoliˈeʃən krim]

一瓶化妝水：a bottle of toner

● a bottle [ˈbɑtl̩] of... ／一瓶…

por｜　pour toner out——倒出化妝水

● pour [por] 倒

● facial puff
　[ˈfeʃəl pʌf]
　化妝棉

pour toner out on the facial puff
（倒出化妝水在化妝棉上）

● on＋…／在…之上

（續上）介係詞 "on" 的用法

on＋位置、地點：在某地點、在某位置

pour toner out on the palm
（化妝水倒在手掌）

● palm [pɑm] 手掌

write on the paper（在紙上寫字）

● write [raɪt] 寫

● paper [ˈpepɚ] 紙張

---

dæb｜ dab on the face——輕拍在臉上
● face [fes] 臉

輕拍化妝水

● dab [dæb] 輕拍

dab toner on the face（輕拍化妝水在臉上）

● on＋某處／在某處上

---

dab（輕拍、輕觸）的其他用法

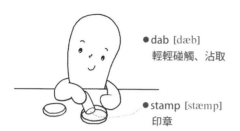

- dab [dæb]
  輕輕碰觸、沾取
- stamp [stæmp]
  印章

dab stamp on the inkpad（將印章沾取印泥）
- dab A on B／把A沾在B上
- inkpad [ˋɪŋk͵pæt] 印泥

| əˋplaɪ | apply on the face——擦在臉上 |

apply：塗、擦

- apply [əˋplaɪ]
  塗抹
- wound [wʊnd]
  傷口

apply the ointment to the wound
（塗抹藥膏到傷口上）
- ointment [ˋɔɪntmənt] 藥膏
- to...／往…、到…

| ˋopən | open the lid of the toner——打開化妝水的瓶蓋 |

- the lid of...／…的蓋子
- lid [lɪd] 蓋子

| kloz | close the lid of the toner——蓋上化妝水的瓶蓋 |

---

open（打開）・close（蓋上）

- open／打開
- close／蓋上

- lid [lɪd] 蓋子

open／close the face cream lid
（打開／蓋上臉霜的蓋子）
open／close the trash can lid
（打開／蓋上垃圾桶蓋）
- face cream [fes krim] 臉霜
- trash can [træʃ kæn] 垃圾桶

| spre | spray on the face——噴在臉上 |

化妝水

- spray／噴
- on the face／
  在臉上

---

2   **MP3 27-02**

乳液、乳霜   lotion、cream
                     [ˋloʃən]   [krim]

一坨**乳液**：a dab of lotion

一盎司**乳液**：an ounce of lotion

乳液

- ounce [aʊns] 盎司

- dab [dæb] 一小坨

---

skup	scoop out cream with a finger——用手指挖出乳霜

- scoop out／挖出
- finger [`fɪŋɡɚ] 手指

skwiz	squeeze out lotion——擠出乳液

squeeze out（擠出）

toothpaste [tuθpest] 牙膏

- squeeze out [skwiz aut] 擠出

squeeze out **toothpaste**（擠出牙膏）
squeeze out **makeup base**（擠出隔離霜）

- makeup base [`mek⹁ʌp bes] 隔離霜

prɛs	press the nozzle head of the lotion——壓乳液的噴嘴頭

- press [prɛs] 壓

乳液

- nozzle head [`nɑzl̩ hɛd] 噴嘴頭

ə`plaɪ	apply lotion——塗抹乳液

塗抹（apply）美容用品

apply **pre-makeup lotion**（塗抹妝前乳）
apply **sunblock**（塗抹防曬乳）

- pre-makeup [pri`mek⹁ʌp] 化妝前的
- sunblock [sʌnblɑk] 防曬乳

不塗抹・均勻塗抹

- don't apply／不塗抹
- apply evenly／均勻地塗抹

apply　v.s.　don't **apply**
（肯定・塗抹）　　（否定・不塗抹）

apply **lotion** evenly（均勻塗抹乳液）

- evenly [`ivənlɪ] 均勻地

防曬乳　　sunblock
[sʌnblɑk]

⹁riə`plaɪ	reapply sunblock——補擦防曬乳

- apply／擦
- reapply／補擦

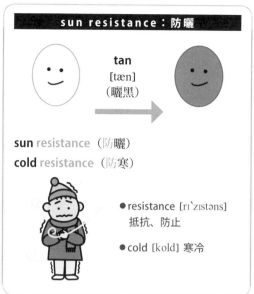

sun resistance：防曬

tan
[tæn]
（曬黑）

sun resistance （防曬）

cold resistance （防寒）

- resistance [rɪ`zɪstəns]
  抵抗、防止

- cold [kold] 寒冷

---

4   MP3 27-04

粉底

foundation
[faʊn`deʃən]

rɪ`muv   remove foundation——卸除粉底

remove：卸除各種彩妝品

remove eye shadow （卸除眼影）

remove mascara （卸除睫毛膏）

remove lipstick （卸除口紅）

- eye shadow [aɪ `ʃædo] 眼影
- mascara [mæs`kærə] 睫毛膏
- lipstick [`lɪp‚stɪk] 口紅

dæb   dab in the foundation——沾取粉底

---

dab：沾取

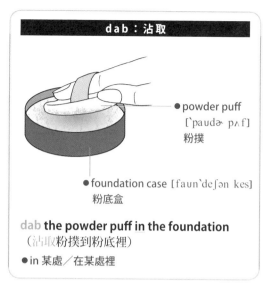

- powder puff
  [`paʊdɚ pʌf]
  粉撲

- foundation case [faʊn`deʃən kes]
  粉底盒

dab the powder puff in the foundation
（沾取粉撲到粉底裡）

- in 某處／在某處裡

open   open the foundation case——打開
`opən   粉底盒

kloz   close the foundation case——關上
                      粉底盒

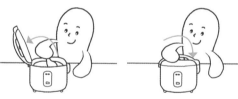

- open／打開   - close／關上

補充：蜜粉（loose powder）

- loose powder [lus `paʊdɚ] 蜜粉

apply loose powder last
（在最後擦上蜜粉＝用蜜粉定妝）

- apply [ə`plaɪ] 塗擦在表面上
- last [læst] 最後地

| ə`plaɪ | apply makeup <u>with</u> foundation——用粉底上妝 |
| ˌriə`plaɪ | reapply makeup <u>with</u> foundation ——用粉底補妝 |

5 MP3 27-05

眉筆
eyebrow pencil
[`aɪˌbraʊ `pɛnsl̩]

| drɔ | draw eyebrows——畫眉毛 |

用眉筆

- eyebrow [`aɪˌbraʊ] 眉毛
- draw／畫

draw with an eyebrow pencil（用眉筆畫）

- with... ／用…作為工具

| twɪst | twist out the filler——轉出筆蕊 |

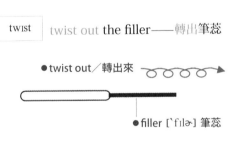

- twist out／轉出來
- filler [`fɪlɚ] 筆蕊

| twɪst | twist back the filler——轉回筆蕊 |

- twist back／轉回去

6 MP3 27-06

眼影
eye shadow
[aɪ `ʃædo]

眼睛四周部位圖

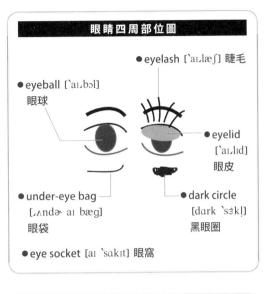

- eyelash [`aɪˌlæʃ] 睫毛
- eyeball [`aɪˌbɔl] 眼球
- eyelid [`aɪˌlɪd] 眼皮
- under-eye bag [ˌʌndɚ aɪ bæg] 眼袋
- dark circle [dɑrk `sɝkl̩] 黑眼圈
- eye socket [aɪ `sɑkɪt] 眼窩

補充：畫眼線

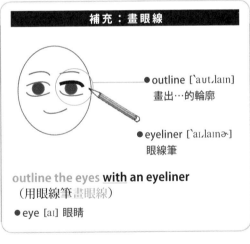

- outline [`aʊtˌlaɪn] 畫出…的輪廓
- eyeliner [`aɪˌlaɪnɚ] 眼線筆

outline the eyes <u>with</u> an eyeliner
（用眼線筆畫眼線）

- eye [aɪ] 眼睛

| ə`plaɪ | apply eye shadow——塗抹眼影 |

275

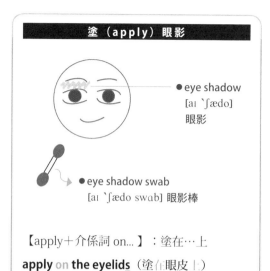

塗（apply）眼影

- eye shadow
  [aɪ `ʃædo]
  眼影

- eye shadow swab
  [aɪ `ʃædo swɑb] 眼影棒

【apply＋介係詞 on... 】：塗在…上

apply on the eyelids（塗在眼皮上）
apply on eye sockets（塗在眼窩上）

【apply＋介係詞 with... 】：用…塗

apply with an eye shadow swab
（用眼影棒塗）

7　　　　　　　　MP3 27-07

睫毛膏　mascara
　　　　　　　[mæs`kærə]

睫毛膏 "暈染"

- running mascara
  [`rʌnɪŋ mæs`kærə]
  暈染的睫毛膏

【補充說明】

- running [`rʌnɪŋ] 液體溶出的、暈開的
- waterproof mascara [`wɔtɚˌpruf mæs`kærə]
  防水睫毛膏

---

drɔ　draw out the mascara brush——抽出睫毛刷

- mascara brush
  [mæs`kærə brʌʃ]
  睫毛刷

- draw out
  [drɔ aut]
  抽出

put　put back the mascara brush——收回睫毛刷

- put back [put bæk]
  收回、放回

əˈplaɪ　apply mascara——擦睫毛膏

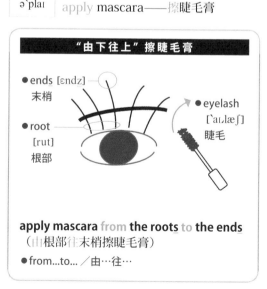

"由下往上" 擦睫毛膏

- ends [ɛndz]
  末梢

- root
  [rut]
  根部

- eyelash
  [`aɪˌlæʃ]
  睫毛

apply mascara from the roots to the ends
（由根部往末梢擦睫毛膏）

- from...to... ／由…往…

"Z字型"擦睫毛膏

- zigzag [ˋzɪgzæg]
  Z字形、之字形、鋸齒形

apply in a zigzag way
（以 Z 字形的方式塗擦）

- apply [əˋplaɪ] 塗擦
- way [we] 方式
- in a...way／以…的方式

夾捲（curl）睫毛

夾捲**睫毛**：curl eyelashes

- curl [kɝl]
  夾捲、使彎曲
- eyelash curler
  [ˋaɪ͵læʃ ˋkɝlɚ]
  睫毛夾

curl eyelashes with an eyelash curler
（用睫毛夾夾捲睫毛）

8

MP3 27-08

腮紅　blush
[blʌʃ]

| dæb | dab in the blush——沾取腮紅 |

用手指沾取

- dab [dæb]
  沾取

dab a finger in the blush（用手指沾取腮紅）
- finger [ˋfɪŋgɚ] 手指
- dab 某物 in 某處／沾取某物到某處裡

| sprɛd | spread blush evenly——推勻腮紅 |

用手指推勻

- spread [sprɛd]
  推開

spread blush evenly with a finger
（用手指推勻腮紅）
- evenly [ˋivənlɪ] 均勻地

| əˋplaɪ | apply blush——上腮紅 |

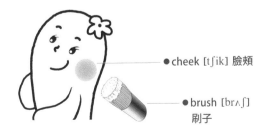

- cheek [tʃik] 臉頰
- brush [brʌʃ]
  刷子

口紅　lipstick
[ˋlɪpˏstɪk]

一支**口紅**：a tube [tjub] of lipstick

過多的**口紅**：
excess lipstick
[ɪkˋsɛs ˋlɪpˏstɪk]

ə`plaɪ　apply lipstick——擦口紅

● apply／擦

● reapply／補擦

waɪp　wipe off lipstick——擦掉口紅

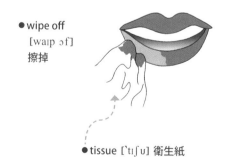

● wipe off
[waɪp ɔf]
擦掉

● tissue [ˋtɪʃu] 衛生紙

香水　perfume
[ˋpɝfjum]

smɛl　smell the fragrance——聞香味

● fragrance [ˋfregrəns] 香味

● smell／聞

Mmm.... It smells so nice!（嗯～好香！）

● so [so] 非常、很，so 是形容程度的副詞
● nice [naɪs] 極好的

ə`plaɪ　apply perfume——擦香水

spre　spray perfume——噴灑香水

噴在腋下

● spray [spre] 噴灑

香水

spray on the neck（噴灑在脖子）
spray on the armpit（噴灑在腋下）

● spray on 某處／噴灑在某處上
● neck [nɛk] 脖子
● armpit [ˋarmˏpɪt] 腋下

1 　　　　　　　　　　　MP3 28-01

梳子 comb（扁梳）/ hairbrush（髮刷）
[kom] [ˋhɛrˌbrʌʃ]

一把**梳子**：a comb

| kom | comb hair——梳頭髮 |

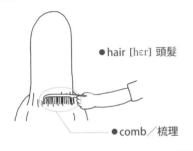

●hair [hɛr] 頭髮

●comb／梳理

髮線：parting line

●parting line
[ˋpɑrtɪŋ laɪn] 髮線

●part [pɑrt] 使分開

part the hair（分開頭髮＝劃分出髮線）

| klin | clean the hair off the comb——清除梳子上的頭髮 |

●hair／頭髮

●clean...off... /
從…清除下…

打結的頭髮：tangled hair

●tangled [ˋtæŋgḷd]
打結的

tangled hair（打結的頭髮）
tangled thread（打結的線）

●thread [θrɛd] 線

2 　　　　　　　　　　　MP3 28-02

吹風機 hair dryer
[hɛr ˋdraɪɚ]

| draɪ | dry one's hair——弄乾頭髮 |

●hair dryer／
吹風機

●dry [draɪ] 弄乾

| tɝn | turn off the hair dryer——關掉吹風機 |

turn off：關閉電源或開關

turn off the power source（關電源）
turn off the air conditioner（關冷氣）
turn off the light（關燈）

●power source [ˋpauɚ sors] 電源
●air conditioner [ɛr kənˋdɪʃənɚ] 冷氣
●light [laɪt] 燈、燈光

tɜn　turn on the hair dryer——打開吹風機

> **turn on：開啟電源或開關**
>
> turn on **the power source**（開電源）
> turn on **the air conditioner**（開冷氣）
> turn on **the light**（開燈）

吹熱風・吹冷風

● blow-dry
　[ˋbloˏdraɪ]
　用吹風機吹乾

blow-dry hair with hot air
（用吹風機的熱風吹乾頭髮）

blow-dry hair with cool air
（用吹風機的冷風吹乾頭髮）

● hot [hɑt] 熱的
● cool [kul] 涼的、冷的
● air [ɛr] 風

調大風量・調小風量

strengthen
[ˋstrɛŋθən]
（增強）

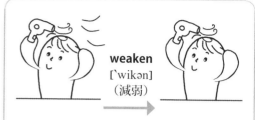

weaken
[ˋwikən]
（減弱）

strengthen **the air amount**
（調大吹風機的風量）

weaken **the air amount**
（調小吹風機的風量）

● amount [əˋmaʊnt] 總量

3　　　　　　　　　　　MP3 28-03

髮捲　hair curler
　　　　　[hɛr ˋkɝlɚ]

kɝl　curl one's hair with a curler——捲
　　　上髮捲、用髮捲捲頭髮

● curl [kɝl] 捲

tek　take out hair curlers——拆下髮捲

fɪks　fix with a bobby pin——用髮夾固定
　　　● bobby pin [ˋbɑbɪ pɪn] 髮夾

3 塗抹：rub [rʌb]

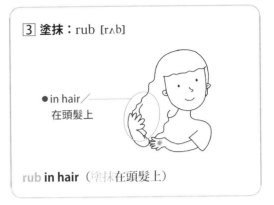

● in hair／
在頭髮上

rub **in hair**（塗抹在頭髮上）

4　MP3 28-04

髮蠟

hair wax
[hɛr wæks]

skʌlpt　sculpt hair with hair wax——用髮蠟造型

"塗抹髮蠟" 3步驟

1 挖取：scoop [skup]

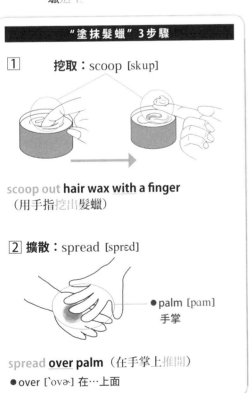

scoop out **hair wax with a finger**
（用手指挖出髮蠟）

2 擴散：spread [sprɛd]

● palm [pɑm]
手掌

spread **over palm**（在手掌上推開）
● over [ˋovɚ] 在…上面

5　MP3 28-05

泡沫慕思

mousse
[mus]

kɜl　curl one's hair with mousse——用慕思抓出捲髮造型

fɪks　fix one's hair——固定髮型

使用 "泡沫慕思" 3步驟

1 搖一搖：shake up [ʃek ʌp]

2 擠出：squeeze out [skwiz aʊt]

● mousse／
慕思

3 塗抹：rub [rʌb]

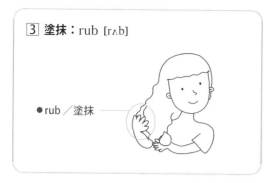

● rub ／塗抹

| kænt | can't pour out shampoo——洗髮精倒不出來 |

● can't ／不能夠…，是 cannot [`kænət] 的縮寫

---

can't pour out...（…倒不出來）

pour out   **v.s.**   can't **pour out**
（肯定・倒出來）   （否定・倒不出來）

can't pour out **pepper** （胡椒粉倒不出來）
can't pour out **ketchup** （蕃茄醬倒不出來）

● pepper [`pɛpɚ] 胡椒粉

6

MP3 28-06

洗髮精

shampoo
[ʃæm`pu]

| por | pour out shampoo——倒出洗髮精 |

---

pour out...（倒出…）

pour out **ketchup**   pour out **toner**
（倒出蕃茄醬）   （倒出化妝水）

● ketchup [`kɛtʃəp] 蕃茄醬
● toner [`tonɚ] 化妝水

| drɪp | drip into the eyes——流入眼睛 |

● eye [aɪ] 眼睛

● drip [drɪp]
液體流下

The shampoo drips into one's eyes.
（洗髮精流入眼睛）

"洗頭髮" 4步驟

1 抹上洗髮精：rub [rʌb] shampoo

2 搓揉起泡：make [mek] shampoo bubbly

● bubbly
[`bʌblɪ]
起泡地

3 清洗：wash [wɑʃ]

---

④ 沖洗：rinse [rɪns]

"潤絲" 3步驟

pour out **conditioner**（倒出潤絲精）
condition **one's hair**（潤髮）
rinse off **conditioner**（沖掉潤絲精）
- pour out [por aut] 倒出
- conditioner [kənˋdɪʃənə] 潤絲精
- condition [kənˋdɪʃən] 潤絲、護理
- rinse off [rɪns ɔf] 用水沖除掉

---

7   MP3 28-07

染髮劑
hair dye
[hɛr daɪ]

daɪ   dye into a dark color——染色為深色
- color [ˋkʌlə] 顏色

dark（深色的）· light（淺色的）

dark [dɑrk] 顏色深的
light [laɪt] 顏色淺的

【說明】這兩個字都是**形容詞**，使用時，後面直接加上**名詞**。

dark **color**（深色）   light **color**（淺色）

---

daɪ   dye into a light color——染色為淺色

介係詞 "into" 的用法

【說明】dye into a light color 的 into 是**介係詞**，在英語裡有多種意義與用法。上述是表示**成為某種結果**（變成為淺色）。

turn into ice（結成冰）
turn into water（變成水）
turn into night（變成晚上）

- turn [tɜn] 轉變
- ice [aɪs] 冰
- water [ˋwɔtə] 水
- night [naɪt] 晚上

---

blend   blend hair dye——調配染髮劑

等待染髮上色

wait for hair dye to color（等待染髮劑上色）
- wait for...to... ／等待…為了…
- wait [wet] 等待
- color [ˋkʌlə] 出現顏色

---

8   MP3 28-08

髮夾
bobby pin
[ˋbabɪ pɪn]

fɪks   fix one's hair——夾住頭髮

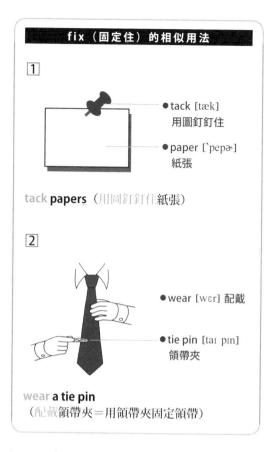

fix（固定住）的相似用法

1️⃣

● tack [tæk]
用圖釘釘住

● paper [`pepɚ]
紙張

tack **papers**（用圖釘釘住紙張）

2️⃣

● wear [wɛr] 配戴

● tie pin [taɪ pɪn]
領帶夾

wear **a tie pin**
（配戴領帶夾＝用領帶夾固定領帶）

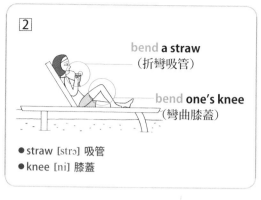

2️⃣

bend **a straw**
（折彎吸管）

bend **one's knee**
（彎曲膝蓋）

● straw [strɔ] 吸管
● knee [ni] 膝蓋

bɛnd bend a bobby pin——弄彎**髮夾**

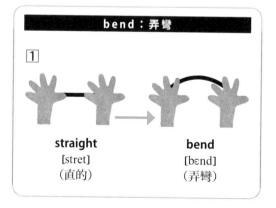

bend：弄彎

1️⃣

straight
[stret]
（直的）

bend
[bɛnd]
（弄彎）

FLY 飛系列 12

全圖解！英語生活單字最佳用法：
這些時候、那些情境，最簡單實用的單字與表達
（附【全內容 中→英】順讀音檔）

初版 1 刷　2023 年 5 月 18 日

作者　　　　　　檸檬樹英語教學團隊
封面設計　　　　陳文德
版型設計　　　　陳文德・洪素貞
責任主編　　　　黃冠禎
社長・總編輯　　何聖心

發行人　　　　　江媛珍
出版發行　　　　檸檬樹國際書版有限公司
　　　　　　　　lemontree@treebooks.com.tw
　　　　　　　　電話：02-29271121　傳真：02-29272336
　　　　　　　　地址：新北市235中和區中安街80號3樓
法律顧問　　　　第一國際法律事務所 余淑杏律師
　　　　　　　　北辰著作權事務所 蕭雄淋律師

全球總經銷　　　知遠文化事業有限公司
　　　　　　　　電話：02-26648800　傳真：02-26648801
　　　　　　　　地址：新北市222深坑區北深路三段155巷25號5樓

港澳地區經銷　　和平圖書有限公司
　　　　　　　　電話：852-28046687　傳真：850-28046409
　　　　　　　　地址：香港柴灣嘉業街12號百樂門大廈17樓

定價　　　　　　台幣360元／港幣120元
劃撥帳號　　　　戶名：19726702・檸檬樹國際書版有限公司
　　　　　　　　・單次購書金額未達400元，請另付60元郵資
　　　　　　　　・ATM・劃撥購書需7-10個工作天

全圖解！英語生活單字最佳用法 / 檸檬樹英語教學團隊編著.
-- 初版. -- 新北市：檸檬樹國際書版有限公司, 2023.05
面；　公分. -- （飛系列；12）

ISBN 978-626-97236-0-7（平裝）
1.CST: 英語　2.CST: 詞彙
805.12　　　　　　　　　　　　　　　　112003457

檸檬樹

檸檬樹